U0898985

[英国] 戴维 · 锡德 著　邵志军 译

科幻作品

牛津通识读本 ·

Science Fiction

A Very Short Introduction

译林出版社

图书在版编目（CIP）数据

科幻作品/（英）戴维·锡德（David Seed）著；
邵志军译．—南京：译林出版社，2017.7（2022.1重印）
（牛津通识读本）
书名原文：Science Fiction: A Very Short Introduction
ISBN 978-7-5447-6839-9

I.①科… II.①戴… ②邵… III.①科学幻想小说－
小说研究－世界 IV.①I106.4

中国版本图书馆 CIP 数据核字（2017）第 035955 号

著作权合同登记号　图字：10-2013-27 号

科幻作品［英国］戴维·锡德 / 著　邵志军 / 译

责任编辑　杨雅婷
责任印制　董　虎

原文出版　Oxford University Press, 2011
出版发行　译林出版社
地　　址　南京市湖南路 1 号 A 楼
邮　　箱　yilin@yilin.com
网　　址　www.yilin.com
市场热线　025-86633278
排　　版　南京展望文化发展有限公司
印　　刷　江苏凤凰通达印刷有限公司
开　　本　718 毫米 × 1000 毫米　1/16
印　　张　19.5
插　　页　4
版　　次　2017 年 7 月第 1 版
印　　次　2022 年 1 月第 5 次印刷
书　　号　ISBN 978-7-5447-6839-9
定　　价　39.00 元

序　言

吴　岩

科幻是科学和未来双重入侵现实所产生的叙事性文艺作品。科幻观察和记录科学入侵后现实的改变，这种记录当然不会没有情感参与。在很多情况下，科幻一方面褒扬现实，另一方面也批判现实。很难说当代科学技术的发展没有受到过科幻的关注，从电子技术到核能利用，从生物技术到人工智能，从宇宙探索到纳米建构，从催眠冬眠到时间旅行，科幻作品在描述现实中批判现实，更在抚慰焦虑的心灵之后，提出遥远的发展蓝图。

虽然科幻作品在当今文化产品中占据如此重要的地位，但人们对这种作品的独特性仍然缺乏了解。一个特别有趣的现象是，几乎所有读过或看过科幻作品的人都会给这类作品下一个自己的定义，但对这个定义是否合理恰当却没有多少信心。此外，人们还常常对科幻文艺到底覆盖了多大领地表示怀疑。面对这些现象，市面上急需一本简明扼要，能站在学术高度反映科幻历史和现状的通识性读物。锡德的这本《科幻作品》恰恰填补了此项空白。

把《科幻作品》列入这些年我读过的最佳科幻入门书，应该不会有错。这本书具有以下三大特点。

《科幻作品》的第一个特点是覆盖全面。对于入门读物而言，在短时间内让人把握一个领域的全貌尤为重要。探索世界科幻文学的产生，有的人会追溯到16世纪甚至更早的时间。但多数人会认为，是文艺复兴和启蒙运动之后欧洲社会的巨大变化，使科学的认知方式逐渐走上历史舞台，特别是从伽利略以后，科学能力日益彰显，系统化的实验方法导致了过去长期分离的自然哲学跟技术之间的融合。科技联姻推动了人类探索自然方式的整体提高，原本停滞的社会开始加速前进。这一巨大的变化，配合了法国《人权宣言》和美国《独立宣言》等思想解放的认知，触动了一批敏感作家的神经，世界上第一批科幻作品由此而生。

如果说科幻在欧洲出现在相对主流的文学阵营之中，那么这一文类从欧洲走向美国的过程，则是它从正统文学走向通俗文学的过程。虽然像爱伦·坡这样的美国作家也曾尝试创作很有科幻色彩的作品，但从整体来看，20世纪20年代美国通俗文化对欧洲科幻的接受和改造，对后世产生了巨大影响。科幻不再是正统文学，而成了通俗文学的一个分支，这使它获得了前所未有的大众影响力，更铺平了它从书写文学走向影视文化的道路。在美国的科幻教科书中，科幻被定义为“20世纪的文学”“美国的文学”，其原因大概就是这样。

要把握科幻这个文类的当前状况，必须注意两点。首先，科幻产业正在转型，即从以小说为主要媒介转向以电影为主要媒介。在今天，科幻产业的主要盈利点集中在科幻电影、电子游戏、主题公园，小说反而只占很少的盈利份额。其次，正统文学跟通俗文学之间有关科幻的对战正在走向终结。曾经把科幻当成一种正统文学的欧洲，在20世纪60年代发生过一次使通俗科幻回归正统的“新浪潮”运动。“新浪潮”的成功，导致了许多国家的主流文学大奖都开始颁发给科幻文学。但与此同时，作为类型文学或影视的科幻小说作品，也大力借鉴了主流创作方式。以20世纪80年代兴起的赛博朋克小说为例，这种作品既能获得主流文学批评家的认可，也能吸引大众阅读。杰克·伦敦、威廉·戈尔丁、库尔特·冯内古特、多丽丝·莱辛、玛格丽特·阿特伍德、村上春树等著名作家所进行的“低劣”科幻创作，也获得了“翻案”。而艾萨克·阿西莫夫、阿瑟·克拉克、罗伯特·海因莱因、雷·布拉德伯里、布赖恩·奥尔迪斯、J. G. 巴拉德、威廉·吉布森等纯科幻作家，现在越来越被主流文学批评界所认可。

面对这种多元化的局面，一本横跨多领域、多题材、多体裁、多媒介形式、多表现手法的科幻入门读物，全面整合多种信息，真是对读者的最好帮助。

这本书的第二个特点，是内容精准。究其原因，是它非常严肃地反映了过去几十年科幻研究的各种进展。据我所知，科幻研究最早是从读者来信、作家自我表述或同人杂志上读者之间的相互讨论开始的。直到20世纪60年代末至70年代初，文学批评界才让科幻这个文类登堂入室。在这方面，一系列马克思主义理论家功不可没。达科·苏恩文、弗雷德里克·詹姆逊等可能是这个领域中名声最大，研究成果最丰富的学者。马克思主义者从批判资本主义基本矛盾的角度出发，到科幻中寻找更好的蓝图方案，这一做法非常恰当。女性主义是另一个非常重要的科幻批评流派。借助科技时代的种种进步来观察性别状况的改进或全新未来，给女性主义带去了很多新的设想和进路。生态主义者是科幻文学领域中出现较晚，但作用很大、很有未来发展前途的理论家。还有后人类主义者，他们重点考察人类在技术状态下怎样蜕变成新人。我感谢锡德所撰写的这本书把上面诸多研究的结果都纳入其中。通常，一本写给普通人的小册子不太会涉及许多学术研究的成果，而写给学者专家看的著作不太会讲述故事的前因后果和创作掌故。但锡德的做法通俗中见学术，学术中套通俗。

这本书的第三个重要特点，当推简明扼要。我喜欢没有废话的书。在这样一个注意力紧缺的年代，所有人都惜时如金，而锡德能把一部通俗著作写得这么简明，着实是想要对得起大家的购书选择。选材的精炼是全书的特征之一。在简单讲述了科幻的定义、内容和范围之后，作品迅即进入一些特别具有代表性的题材，对其进行阐述。科幻作家最喜欢拓展天地，因此，即便这些题材范围较小，其实创作内容也包罗万象。不过，作者的大刀阔斧给人深刻的印象，只有最重要或最精到的内容才会被他奉献给读者。当然，简明不等于蜻蜓点水，在一些特别重要的点上他还是花费了大量时间和字数，像对著名作家克拉克的创作讨论，就占据了较长的篇幅，这是出于作者对相关内容在科幻文化中的位置所做的评估而精心设计的。

我个人认为，这本著作的美中不足，是缺乏对中国科幻文学历史、现状、基本争论和发展前景的展示。在十年之前，这样的批评可能还只是一种过分的苛求，但最近十年，中国科幻的发展引发了全球关注。美国前总统奥巴马、“脸书”的总裁扎克伯格都成了中国科幻的粉丝，一个在专访中多次提及，一个在网络上多次推荐。在这样的情况下，我想用一点篇幅，简单讲讲中国科幻文学的历史和现状，以便帮助读者更好地定位科幻版图上的中国与世界。

中国的科幻文学到底发源于怎样的时代，在过去的几十年中一直存在着争论。一种观点认为，科幻作为一种基本的题材或内容叙事，是古已有之的。《列子》就记载了“世界上第一个机器人”的故事，而嫦娥奔月、后羿射日、夸父逐日、女娲补天等神话之中也蕴含了科幻产生所必需的资源，这些资源包括对自然的关注、对人能成功超越自然力量的肯定。此后，《西游记》《封神演义》《镜花缘》等带有明显想象色彩的作品持续传承了中国想象力。一些志怪小说还包含神奇的药物、自主的机器、历史穿越等今天常见的科幻设计。在这些文学传统和早期尝试的基础上，中国作家逐渐摸索创作了诸如《荡寇志》《新石头记》等跟科技融合的作品。这就是科幻的先声。遗憾的是，我们对上述文学传统如何发展，特别是作品提到的内容跟科学之间的关系，知道得还太少。另一种观点（也是当前多数人的观点）认为，科幻是晚清小说家在接触到西方科技文化甚至科幻作品后开始尝试的一种具有独立文类追求的作品类型。在这方面，不得不提到1902年梁启超和1903年周树人对这个文类的提倡。在他们的努力之下，1904年，荒江钓叟创作了《月球殖民地》。次年，东海觉我创作了《新法螺先生谭》。从晚清到民国，中国科幻小说逐渐从一种混迹于主流文学的作品形式中独立出来，走向以科普和鸳鸯蝴蝶故事为基础的通俗作品形式。新中国的成立给科幻小说的发展引导了一条新的通路。在“文革”前的十七年中，中国科幻小说在学习凡尔纳和苏联科幻风格上面大有发展，出现了一些很有才华的作家。但遗憾的是，这一时期的作品基本上都是短篇小说且多是写给儿童看的。“文革”结束之后，中国科幻小说进入了第一个发展高峰。以叶永烈的《小灵通漫游未来》、童恩正的《珊瑚岛上的死光》、郑文光的《飞向人马座》为代表的一批作家作品获得了读者的广泛青睐。科幻小说的主题从简单的科学普及和儿童教育，拓展到对社会和历史的关注。十分遗憾的是，1984年以后，中国科幻小说的发展遇到了阻碍，一些人从科学性和政治正确性方面批判了整个文类。这次批判使繁荣的科幻文学受到重大伤害。幸好，从20世纪90年代之后，特别是邓小平南方谈话之后，我国的科幻事业开始了新一轮的上升。在《科幻世界》杂志的大力推动之下，一批全新的作家登上了创作舞台。以刘慈欣、韩松、王晋康、何夕等为代表的科幻作者群体的成熟，加上“80后”“90后”作家的崛起，使中国科幻的数量和质量获得提升。刘慈欣的《三体I》获得美国科幻小说雨果奖之后，郝景芳的《北京折叠》又再次获奖，一大批科幻小说被翻译成各种文字，在全世界出版或发表；在当今的世界舞台上，伴随着国家的强盛，中国科幻文学的影响力也在提高。2016年，中国第一次召开了国家级的科幻大会。把科幻当成一种未来发展的战略基础，必定会对国家的创新文化建设、创意文化发展起到积极作用。我觉得，在不远的将来，如锡德修订这本小书，中国科幻在世界的介入不会被他敏锐的目光所落下。

是为序。

2017年4月6日于北京师范大学

目 录

前言 1

第一章 太空漫游 1

第二章 遭遇异族 24

第三章 科幻与技术 45

第四章 乌托邦与敌托邦 72

第五章 时间的小说 98

第六章 科幻的领域 120

索引 135

英文原文 153

前 言

科幻作品极难定义，这点已有定论。雨果·根斯巴克认为科幻是爱情故事、科学、预言的结合，罗伯特·海因莱因将之定义为“对未来事件的现实主义推想”，而达科·苏恩文认为它是为读者所处环境提供想象性替代的文学类型。还有人称之为奇幻小说和历史文学的结合。如此种种，不一而足。本书无意于给科幻下一个单一的定义，以此来囊括该词条下的各种解释，因为这么做显然荒唐不合理。在此我将对这篇前言所使用的一些基本假设做些简单的说明。首先，将科幻作品定义为一种文学类型是有问题的，因为有许多科幻作品杂糅了几种文类。所以，不如把科幻作品当作各种文类和亚文类交汇的一种模式或领域。其次，就是科学的问题。在20世纪早期的数十年里，很多作家试图把小说与科学联系在一起，甚至把科幻当作科普的一种形式，这就是所谓“硬科幻”的前身。科幻中对应用科学，也就是技术，有极其广泛的讨论，这是因为每一项技术革新都会影响到社会结构和人类行为的性质。科幻作品常常把技术与未来联

系在一起，但这并不意味着科幻就是关于未来的。如果问“阿瑟·C. 克拉克是不是搞错了”这样的问题，就表明对科幻小说
1 的认识尚未入门。科幻小说立足于作者的当下，这就是说任何历史时刻都包含了时代自身的期望和该时代的人所感知到的趋势，科幻中表现的未来一定会体现该时代自身的想象维度。乔安娜·拉斯对科幻的阐释就是“假如文学”，与之类似的是，身为作家兼批评家的塞缪尔·德拉尼用“虚拟性”这个术语来描述科幻，以此来解释科幻如何将自身定位成介于可能与不可能之间的叙事。如果我们把科幻理解为一种思想实验的具体表达、对惯常现实的变形或悬置，这样可能会有所裨益。

关于科幻本质的激烈争论通常发生在科幻从业者圈内，这甚至可以被当作科幻界的典型特征。这些观点的交锋常常是围绕科幻的地位展开的，即科幻是由“通俗”的还是由“主流”的小说构成，尽管这些用词在当代出版的科幻作品的多样性中已逐渐失去了意义。这些争论也可能是关于科幻的历史和视野的。20世纪70年代兴起的女性主义科幻浪潮构建了一个向后看的传统，像夏洛特·珀金斯·吉尔曼这样的作者重新进入了读者视线。科幻作家常说科幻小说正在日益取代现实主义小说的地位，科幻故事是最入世、最有社会责任感的文学类型，是对现代技术环境最敏感的文学类型。托马斯·M. 迪施的《梦想构成的现实世界》（1998）的书名来自莎剧《暴风雨》中精灵爱丽儿的话，在这本书中，他提出科幻已经渗透到社会的各个层面，尤其是娱乐产业。

本书无法提供科幻的历史，也无意于此，因为很多优秀的科幻史作品早已印行于世。本书的意图在于将所选的科幻作品与

其所属的不同历史时刻联系起来，以此展现科幻作品的演变历程。首先，科幻的诞生就是个引起广泛争议的话题。有些历史书把这个起点推回到萨莫萨塔的琉善在2世纪所著的《一个真实的故事》，这部作品描绘了太空漫游和某种类型的星际战争。 2
有的历史学家则认为这个起点位于文艺复兴时期，代表作是托马斯·莫尔的《乌托邦》(1516）和弗朗西斯·戈德温的《月亮中的人》(1638)，或者位于工业革命时期，代表作是玛丽·雪莱的《弗兰肯斯坦》(1818)。还有人则提出了另外两个悬而未决的起点：从1870年左右开始算起的19世纪晚期，以及20世纪早期——这是“科幻”之类的标签首次被使用的时候。第二种看法将“科幻”这个描述性的标签和需以此类描述来指称的一系列叙事实践混为一谈。科幻的古代起源提出了文化传统方面的不同问题，这些例子最好被视作“原始科幻”。文艺复兴和19世纪早期的作品同我们现在所定义的科幻更加接近，可算是“科幻原型”。这些作品对于科幻演变的历史具有不言而喻的重要意义，但是，文学史家和小说家为了充实其分类依据而去挖掘先驱之作，也是常见的做法。

本书将依据这样一个假设：我们现在所称的科幻始于19世纪晚期，当时乌托邦小说、未来战争叙事以及可以归入科幻这个大类的其他类型的代表作品层出不穷。教育的普及为英国大量的科幻作家奠定了商业基础，此外，从1870年左右到第一次世界大战期间，科技迅猛发展，电力首次得到广泛应用，飞机面世了，无线电和电影发展起来了，通俗报刊也普及了。这个时期也见证了美国以帝国主义的形象登上世界舞台，而其他欧洲或者亚洲的老牌帝国则充当了其对手。在这些年里，一批作品带着

鲜明的主题和特征，成为具有辨识度和商业生存能力的文化产业的特色产品，有时还获利丰厚。这批作品后来就成了所谓的
3 科幻。目光敏锐的读者一定会发现，到目前为止，我所举的例子除了琉善之外，都是英国或美国的作家，而本书也将主要关注英语文学作品，同时也讨论像儒尔·凡尔纳和斯坦尼斯瓦夫·莱姆这样的作家，因为他们的作品通过译本在英语世界流传甚广。说美国主宰了科幻界可能是老生常谈了，但在本书中，读者会发现我还是会反复提及H. G. 韦尔斯，把他当作科幻发展史中起到形成性作用的英语作家。我声明，我所选择的例子，大部分都来自英国和北美。

本书还有最后一个方面提请大家注意，“科幻”这个标签实际上涵盖了为数众多的媒体上所刊载的作品，其中包括了大量的戏剧和诗歌。科幻诗歌协会成立于1978年。20世纪20年代和30年代是“廉价通俗小说”的鼎盛期，杂志用纸品质低劣，美国此时出现了科幻漫画，后来英国的《老鹰》杂志等出版物将其发扬光大。接着又出现了科幻游戏，战争类游戏是比较特殊的例子，其历史可以追溯到19世纪普鲁士的军事演习。自20世纪80年代以来，使用先进的电脑技术和虚拟现实资源所开发的角色扮演游戏迎来了繁荣期。在本书最后一章我们会看到，自20世纪70年代以来一大批科幻作品，尤其是科幻电影，通过共同的特许经营渠道被生产出来。本书主要讨论已出版的科幻小说，但也会关注科幻小说的孪生媒介——科幻电影。电影发明出来没有多久，科幻主题的实验就开始了，例如1902年乔治·梅里爱的《月球旅行记》。这两种媒介的演化沿着两条平行的线路进行，自第二次世界大战以来很多科幻小说都被改编成了电影。

本书内容分为六个部分。第一部分讨论太空漫游和其他领域的冒险，这些冒险之旅体现了科幻作家所想象的向外进行的探索；在这个过程中他们有可能会遇到异族，而第二章将以此 4
为主题，异族的总体概念在这章中将得到分析，尤其是在建构或然社会身份的过程中；第三章继续研究科技在科幻中的复杂作用；第四章接着讨论乌托邦和敌托邦——这两个概念加在一起构成了一个重要的科幻传统；第五章分析科幻与过去、未来的关系；第六章把科幻小说当作作家与批评家的共同体，他们不断争论并定义着科幻领域的实践。 5

第一章

太空漫游

说起科幻小说，我们首先想到的意象之一就是太空飞船，我们最先期待的故事情节当中就有太空之旅。无垠的宇宙为小说家展开想象提供了无穷的余地。纵观历史，托马斯·莫尔的《乌托邦》或《格列佛游记》中的航海活动与太空飞行之间有一种明显的承继关系。两者都是漫游，都具有内在的系列性质，因为这样的活动都发生在漫长的时代转折期之间。确实，在早期科幻中，使用反重力装置是快速飞跃遥远距离的不言而喻的法宝。西拉诺·德·贝热拉克的姊妹篇《月亮国度》（1657）和《太阳国度》（未完成的遗作），都以从地球开始的火箭之旅作为叙事的构架，但是他们关心的并非解释火箭技术或谈论旅程本身，而是作为目的地的世界。

在这些作品和许多后继作品中，太空漫游起到了让人类对日常世界感到陌生、产生疏离感的作用，让人能够以外部视角（通常带有反讽性质）来看地球。在这两本著作中，贝热拉克的旅行者被迫重新审视他对地球价值观的预设，而在月球居民的

眼中，这位旅行者不过比猿猴好那么一点点。后来的一部科幻
6 作品则展示了这两类漫游之间的承继性。约瑟夫·阿特利的《月亮之旅》（1827）描述了一位美国商人的儿子如何踏上前往中国广州的行程，但是又在缅甸的海岸遭遇船难的故事。他和当地的一位婆罗门交好，后者向他透露了太空旅行的秘密和月球上有居民的真相。随后，两人乘坐铜盒状飞行器前往月球，而小说的其余内容就是这位叙事者在婆罗门指点下对月球文化的体验。在故事里，这位婆罗门指出了月球文化和美国文化的诸多差别。

最后一个著名例子能够澄清此类小说中的换位效果。大卫·林赛的《大角星之旅》（1920）再次草草描述了旅行本身——通过鱼雷状的水晶从苏格兰飞跃到一颗有居民的星星。该旅行包括了一系列事件，旅行者马斯科尔在这颗全新的行星上经历了各种感觉体验，如长出第三只眼带来的知觉。在该书和其他许多著作中，太空之旅提供了一种进入其他世界的方便途径，而这些世界又为形而上学思考和文化反思提供了场所。

科幻从其发展历史的早期阶段起就表现出了一种不断翻新的自我戏仿倾向。埃德加·爱伦·坡在科幻原型的演进过程中扮演了一个重要角色，他的骗局故事《汉斯·普法尔历险记》（1835）借用了传统的神奇地外漫游故事类型来制造喜剧效果。该小说以“采编”叙事的方式讲述了一位荷兰科学家借助外覆密封袋的空气冷凝器飞向月球的故事。离奇的叙事内容盛行于19世纪，一直延续到H. G. 韦尔斯的作品当中，而这种假借编辑的故事框架则被作家们当作抵消离奇内容的一种策略。爱伦·坡通过这种写法赋予其小说一种荒唐中透着可信的效果，

他还机智地模仿科学描述的笔触，描写了太空飞行中地球愈远愈小而月球愈近愈大的景象。 7

19世纪旅行小说的最高峰还是儒尔·凡尔纳，他和科幻小说之间的关系到现在还有争议。他的“奇异旅行”系列故事并非以未来为背景，小说试图以渐进的方式绘制全球地图，旅行是达到这个目的的主要手段。凡尔纳的《从地球到月球》及其续集《环游月球》（皆英译于1873年）和科幻有着密切的联系，都是对美国佬科技创新能力的赞颂。书中的大炮俱乐部成立于美国内战期间，它致力于开发武器，在小说中这种动力又和想象中的登月的吸引力联系在一起。大炮俱乐部的主席巴比康先是引用了一批模糊了科幻与非科幻界限的作家，如爱伦·坡、弗拉马里翁的作品，甚至包括赫舍尔在1835年所写的骗局故事，接着宣布了用超级大炮实现登月的计划。这架自动推进武器的名字叫哥伦比亚，与一架已经在美军中服役的大炮重名，但是其历史渊源同乔尔·巴洛写于1807年的纪念美洲发现者哥伦布的同名诗歌是一样的。这是美国的项目，资金却是从欧洲筹集来的。和后来的“阿波罗”登月任务一样，发射在佛罗里达州启动，从这一刻起，小说就开始暗示月球上存在生命的可能性，但是小说的叙事优先描写了新视角下两个星球的景观和月亮上的火山。当宇航员成功回到地球之后，人们开始计划成立国家星际通讯公司来为随后的太空之旅定下商业协议。

空心地球

早期科幻中的虚构探险有三个主要的背景：地球自身、近地太空和地球的内部。空心地球叙事在19世纪晚期发展成独

立的科幻亚类型，虽然这个概念曾经出于奇想或讽刺的目的而
在更早的一些作品中出现过。这种叙事在一定程度上源自小约
8 翰·克利夫斯·赛姆斯的理论，他相信地球在南北极都有入口。
该理论的通俗名称是赛姆斯洞，亚当·西伯恩的《赛姆佐尼亚：
发现之旅》（1820）对之进行了表述，这部小说的作者据说可能
就是赛姆斯本人。到19世纪末，科幻界已经出现了一阵空心地
球的热潮，其中包括爱德华·布尔沃–利顿的《即将来临的种族》
（1871），此书讲述一个年轻的美国人从矿井跌落，发现自己身
处一个以迫近的未来为表征的世界。在这种文化中，女性远比
当前独立，而一个优等种族则使用一种类似电力的动力，它叫作
“维利”。

《爱提多法》（即阿佛洛狄忒）出版于1895年，作者约翰·尤里·劳埃德是辛辛那提的一位药理学家。这本书在空心地球叙事中独树一帜，它并没有描述一个独立的文明，却描绘了一系列超现实的幻象。这个故事结构精巧，以一位曾遭遇绑架并被运往地心的白发老人为讲述者。老人第一眼看到的东西之一是“真菌森林”，五彩斑斓的巨型蘑菇矗立在他面前，定下了整部小说的基调，而全书内容就是旅行者在一个个梦幻场景之中不断地移动。这种突如其来的超现实转化同任何可想到的地下参观导览毫无关联。这种维度上的转换，对气味、声音的注意，让一些评论家认为，《爱提多法》和迷幻剂所引发的幻象是如出一辙的。

空心地球叙事往往想象出一个能够保留很多地面生活特征的地下世界，却忽略了物理学上的困难。例如，埃德加·赖斯·伯勒斯的“佩鲁希达”系列小说（始于1914年）向读者提供的关于地球内部的经典描写，就把“原始”种族、热带风情的

地貌和史前生物混合在了一起。地球内部的地形描写成就了男女主人公的异域冒险，也便于展现返回史前时代的奇幻之旅，这与其他类型的小说将人物的行动置于作者当前时代可能性范围之内形成了对照。威廉·R.布拉德肖于1892年出版小说《阿特 9
瓦特巴的女神》，此书以当时有关北极探险的新闻报道为蓝本，描写了一个拥有高等文明的地底世界的发现过程。美国内战爆发的时候，一支由美国人领导的探险队为帝国“拯救”了这片土地，开拓了令人目眩的商业开发前景。这部小说带有大部分空心地球叙事所共有的异域风情，但是不同寻常的地方是作者不加掩饰的观点，即这个神秘的异世界有待征服。

科幻和帝国

约翰·里德和科幻领域的其他学者把科幻在19世纪末的兴起同帝国的鼎盛时期联系在一起。里德认为，自1871年以来，科幻开始发展出自己的“家族相似性”，并由此开始建构自己作为一个独立文类的身份。约翰·雅各布·阿斯特四世的《异世界之旅》(1894)为帝国和太空旅行之间的关联提供了一个明晰的例子。小说的背景为2088年，那时候美国已经取得了世界霸权。小说中一位踏上冒险征程的太空旅行者认为自己肩负着延续技术胜利和领土扩张的国家使命。在飞行过程中，他的发现越来越奇异，在木星上他发现了乳齿象，在土星上则发现了龙和精灵。在太空之旅结束时，这艘飞船飞回了母星，受到了如痴如狂的欢迎。阿斯特对帝国的热情并非局限于小说，1898年美西战争期间，他资助了一支志愿者部队去古巴参战。他的民族主义体现了世纪之交冒险小说所具有的一种普遍特征，即这类小说从来就不是秉持公正的。不管它们名义上的动机是科学还是探险，骨子里最终还是充斥了帝国主义的掠夺欲望。

20世纪早期，冒险小说的一种亚类型从发现失落世界的主题中浮出水面。阿瑟·柯南道尔的《失落的世界》（1912）确立了此类小说的文类标签和写作模式，这本书描写了查林杰教授如何在亚马逊盆地的腹地发现了一处高原，其中生活着史前生物和原始的猿人。追随柯南道尔故事的是1916年埃德加·赖斯·伯勒斯的《被时间遗忘的土地》，它的情节重复了类似的发现之旅，只不过地点改为南极洲。在小说中，主人公遭遇了类人生物，但是不是人则不得而知。

> 该生物同猿的相似之处要大于同人的相似之处。其硕大的脚趾侧突的方式与婆罗洲、菲律宾以及其他存在原始部落的荒凉地区的半林栖人类是一样的，其面部特征则介于爪哇直立猿人和萨塞克斯史前时期皮尔丹女人之间。

这位旅行者在过去和现在之间踌躇，虽然他的不确定感从来没有动摇他对于自身进化优越性的隐秘信念。失落种族小说往往以冒险的形式展示帝国主义的探险和发现之旅，该亚类型的主要推动者是H. 赖德·哈格德，他的《所罗门王的宝藏》（1885）及其续作描述了隐藏在非洲内陆的令人难以置信的世界。这些故事都被描述为“攫取的狂想”，其中的冒险家们以对领土的贪念和性欲为驱动力，一位美丽的公主是必备的元素，侵略和征服被有计划、有步骤地歪曲为溯本追源或拿回自然的馈赠。关于失落种族的故事也被认为是时间旅行故事，因为在这些故事里冒险家们会遇到早期人类。在康拉德的《黑暗的心》(1902)里，马洛自发地进入了非洲内陆，回到了进化的起点。故事中最有戏剧性的一刻当属他勉强地承认自己与某个土著之间存在亲缘关系。显然，失落世界叙事预示着一个重大的科幻主题——遭遇异族（外星）文明，下面一章将讨论该主题。 11

太空歌剧：星际战争

根据帝国主义的逻辑，行星都是有待征服的，所以星战小说在帝国主义巅峰时期应运而生就并非巧合了。实际上，太空歌剧的核心就是冒险故事范式，这个核心被认为是探险和殖民征服的神话表现形式。在匿名作者创作的《海外来客》(1887)中，美国征服了整个地球，地球上的殖民者渐次飞往了月球、金星、火星、木星、土星和小行星。该小说为后来的科幻作品确立了一种模式，它把行星当作假想中的国家或者殖民地，从而把地球上的领土争端移置到了太阳系。星球之间爆发了贸易争端，但是并没有继以战争，这点不同于罗伯特·威廉·科尔的《帝国反击》(1900)。科尔的这部小说以2236年为时代背景中的起点，展示了英国强权下的宇宙和平，这么说是因为在小说中是盎格鲁-撒克逊人统治了世界，他们发明了用于太空航行的“星际飞船”。当时，地球和天狼星之间爆发了战争，天狼星上的居民和人类在各方面都相似，但是他们的战争科技更加先进。庞大的天狼星舰队击败了地球帝国，迫使地球帝国退守大本营，而伦敦遭到了轰炸。看起来伦敦和整个帝国已经注定要失败，但是一位英国科学家发明了一种发射冲击波的装置，突然间决定性地改变了战局。盎格鲁-撒克逊人再次征服了太空并且轰炸了天狼星人的都城，迅速地征服了天狼星。

这些早期的太空帝国想象为后来所谓的“太空歌剧”定下了基调。两次世界大战之间，太空歌剧故事开始出现在廉价的通俗刊物上。“太空歌剧”这个词出现于1941年，首先是用来批判科幻小说的，在20世纪80年代之前它一直都是个贬义词，后来才被重新定义，用来指代科幻冒险叙事。在其词义发生变迁的时期，太空歌剧经历了一次复兴，涌现了诸如伊恩·M. 班克斯、大卫·布林和丹·西蒙斯这样的作家，他们把太空歌剧这个
12 科幻亚类型发展为一种更加精巧的叙事模式。两次世界大战期间，诞生了两部特别重要的太空歌剧。第一部由两个相关的故事构成，菲利普·弗朗西斯·诺兰在1928至1929年发表了这两个故事，推出了安东尼·罗杰斯这个人物，没多久，该人物在随后的连载漫画中又改名为巴克。

在合订本《善恶大决战：公元2419年》中，主人公在美国成
13 为最强大国家之际进入休眠，到了25世纪又苏醒过来，发现自己的国家在残忍的种族的统治下已经成为废墟。诺兰的故事从本质上来说是增添了未来武器的“黄祸”故事。随后发生的事情就是巴克为美国和全世界争取自由，一劳永逸地击败“全世界最邪恶的种族”。巴克·罗杰斯这类货色能够在20世纪70年代死灰复燃，其原因我们马上就能看到。太空歌剧的第二部形成性叙事也来自同一个时期，那就是E. E.“多克”·史密斯的《太空云雀号》（1928），这部作品为设立太空歌剧常规的主角做出了贡献。理查德·西顿既是科学家又是运动员，是一位“天生的斗士”，简而言之，是位干练的行动派。在小说的开篇，西顿发现了太空航行所需要的能量，一艘太空船由此得以建成，这艘船即书

图1 《巴克·罗杰斯在公元25世纪》(1933) 的封面

名中的"云雀号"。这标志着现代性在科幻作品中的登场，在早期的太空旅行描写中，个人的激情是促成太空船建设的主要因素，它在这里已经为商业模式所取代。每一个英雄都需要一个恶棍作为对手，在这部小说中，坏人的角色由世界钢铁公司寡廉鲜耻的代表所扮演，这个家伙驾驶"云雀号"的复制品飞向了太空，同船的是不幸的多萝西——西顿的女友。小说的前半部分讲述了西顿如何追踪该飞船并营救多萝西，从那时起，“云雀号”就飞临不同的星球，有些星球上面的居民自己就拥有尖端的飞船。经过一系列伯勒斯式的被俘和脱逃，我们的主人公安全地带着伙伴们回到了地球。

这两部作品放在一起，就构成了太空歌剧的基本特征：理想化的男主角、未来武器（如激光枪）、异域色彩浓厚的意外情节和黑白分明的善恶斗争。乔治·卢卡斯在1977年的《星球大战》电影中就运用了这些元素，将巴克·罗杰斯同来自黑泽明电影的战斗场景结合了起来，其情节发展借鉴了约瑟夫·坎贝尔的研究著作《千面英雄》。“星球大战”系列取得了前所未有的
14 巨大商业成功，除了拍摄续集和前传之外，又催生了其他的电影和动画片、大量的衍生系列小说、电影索引指南以及林林总总的电脑、视频游戏。20世纪60年代的电视剧《星际迷航》也在一定程度上受到了巴克·罗杰斯冒险故事的启发，但其剧情是由“联邦星际进取号”所做的一系列具有开放式结局的太空漫游构成的，用《星际迷航》当中的金句来说，“进取号”就是要“勇敢地前往无人涉足之地”。像哈伦·埃利森、西奥多·斯特金这样的科幻作家也入了写剧本这行，他们创作的剧集往往围绕遭遇外星文明的主题，这些系列片中的第一部讲述了地球人在太空中遭遇一艘外星飞船，船员是像人类孩子一样的生物。同“星球大战”系列一样，《星际迷航》也催生了几部电视连续剧、大量的小说和根据电视剧改编的小说。

《银河英雄比尔》对雅罗斯拉夫·哈谢克的《好兵帅克》做了未来版的重述，哈里·哈里森在这部小说里戏仿了太空歌剧

中的军国主义和男权主义。比尔是误打误撞地加入了星际舰队，虽然他申辩说自己“不是当兵的料”。在一系列流浪汉小说式的冒险中，他遭遇了各种滑稽场面，他所呈现出来的品质与传统英雄气质相去甚远。波兰作家斯坦尼斯瓦夫·莱姆塑造的宇航员以云·蒂希和比尔异曲同工，这个人物描述了自己经历过的时间循环，参加过的银河行政会议，以及在其他星球的冒险活动。莱姆的写作风格冷峻素朴，同太空歌剧对英雄事迹的痴狂形成了一种讽刺性的对比。

宇宙飞船

从乔治·梅里爱1902年的电影《月球旅行记》起，宇宙飞船就成了科幻的关键符号象征之一，其流线型的火箭设计，是对自由和逃离的承诺。弗里茨·兰的《月球上的女人》（1929）描述了让一对恋人最终困于月球的太空漫游，在最后一幕，他们互 15
相拥抱，电影达到了浪漫的高潮，同时也预兆了迫近的死亡。这部电影首次使用了火箭倒计时发射，托马斯·品钦《万有引力之虹》（1973）中V–2火箭发射用的就是这种计时法，火箭工程师赫尔曼·奥伯斯特为此提供了技术咨询服务。埃德温·巴尔默和菲利普·怀利合著的小说《星球大冲撞》（1933）中，宇宙飞船充当了救生船的角色。两颗流浪星球被发现正朝地球而来，其中一颗接近地球时，巨型潮汐波、飓风、火山喷发这样的灾异迹象在地球上呈倍增效应。此时地球人建造了一艘宇宙飞船来救幸存的人类脱离险境，飞船刚刚发射出去，船上的人就目睹了地球的毁灭。但是他们发现第二颗星球实际上是可以住人的，而且这个新地球上显示出生命存在的迹象。这部小说在重新开始

图2　弗里茨·兰《月球上的女人》(1929) 的电影海报

生活的乐观希望中结束，其乐观主义实际上掩盖了人类在这颗星球上活下去所要面临的无数实际问题。

在20世纪的上半叶，太空漫游占据了科幻的主流位置，A. E. 范・沃格特的《"小猎犬号"太空漫游》（1950）是其中最有名的小说之一。这部小说是作者之前所写短篇小说的合集，书名致敬了达尔文周游世界时所写的博物学日志《"小猎犬号"航海日记》（1839）。范・沃格特笔下的漫游是为耐克希尔基金会进行的科学发现之旅，作者使用了达尔文的假设，即同其他物种的接触会导致冲突。"小猎犬号"宇宙飞船经历了四次外星文明接触，一次比一次虚幻：第一次是同一种猫一样的生物，第二次是同一种具有心灵感应能力的鸟类，第三次是同一种生活在太空中并且想要在人类宿主身上产卵的生物，最后是同一种存在于太空中的至大无边的意识。范・沃格特的情节描写多以外星文明接触为重，他这部小说同时也是首批描写宇宙飞船船员们一起工作的小说之一。

对传统的宇宙飞船形象做出了重要修正的小说是安妮・麦卡弗里的"海尔法"系列，该系列始于1961年，第一部名为《唱
歌的船》。"海尔法"的背景时间设定在未来，严重残疾的儿童 17
有机会通过密封在与大脑直接相连的金属外壳中而成为宇宙飞船，这一提升其机能的过程包含了被称为"教育"（而非程序化）的过程，复杂的神经、知觉通过钛制外壳而连接起来。从这点来看，"外壳人"是赛博格的原型，麦卡弗里的叙事以海尔法通过设计一种歌唱的方式而进行的个人探索和自我改造替代了中心控制技术。对海尔法而言，太空航行是一种成人礼性质的探险，而非目的明确的科学发现之旅。海尔法的金属外壳是她意识的延

伸，所以她自然而然地展现了太空飞行的技术能力（到20世纪60年代为止，飞行员还是清一色的男性），并且在飞行的过程中形成了自己的情感能力，例如学会了哀悼。与这部小说相似的是内奥米·米钦森的《女宇航员的回忆录》（1962），它以对叙事者同其他物种的关系的反思取代了快速的动作场景。

《2001：太空漫游》

阿瑟·C. 克拉克一直支持太空探索，为太空探索成为20世纪下半叶的时代强音做出了贡献。早在1946年，他就预言了探险新时代的来临，并在1962年推断可能要迎来一次探险的复兴，如果不是史诗性，也至少是接近史诗性的："在人类奔向星空的过程中肯定会伴随着发现、冒险、胜利和不可避免的悲剧，这些终将成为新的英雄文学的源泉。"克拉克不断强调科幻文学能够以汪洋恣肆的想象力激发读者的惊奇感，给予读者灵感，这是一种独一无二的能力。在《童年的终结》（1953）中，宇宙飞船飞临世界各大城市的上空，人类同外星人的接触就此开始，这个故事听起来就好像那个时代小成本二流电影的脚本。克拉克尽量减少了对这些外星人外表的描述，只是强调他们的身形大小，而这恰恰是同他们智力的优越性相关的外在特征。这些外星霸主开
18 始培育拥有心灵感应能力的地球儿童，在克拉克的笔下，这些儿童是帮助人类进入一个更为理性的阶段的催化剂。从这个意义上来看，这部小说为克拉克后来更为著名的太空航行叙事——《2001：太空漫游》（1968）奠定了基础。

克拉克写这部小说的时候，斯坦利·库布里克的同名电影也正在拍摄之中，这点和后来很多科幻电影的小说版是不同

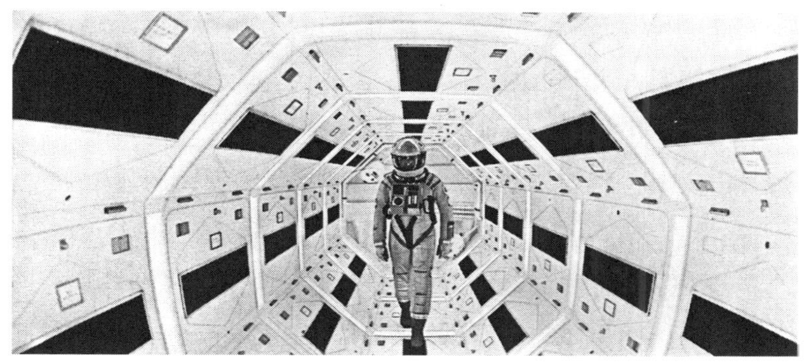

图3　斯坦利·库布里克《2001：太空漫游》(1968) 的剧照

的。构成了小说和电影主要情节的太空航行脱胎于H. G. 韦尔斯对于人类技术进步的原初叙事，把小说中的原始人主角命名为“观月者”，是为了把太空漫游设定为一种人类最古老的本能意图。故事情节从达尔文进化论（在生存斗争中为了自卫而发展出了工具和武器的观点）的概要跳到1999年，在电影中，这个转化以一根抛到空中的骨头变成空间站的意象呈现出来。到了1999年，从地球到月球的运输服务已经普及，但在月球上发掘出一块向土星传送信号的神秘黑色平板，好戏由此开场。情节又跳到了2001年，故事中的主要太空之旅以“发现1号”前往土星的任务为开端，这艘宇宙飞船上有两位宇航员，他们是鲍曼和普尔。

除了书名包含明显的典故①，克拉克在小说中还不时中断故事，提起历史上的著名旅行，就像在暗示当前的太空漫游是人类开拓精神的顶点。小说最后定下来的书名所唤起的主题比最初 19

① 即荷马史诗《奥德赛》中，奥德修斯在希腊军队攻下特洛伊之后，历经千辛万苦回到故乡的故事。——译注

的“群星之上”更加宏大。不过，小说中描写的太空漫游遇到了一系列困难。飞船中的一个设备单元似乎出了故障，船上的计算机哈尔打开了气闸，造成了普尔之死。就是在这个时候，飞船的真正使命才暴露出来，也就是去探索土星的卫星土卫八；在电影中，目的地是木星。

当“发现1号”到达土卫八的时候，鲍曼进入了一块与月球上的石板一模一样的巨石，超现实氛围达到了高潮。鲍曼接近目标的时候，看到了一个停放着被废弃的宇宙飞船的地方，然后又看到了明亮的光点所构成的幻境，最后突然发现自己置身于华盛顿的一间酒店套房中。到了此时此刻，电影情节已经变得更加虚幻了，这些场景好像都只是立足于鲍曼的思维。物体不断出入于视域的焦点，鲍曼的意识通过了“星际之门”的门槛，最后叙事止于充满精神意蕴的重生意象。库布里克曾经声称“上帝的观念是《2001》的核心”，克拉克证实了这种感想。对于库布里克来说，电影的精神象征被故意模糊了，为的是让观众能够产生自己的理解，而电影的结局至少有三个层面的含义：到达目的地、回归过去和迫近新生。克拉克在《与拉玛会合》(1973)中又回到了飞船所传达的模糊精神象征。在这部小说里，一艘名为拉玛[①]的巨大的圆柱形宇宙飞船接近了地球，地球人派出考察队去调查这艘飞船。但是，它体积庞大，仿佛是个微型星球，需要为之绘制地图。拉玛具有明显的技术文明，在其内部也存在控制飞船的“生物机器人”，但最后拉玛离开了太阳系，并没有给地球人留下任何关于其意图的线索。克拉克在小说中把基

① Rama是印度教神名，一般译为“罗摩”，克拉克在小说内也提及此名称就是指印度教的神灵，但国内通行译本作“拉玛”，现从众译，以免混淆。——译注

督教、印度教、希腊神话相提并论，正是突出了拉玛象征意义的模糊性，这艘飞船可能是一次显圣，但也可能不是。 20

美国太空计划

1969年“阿波罗11号”登陆月球，改变了我们对可能性的看法，从而激进地改变了科幻中太空探索的传统。“阿波罗”登月、无人飞船探索火星和金星使得人们再也不能无视太空探索叙事中的科学。NASA（美国国家航空航天局）现在已经正式把科幻内容用于航天技术教学，同时有很多NASA员工也是独立的科幻作家。2004年，NASA举行了第一次有关火星地球化的辩论，包括阿瑟·C. 克拉克和金·斯坦利·罗宾逊在内的科幻作家们参加了这次辩论。火星学会的创办人罗伯特·祖宾于2001年出版的小说《首次着陆》描写了在火星上发现有机生命的故事，这本书是他为火星探索所做的努力之一。那些以火星为主题的小说家们通常自身也是训练有素的科学家，他们非常敬业地使科幻叙事与已知的科学成果相契合。本·博瓦的做法是提供一个独立的“数据银行”，其中存有与小说故事情节息息相关的信息。天体物理学家格雷戈里·本福德则倾向于把科学恰当地整合进叙事当中。《火星竞赛》（1999）的书名语含双关[①]：第一层意思涉及了火星上是否可能存在生命的问题，这是整部小说的核心；另外一层意思是讲在一次飞船发射时发生了灾难性的爆炸之后，国会撤销了对火星项目的财政支持，随后出现了新的火星探测支持计划。在故事中，一个财团提供了300亿美元，来

① 《火星竞赛》原书名为*The Martian Race*，其中Martian可以指“火星上的”，也可以指“关于火星的”，race可以指“种族”，也可以指“竞赛”，所以是双关。——译注

奖励任何首先成功完成火星任务的人。小说的一部分描述了地球上宣传与募资过程中的种种不择手段和钩心斗角，另一部分则描述了对火星地形地貌展开的科学探测活动，以及身为生物学家的女主角朱莉娅·巴斯在火星上发现有机生命的故事。但是，还有第三个要素的存在，它防止了小说成为“硬”科幻的又一个泛泛的例子。在叙事中，本福德的人物参照了早期火星小
21 说中的角色，尤其是《未知爬虫》（美国版标题为《夸特马斯实验》，1955），在这部作品中，一名宇航员被太空中的有机体所感染。另外一个参照则是《火星需要女人》（1968），这是本福德在开玩笑地暗指自己的小说主人公。当太空有机体开始生长，故事情节开始变得阴森起来，小说甚至暗示有一种类人生物开始生长成形，对船员构成了威胁。通过这种方式，本福德把老式的地外生命想象同在火星上的科学新发现结合了起来。

罗宾逊、博瓦、本福德体现了对太空计划的乐观看法，而在早期阶段，太空计划实际上是一个有争议的话题。早在1956年，詹姆斯·布利什就尖刻地批判政府体制以国家“安全”的名义，一方面加强对太空计划研究者的中央控制，一方面又分而治之，不让他们之间有联系。后来，巴里·马尔兹伯格的《超越阿波罗》（1972）对太空探索提出了质疑，在小说里，执行飞往金星的任务时只有一名宇航员幸存了下来，而他的心智不时陷入非正常状态。

内部空间

在1962年的《新世界》科幻杂志上，J. G. 巴拉德撰文抗议科幻小说中“火箭和行星故事”的话语霸权，他的抗议现在已经

广为人知。那个时候正值美苏太空竞赛，不知是否出于这个背景，他提出科幻需要一个新的方向，他宣称："在不久的将来，最大的进步不会发生在月球或者火星上，而恰恰就在地球上，我们需要探索地球**内部**空间，而非外部空间。"他继续说，传统上人们所重视的科学研究要让位于抽象的探索。"我们不应该把时间当作某种辉煌的观光铁路，我更愿意把时间当作是时间本身，即一种人类的观察视角，并且我愿意看到对时区、深层时间和精神考古学时间概念进行探索。"很多同时代人和巴拉德一样反对传统的太空探索故事，虽然他们的写作实践有不同的方向。 22
迈克尔·摩考克对随心所欲的时间旅行有广泛的描写，道格拉斯·亚当斯始于《银河系搭车客指南》(1979)的"搭车客"系列(一开始是科幻广播喜剧)把太空平常化了，让它成为想去就能随意搭车去的地方。

实际上，在巴拉德发表他的宣言之前，科幻界就已经出现一些变革的迹象了。雷·卡明斯的《金原子中的女孩》(1922)是首批把原子结构方面的研究发现用于小说的作品之一，他曾担任爱迪生的助手，辞去这份工作没多久这本书就出版了。小说中一位科学家向他困惑的朋友透露了他的新发现——单个的原子内部有一个完整的世界，这个时候空间维度就被赋予了新的限度。在故事中，这位科学家把他母亲的结婚戒指无限放大之后，窥见了一位坐在洞穴中的年轻美女，这不能不说是一种带色情意味的狂想。这位科学家发明了一种化学药品，其性质如同爱丽丝在兔子洞里喝过的魔法药水，能够把生物放大或者缩小。在这个故事中，变化身形大小取代了空间旅行，产生了意想不到的效果。这位化学家缩小身量之后，现实世界中的物体变得巨大无比、充满了威胁。他进入一个由变化的平原和陡峭的悬崖组成的超现实世界，发现他未能摆脱的巨大物体和生物不时让他身陷险境。卡明斯在描写了这些维度上的鲜明差异之后，笔触就落入了失落世界的老套路：在这个原子中，存在着两个种族，这两个种族正处于对峙状态。

巴拉德呼唤变革的宣言发出才四年，理查德·弗莱舍的电影就把漫游模式迁移到了人体之内。《神奇旅程》（1966）以冷战为推动故事情节的背景。有位一直在从事缩微技术研究的苏联科学家逃到了西方世界，一起未遂的暗杀在他脑内留下了一个血栓。为了拯救他的生命，“海神号”潜艇上的一支医疗
23 小队被缩微成了现在所谓纳米机器人的大小，他们一路穿过这位科学家的血管，最终找到了那个血栓。但是这支医疗队中有一个成员是苏共的特工，这使得情节变复杂了。医疗队成员同时间展开了竞赛，最终血栓被清除了，而医疗队成员们从患者的眼睛里逃了出来。这个主题虽然在当时看起来有点荒唐，但后来微型医疗技术出现了，它就合理多了。这部电影启发了新的超现实“身体景观”，即人体器官被放得极大后的身体内部景观。1987年的喜剧《内部空间》对这部电影又做了进一步的发挥：一场试图把人类试验对象缩小注入兔子体内的试验出了错，结果故事情节演变成了敌对特工机构之间的争夺该技术的斗争。

在20世纪60年代毒品体验泛滥的语境下，巴拉德关于内部空间的说法同吸毒是一种“内在化”体验的惯常性表述不谋而合。布赖恩·奥尔迪斯的《脑袋里的裸足》（1969）到现在依然是此概念有力的实际表达。他描述了一个在战争中使用迷幻剂

炸弹的战后世界，其中的故事情节最初出现在“瘾君子之战”系列中。主角的名字叫科林·查特里斯，这个名字让人想到创造那个虚构圣人的人，但实际上他是个穿过西欧前往英国的塞尔维亚人。到了英国之后，因为空气中迷幻剂的效果，现实开始不可预测地发生扭曲，空间和时间都变得不再稳定。奥尔迪斯甚至把这种迷幻效果用于文本本身，查特里斯的经历和欧洲社会的总体崩溃不断地发生勾连，要归功于这种虚幻和真实交错的叙事。

在朱迪斯·梅里尔于1968年出版的文选《英格兰摇摆科幻》中，她把关于科幻的隐喻和嗑药结合在一起，把论文的作者比作在“旅途”之中，驾驶着“侦察船”前往未知的终点。这个过程是有意识的实验的结果，威廉·伯勒斯的早期小说中就有这种手法，而他也以自己在致幻药物方面的专业知识为傲。他最关心的问题之一就是控制，他反复利用科幻来表达自己对人 24
类是一种“软机器”的信念，他认为人类是一种同某种控制中介相连的有机体，他称这种控制中介为“仿真工作室”。在《软机器》（1961，1966）中，他对这种仿真机制发动了攻击，试图夺回对内部空间的控制。他提出的“仿真电影”的隐喻暗指一种早已建构好的现实，在菲利普·K. 迪克和其他人的小说中我们能够反复看到这个隐喻。

在巴拉德最初倡导探索内部空间的呼声中，他的主要提议是不要再沿着太空旅行故事的老路前行，但也没有说一定要对人的精神世界进行探索。自1962年的巴拉德宣言以来，内部空间的观念经历了一系列的变形，如可视化映射、内部显微成像，以及赛博空间，最后这个术语由科幻小说家威廉·吉布森在1982年所定义并以《神经漫游者》(1984)这部小说加以精彩阐释：

> 不同国家数十亿合法操作者和学习数学概念的儿童每天都可体验的一种交感幻象……从人体系统的每台电脑存储器中提取出来的数据图示。这是一种不可思议的复杂性。在意识的非空间中，数据成簇成块，光线交错，如城市的灯光般向后退去。

赛博空间只能以一种自相矛盾的方式解释为空间和非空间，因特网和万维网是最贴近赛博空间含义的，这些解释都包含着信息输送可视化系统这样的内嵌隐喻。网上“冲浪”这样的表达为信息搜索增添了一层拟物的维度。

然而，同虚拟的空间表征更加直接相关的是另一个特定短语——“虚拟现实”(VR)。VR的历史依然要追溯到20世纪80年代，它首先是作为一种电子娱乐毒品而流行开来的。1990年，
25 《华尔街日报》将其描述为“电子迷幻药”，在帕特·卡迪根出版于1991年的小说《合成人》中，“视觉”马克一角演示了这个类比的含义。马克是个虚拟现实成瘾者，梦想能够脱离所有的束缚或边界，这样“他就能够在宇宙中自由飞翔，想去哪里就去哪里”。卡迪根对头戴“视频头”(一种电子虚拟现实头盔，同时这个词也指上瘾)时的沉浸式体验有极为生动的刻画。小说人物吉娜戴着这样的头盔，马上就体验到了感觉和时间的奇怪转换，对发生了什么毫无把握，时间感也丧失了。场景的迅速转换和持久的变化让人想起德·昆西在《一个英国瘾君子的自白》中

所描述的梦境。当吉娜从虚拟的旅途中恢复过来的时候，她好像从梦中醒过来一样。相比之下，在尼尔·斯蒂芬森的《雪崩》（1992）中，故事的地点选择为“大街”，它是信息交易的街道，位于作者所谓的“多元宇宙”之中——这个词是威廉·詹姆斯创造的，原是指自然的多样性，在这里则指现实的多元化和展延性。 26

第二章

遭遇异族

科幻小说不断地拷问同一性的局限和差异的本质，后者常常通过一种类似讽喻的途径而加以描述：将异族移置于其他国家或者其他星球，从而实现不同文明之间的遭遇。直面他者让读者得以重新审视自身的观念，异族文化很少能够独立地被探究，只有通过强调差异才能得到领悟。

在科幻中，异族[①]的概念可以在三层相互重叠的意义上来理解。首先，异族可以指与人类完全不同的存在，有时是来自其他行星的；其次，它又可以指社会的疏离现象，如H. G. 韦尔斯的《时间机器》（1895）中所描写的地下的劳工和地面上退化的享乐者之间所形成的阶级分化，或者是《大都会》中身为管理者的精英和僵尸一样木然的工人；最后，这个词又可以指叙事本身的一种特质，在20世纪初，读者常常通过一种准编辑的叙事架构而接触到这种叙事风格。在同一本书内发现以上这些特质是有可

① 原文为alien，作为一个笼统的概念词在这里译作“异族”，在下文中根据不同的情境会翻译为“异族”、“异形”或“外星人”。——译注

能的。例如，美国作家皮耶东·W. 杜内尔的《共和国最后的日
子》(1880) 就把使用华人移民劳工扭曲为阴谋诡计。杜内尔颠
覆了人们对于天定命运的信念，用中国人来具体呈现支配的冲 27
动，把中国人描述为逐渐接管了美国的人，最终美国的名字都被
从地图上抹去了。

异族的所谓“异”，指的就是相异性和差异，科幻中的异族显然总是参照人们所熟悉的人类群体、动物、机器而想象出来的。“异族”这个词最早在埃德加·赖斯·伯勒斯的《火星公主》(1912) 中就出现过两次，书中的男主人公约翰·卡特上校是美国内战期间南方军的军人，在亚利桑那州阿帕奇族印第安人的袭击中逃脱，然后被神秘地传送到了火星。在这个红色的星球上，他观察绿色类人种族的风俗。他凝视他们的“异族孵育场”，这是抚育火星婴儿的巢穴。在这里，异族这个形容词就标志着一种不同于地球上人类风俗的做法，即火星上的绿色种族当中并没有父母一说。这个词第二次出现的时候意思就发生了变化。卡特被火星上的绿色种族接受了，虽然一位领袖宣称这位访客让他感到惊讶，说“你是一个异族人”，但同时又是一位首领。事实上火星人能够说出“异族”这个词，甚至把它用在卡特身上，这就颠覆了“异族”一词原来指地球人之外生命的含义。换言之，异族的相异性可以根据语境和角度而表现为一种转换中的关系。在两次世界大战期间，“异族”这个术语同地外生命的联系逐渐加强，但是我们要记得它发源于19世纪的种族理论和政治。对异族的敌意在美国是通过两个法案而被制度化的，这两个法案分别是《排华法案》(1882) 和《驱逐无政府主义者法案》(1901)。

在同一时期，火星上的类人生命（这是世纪之交最受欢迎的可能性）往往被描述成具有与该时期美国一致的种族等级制度。在珀西·格雷格的《穿跃黄道带》（1880）中，发现火星上居住着身材矮小的人类，这些人长着雅利安人的外表，就像瑞典人或者德国人一样。古斯塔夫斯·波普在《火星之旅》（1894）中随意地把他的火星人按颜色分成红色、黄色、蓝色三个种族。回
28 过头来看伯勒斯，他的“巴尔苏姆”系列可能是对火星生命的早期描述当中最有名的。在《火星公主》中，约翰·卡特上校第一眼看到的是大脑袋、四肢萎缩、长得奇形怪状的生物正在孵化，当他看着这些动物的时候，一队武士骑着坐骑奔过来，把他掳走了。从这时开始，外星人给读者的那种异己感渐渐变淡，而越来越接近人类，这是因为虽然这些绿人比地球人多了两条肢体，但是依照当时的观念，他们的文化同美洲印第安人有点像。伯勒斯写他第一本火星小说的时候，计划是要“科学地描写火星上的统治种族”，这个种族和地球人将是相似的。他以火星作为奇幻背景，拼凑了跟人类多少有些相似的生物。卡特首先看到的生物构成了火星奇特环境的一部分，用伯勒斯时代的辞藻来说，红色种族和绿色种族之间的冲突类似于地球上“文明”种族和“原始”种族之间的冲突。

伯勒斯在《火星众神》（1918）中又为火星增添了一个种族，即“植物人”，他们只有一只眼，没有毛发，错位的嘴巴长在了手掌之上。他们的腋下还挂着一个微缩版的自身。和第一本小说一样，在这部小说中，火星人中最怪异的形象一开始就出现了。同这个种族相比，后来出现的生物看起来只是有点古怪，一点都不可怕了。小说中的大白猿让人想起人类进化的早

期阶段。“红种人”的肤色实际上是红铜色的，让人联想到19世纪印第安人在西方人心目中的传统形象。最后，所谓的“黑色海盗”被设定成“原始”但是“正宗”的火星种族，在所有种族中属于贵族。在外表上，这个种族的人像是高贵野蛮人的集中体现，和卡特一族的区别只在于肤色。在美国南方人眼中这可能有点奇怪，但卡特不得不承认他们的肤色反而增加了他们的美。伯勒斯在小说中提供的文本线索暗示，在火星人身上，我们看到的是地球上不同种族之间的相似性和差异。这些火星人时不时地被俘和脱逃，构成了文本的节奏，这也是伯勒斯小说叙事的招牌。 29

到现在为止，我们讨论的外星人都是人形生物，但是外星人完全可以和人不一样。在H. G. 韦尔斯的《最早登上月球的人》（1901）中，旅行者看到的第一块透明石膏其实是一个蚁人，一种“复杂的昆虫”，长着外壳，头上有“眼罩”和“尖刺”。这些地球人对于他们看到的东西是不是人莫衷一是，因为这种生物是个混合体，外形像一只大蚂蚁，但是又有智力和技术，这是他们在被俘后才了解的。这两个地球人都逃了出来，但是只有一人成功地回到了地球。韦尔斯一方面不去过分地刻画蚁人的外表，一方面又力图揭示他们的社会组织结构，在两者之间精心地保持了平衡。在通俗杂志科幻小说中这种谨慎的做法往往被忽略，虫眼怪物变得很普遍。这个词已经沦为了陈词滥调，通常只是指完全异于人类的可怕生物或带有攻击性的某些物种，这些物种还有可能会对任何不幸遭遇他们的倒霉女性角色兽性大发。多产的科幻插画师弗兰克·R. 保罗为这些杂志创作的封面起到了应有的作用。图4展示了一个典型的例子：身形矮小的

图4 《惊奇故事》(1928年5月）的封面

人类在一头怪物前面四散逃跑，这个怪物长着许多肢体，脑袋和躯体似乎是一体的。

斯坦利·温鲍姆的《火星奥德赛》(1934)则为外星人形象提供了一种新的可能性，在他的小说中，外星人和地球人的相似与相异之处俱存。在第一次前往火星的征途中，旅行者们遇到了类人猿和一只“怪诞的鸵鸟”。小说通过强调该生物的怪异之处而将之呈现在读者面前，随后这个生物的外表渐渐不再那么古怪，说他属于人类也似乎是合理的了。最后证明其实这生物不算是一只鸟，只是脖子有点长，身体小而圆罢了。更重要的是，他展示出了拥有智力的明显迹象：他能够理解数学图表，并且逐渐学会了英语。人们给他取名为特维尔，把他当作同伴，他和人类一起在火星上四处观看。当特维尔越来越像人的时候，
他的外表也越来越少地被提及。 30

异族入侵

第二次世界大战之后的几十年内，通俗小说中的粗野怪兽演变成了形形色色的生物，它们的行为表现出侵略性和威胁性。
异族入侵这类叙事往往会引起这样一个赤裸裸的话题：征服与 31
被征服。但此类叙事文本往往有一种微妙之处，它们采用种种策略来延缓揭示异族身份的时刻，因为反抗异族的前提是看到并明确异族的身份。为了展现人类面临的各种威胁，这些叙事都会不断地同哥特式文学产生交集。

在来自英国的范例当中，电视连续剧《夸特马斯实验》(1955)把同异族的接触戏剧化为一种感染行为。一枚坠毁在温布尔登公园的火箭上载有唯一的一名宇航员，他身上携带着一

种吸收性病毒。这位名叫卡隆的宇航员心理受创，已经很难记起发生了什么事，而这段失落的记忆也成为一个谜。在剧里，先是火箭中发现了“果冻状物质”，然后卡隆开始变异，手成了灰色的非人形状，接着在西敏寺里出现了一大帮怪物，最后这帮怪物又在西敏寺里被消灭了。第二部《夸特马斯实验》和电影《夸特马斯2》（1957）中描述的异族入侵比第一部更加详细。在一部坠毁在地球上的雷达中有人捡到了神秘的物体，检查后发现其中一些物体是中空的容器，估计原来是装着什么东西的。调查雷达坠毁的地区时，首席科学家夸特马斯偶然发现了一座神秘的工厂，它显然是由政府建造的，作为最高机密禁止外人进入。小说作者奈杰尔·凯尼尔后来回忆说，当初他写小说的时候，这个桥段表达了50年代中期民众对官僚机构和秘密设施的担忧。和第一部一样，影片先是通过对工厂附近居民感染奇怪疫病的报道抛出了一个悬念。工厂的安保人员被当地人称作“僵尸”，因为他们戴着面罩，看起来和昆虫一样。最终谜底揭晓，这座工厂一直在制造合成食物，饲养从天空中坠落到地球上的有机体。最后，夸特马斯把这些生物逐回它们自己的小行星，并摧毁了它们。这部电影的美国片名比较引人注目，叫作《天外来敌》。

英国最宏大的异族入侵叙事当属20世纪50年代约翰·温
32 德姆的小说，他沿用前人的策略，把科幻的主题嵌入日常生活的环境细节之中。《三尖树时代》（1951）向读者展现了两个对人类同时存在的威胁，一个来自地外，一个来自有机体。三尖树是在苏联的生物实验中被制造出来的，在一起空难中它们的孢子洒落到了英国。作者这么写并非出于偶然，当时传闻说有卫星把

图5 约翰·温德姆《三尖树时代》(1951)的插画草图

生化武器扔到了英国，这里就体现出英国人的恐惧。第二次“袭击”来自绿色的流星，凡是观看流星雨的人都失明了。这样整个国家都陷入了瘫痪，人类也不再处于优势物种的地位，面对三尖树的攻击只能坐以待毙，到了小说的第二部分，这些三尖树开始猎取人头了。 33

布赖恩·奥尔迪斯指责温德姆制造了一场“舒适的大劫难”，但是这么说对温德姆的委婉平淡的叙事方法并不公平，因为温德姆显然是想在一定程度上避免太空歌剧叙事的那种风格夸张的戏剧性表达。叙事者用回忆的方式讲述了这两起攻击事件，同时揭示了英国人的自满，他的叙述内容阴森恐怖，故事中无数的死亡事件加强了渲染力。《海妖醒了》（1953）重复了异族入侵的主题，这次是奇怪的有机体从空中落入了海洋。为了消灭它们，英国引爆了一个核装置，但是却反过来激活了这些有机体。换言之，英国核装置失效直接造成了海洋生物入侵。

三尖树或者海洋生物的心智对于人类而言是一个永远的谜。和前面的情况不一样，在《密威治的怪人》（1957）中，发生的是一种类人生命的入侵，入侵对象是典型的英格兰中部的村庄。这个村庄叫密威治，有报告称其上空出现了不明飞行物，随后该村庄的居民神秘地陷入昏迷，其间所有育龄妇女都怀孕了。之后生下来的孩子都带有不可思议的相似之处，拥有完全一样的外表特征，叙事者将其描述为一种抽象的“异常”，和任何种族都没有相似之处。这部小说里面有一处不同寻常的自我反思性质的评价：一个人物谈论了美国的异族入侵小说模式，目的是为了说明美国模式与英国模式之间的区别，强调了美国模式情节节奏快，直到最后一刻才峰回路转。

但实际上20世纪50年代美国的异族入侵模式的电影比温德姆笔下人物所谈到的要更加复杂。举个典型的例子，一个物体被误认为是一颗流星，坠落在一座小镇附近，接着这个坠落物体内部的生物利用坠毁地（旧矿山、沙坑等）作为接管人类的基地。这种接管可能是通过替换（《我嫁给了来自外太空的
34 妖怪》，1958）、感染（《食脑者》，1958）或者肉体接管而实现的。在《来自火星的入侵者》（1953）中，受害者脖颈处被放入了微型植入体，在控制者的操纵下能够破坏附近的军事设施。最后，还是一个小男孩意识到发生了什么事，而影片的很多镜头都是以

这个孩子的视角自下朝上拍摄的。《变形怪体》(1958)中呈现的威胁显得很肤浅,一种阿米巴原虫一样的有机体不断生长,吞噬了它捉住的人类。在《宇宙访客》(1953,基于雷·布拉德伯里的脚本)中,危险则来得很意外。这部电影因循入侵模式,讲亚利桑那州一座小镇上的居民被一种移动的大泡泡一样的东西所吞噬,最后发现这些外星人其实很友好,只是在这里修理他们的太空船。在大多数情况下,异族都会降落在一座小镇上,这座小镇的命运就暗示着整个国家的命运。

罗伯特·海因莱因的《傀儡主人》(1951)从一开始就明确地将整个国家设定为情节背景。2007年,一架神秘的宇宙飞船降落在艾奥瓦州的格林内尔附近,这听起来像是一个老套的不明飞行物故事,但是小说别出心裁的地方就在于叙事者所扮演的角色。山姆是一秘密政府机构的成员,他称他的上司为"老头子";作为一名极其重要的人物,"老头子"直接与总统联系。这一事实自身已经预示了发生的事情不同寻常。和其他异族入侵电影一样,当地的通信也中断了,然后关于人类变异行为的消息开始泄露出来。此外,山姆还交代了自20世纪40年代以来的不明飞行物目击历史——1947年第一起被公开的不明飞行物目击事件发生在华盛顿附近——以及当时美国和苏联之间已经爆发的核战争。战争和国家安全问题交织在一起,从一开始就扩充了小说的情节。这些外星异族是数量成倍增长的蛞蝓一样的生物,它们会附着在人类受害者的背部,一旦附着上就开始控制人类。海因莱因把人类对恶灵附体、恶心事物的古老恐惧同这些生物造成的政治威胁结合在了一起。山姆就曾经被这种生 35
物短暂地控制过,他被变成了行尸走肉,无名的操纵者支配着他，把他当作被动的工具，去与人接触、“保卫”大楼。如果用一个军事术语来描绘这部小说中的实际情况，那就是从内部颠覆美国。山姆提到过，他被操纵的体验就如同受到了催眠暗示一样。当小说出版的时候，正值首次有报道称参加朝鲜战争的美军士兵遭到了洗脑。如果说这些蛞蝓同西方对渗透的普遍恐惧相似，那么随着小说情节的发展，当外星异族入侵席卷全美时，海因莱因明显是在影射苏联，他很不合宜地称这些蛞蝓为“泰坦”，其实这些蛞蝓根本没有多大。事实证明军事战斗无法对付这些蛞蝓，所以只好传播一种病毒来感染这种蛞蝓，最终拯救了美国。

50年代最著名的外星异族入侵电影《肉体掠夺者入侵》（1956）完全没有沿用这种套路。这部电影以杰克·芬尼1955年的小说《肉体掠夺者》为蓝本，虽然是部低成本制作的影片，却取得了很强大的戏剧效果。电影以加利福尼亚的一个小镇为背景，神秘的茧中出现了人类复制品，这些复制品又替代了正常的人类。和该时期的很多同类电影一样，这部电影中的入侵的方式（孢子在太空中飘荡）也远不及其结果重要，这个结果就是小镇的医生迈尔斯·贝奈尔这个观察者发现与他相识多年的人都渐渐变得陌生。这些茧实为人形的空腔，从里面制造出和镇上居民一模一样的复制品。一旦变身完成，就很难区别这些复制品和它们所模拟的人。在这方面，《入侵》与同时期其他的异族入侵叙事形成了强烈对比，因为在其他的叙事中外星人的特质在僵尸化的受害者身上通常是看得到的。在《入侵》中，越来越多的变身人出现，在迈尔斯心中引发了偏执性恐惧，他再也无法认出任何人来。作为电影蓝本的杰克·芬尼的小说一步一步

图6　唐·西格尔《肉体掠夺者入侵》(1956) 的电影海报

36 地揭示了外星异族变身替代居民的过程，小说的戏剧性也随之慢慢加强。而在电影中导演唐·西格尔则为故事补充了一个框架，一开始迈尔斯被送入当地医院急救室的时候，情节就很紧张。所以小说是逐渐揭示了危机，而电影直截了当地切入话题并寻求证实。

制片人沃尔特·万格起初计划在电影开头播放一段精心设计的录音，它效仿的是1938年的广播剧《世界之战》。奥森·韦尔斯[①]将亲自配上旁白，仿佛正在报道该镇发生的事件。他本打算说出“这不再是我们熟悉的日常世界”之类的话，仿佛要观众注意即将看到的反常事件，不要太震惊。但是实际上这个方案没有实施，也许是因为这让电影情节的科幻意味过于明显了。后来的情节是这样处理的：由于镇上的警察局和电话交换机都被这些外星异族给控制了，迈尔斯及其女友贝姬陷入了孤立无援的可怕境地，电影临近结尾时，在镇上居民追逐他们的场景中，这种恐怖气氛达到了高潮。导演添加的故事框架颠倒了迈尔斯的身份，把他从小说中的医生变成了电影中的患者，到电影最后一幕都在暗示这个故事可能只是迈尔斯的幻想。但是当一起交通事故证实了迈尔斯并不是在虚构时，医院拨通了联邦调查局的电话，电影到此戛然而止。后来重拍的电影都更改了故事发生的地点：1978年版的地点改为旧金山，甚至在那些茧子还没有干什么时，城市居民就已经变异了；1993年的《肉体掠夺者》以阿拉巴马军事基地为故事发生地；2007年的《入侵》展示

① 奥森·韦尔斯（1915—1985），美国演员、导演、制片人，他根据H. G. 韦尔斯的小说《世界之战》制作了同名广播剧，以新闻报道的形式向听众播报火星人入侵地球的事件，在美国引起巨大恐慌。

了借助航天飞机登陆地球的外星生命形式，它引发了脱氧核糖核酸转化的感染过程。关于原著中的茧到底代表什么一直存在意见分歧。有人说故事情节是对“恐共”的隐喻，共产主义在那个时期一直被妖魔化为制造服从权威的傀儡的工具。也有人把小说当作一般意义上的社会同化作用的寓言。

在所有异族入侵模式的电影中，反复出现疾病的类比，好像一种新的生命形式在某种程度上必定要败坏或者感染人类宿主。威廉·伯勒斯的小说具备很多科幻比喻形式，他建构了自 38
己的宏大叙事，这是太空时代的新神话——语言自身就携带病毒，借用非人力量的发言人的话来说，这病毒会“感染人类并把他们变成我们的复制品”。在这种设定中，所有个体都可能携带这种外太空病毒，通过语词在交流中传播病毒。任何媒介，一旦用于检验、比较这种病毒，就一定会被感染，真是恐怖至极。

与伯勒斯笔下的这种无形也无法感知的外星异族不同，雷德利·斯科特1979年执导的电影《异形》融合了多个外星异族主题，但与传统相比，又有所不同。电影以西戈尼·韦弗扮演的女性角色里普利为主角，“诺斯特罗莫号”地球商业飞船在太空中遇到了一艘被遗弃的外星飞船。有个船员进入这艘飞船查看，发现一间舱室内满是卵，其中一枚卵裂开后蹿出一个有机体，附着在他的脸上。这部电影里，外星生命以一种恐怖恶心的形式出现，仿佛是一种拖着肠子的有机体。电影的高潮场景之一是外星生物从凯恩体内破膛而出，这一幕扭曲了正常的生产过程，其直接结果就是人类宿主的死亡。随后这个外星异族跑了出来并进入了“诺斯特罗莫号”，在船员追击这个怪物的过程中，电影营造出强烈的幽闭恐惧效果。随着电影情节的发展，观

众发现其中一个船员其实是机器人，他奉“公司”（名称从未透
露）之命要将这种外星异族带回地球，通过这个情节，斯科特在
电影中又引入了一个附属性质的异族主题。同时，在电影中斯
科特对外星异族的表现限于局部展示或者一闪而过的镜头，外
星异族的整体形象作为谜底一直保留到了电影的末尾。通常在
异族叙事中，生存是最高的主题。斯科特一开始计划让里普利
被杀死，但是电影工作室坚持让里普利活下来，让外星异族被杀
死。这部电影一推出就颇得好评，随后又出了三部后续作品：
《异形2》（1986）是以异形的母星为背景的冒险动作片；《异形
3》（1992）描述了一枚异形的卵如何被坠毁的宇宙飞船无意中
39 带到一颗星球上，同时还讲述了里普利如何发现异形已经在她
体内；《异形复活》（1997）的背景设定在未来，美军军方计划从
里普利开始克隆计划。

在海因莱因的《傀儡主人》出版之前，不明飞行物和天外来客这两个孪生主题的地位在科幻中早已确立，虽然“不明飞行物”这个术语是1952年才发明出来的。据称，1947年有一个不明飞行物坠毁在美国新墨西哥州罗斯韦尔附近，军方对外星生物进行了尸检，但是因为军方随即封锁该消息，该事件演变成了流行神话。惠特利·斯特里伯的纪实小说《威仪》（1989）最终也并没有就此给出结论。50年代，外星人造访地球事件频出，飞碟是外星人通常的交通工具。《地球停转之日》（1951）中出现的那个外星人在各方面和当时的人类完全一样，除了另类的装束和技术装备。这个外星人造访地球是为了警告科学家不要在外太空使用武力，否则他们将会遇到不可战胜的机器人。这个带有警告意味的故事其实暗示了冷战期间军备竞赛的不断升级。

《飞碟入侵地球》(1956) 实际上就表现了这种愈演愈烈的军备竞赛：一架飞碟降落在美军基地后，同美军交火，随即迅速演变为大规模的外星人入侵。电影根据唐纳德·凯霍的一本关于不明飞行物的小说改编，作者曾是海军陆战队队员，多年以来一直在为通俗杂志写科幻小说。

史蒂文·斯皮尔伯格的《第三类接触》(1977) 复活了这个主题，以细腻宏大的手法表现了飞碟，在电影中外星人以矮个子类人生物形象出现。通过光效、调性乐句和手势，地球人和外星人建立了交流渠道，所以这些外星人最终并没有威胁到地球人。电影的标题将其情节定义为同外星文明的第三阶段接触，这三个阶段分别为目击、接触物理痕迹和最终接触。把同外星文明的接触分割为三个阶段，表明这个主题自默里·莱恩斯特的短篇小说《初次接触》(1945) 以来已经有了长足的发展。在默里
的小说中，两艘飞船在太空相遇，陷入了相互怀疑的僵局——这 40
样的描写受到了苏联科幻小说家伊万·叶夫列莫夫的批评。

富有同情心的异族

外星异族不再对地球构成威胁，这种转变的迹象在1951年的电影《地球停转之日》中就可以看到，影片中那个类人生物及其随同机器人带着善意来到了地球。阿瑟·C. 克拉克1953年出版的小说《童年的终结》中，善良的外星霸主接管了人类。泽娜·亨德森的“人们”系列从20世纪50年代开始发表，这些故事断然抛弃了把外星人表现为虫眼怪物的套路，转而表现人类与外星异族之间的细微差异以及地方居民对陌生来客的反应。在她的故事中，异族的异质性并不外显在身体

特征上，沃尔特·特维斯的《坠落到地球的人》（1963）也是如此。在后者中，天外来客与其说是个外星人，不如说是一个圈外人，并因为这点而受到了中央情报局和联邦调查局的审问。这个外星人对地球人不抱敌意，因为他需要地球人帮助他所在星球的人民。1976年这部小说被改编成电影，由大卫·鲍伊扮演这个类人外星人，他把头发染成了橘黄色，给故事情节增添了一种舞台效果。

显然，在这些案例中，作家使用外星人的概念来探究人类的特征，非裔美国作家奥克塔维娅·巴特勒在其1976年开始写的“模式主义者”系列小说中采用了这种技巧。《模式之主》的故事背景设定在未来，人类遭到了心灵感应者组织的统治。“模式主义者”系列小说描述了这个发源于17世纪后期、从两个不死原型演变而来的组织的秘史。《野种》（1980）描述了这个组织在奴隶制非洲的起源，并构思了多罗（男性心灵感应者）和阿尼安娃（女性变形者和生殖力的人格象征）两个人物。这两人来到美国，意识到美国文化中存在对差异的制度化压制。巴特勒的“异种移植”三部曲（1987—1989）主要讲述了外星异族翁卡
41 利人（有三种性别，永久地被“母世界”所放逐）试图通过基因替换的手段取代人类的故事。剧中的主角利莉思从人工深眠中醒来后，发现一个灰色的、耳朵长毛并且没有鼻子的翁卡利人站在她面前，流利地对她说话。巴特勒对笔下人物的身体特征总是很敏感，总是小心翼翼地展开叙事，以求外星人的形象以及他们与地球人的差异处于不断的变换叙述中。巴特勒自己曾经说过，她的书“是关于权力的故事……我将多种族间不同性别的人聚合起来，他们必须适应他人与自己的差异，同时也要适应自身

所产生的不一定能够控制得住的能力”。

如果说巴特勒用科幻构建了一段关于奴隶制的虚构历史，那么奥森·斯科特·卡德1986年出版的小说《死者代言人》就是对南美洲殖民地历史的想象性重构。这部小说的背景设定在未来的卢西塔尼亚殖民地，坡奇尼奥（在西班牙语中有“小个子”的意思）是当地的土著，被人类霸主关在牢笼内以供研究。小说探究了两个族群之间交流所遇到的复杂难题。厄休拉·勒奎恩1976年出版的小说《代表世界的词是森林》通过科幻的形式对越南战争表达了一种批判，与此类似的是，卡德的叙事将从西方与无文字文明的权力关系中产生的误解戏剧化了。

同样，格温妮斯·琼斯将自己笔下的外星异族命名为“阿留申人”，也是巧妙地暗示了人类当中身处于偏远地带的边缘化人群（阿留申人受到俄国人和美国人的双重欺压）。她称《阿留申人三部曲》（1991—1997）的写作动机是要反对征服与被征服的达尔文主义范式。这些外星异族同人类的接触是渐进式的，他们体现出非洲和亚洲文化的特征，但同时又没有性别。用她自己的话来说，阿留申人以“女性”和“土著人”为蓝本，并且体现了对有声语言的怀疑。她怀疑有声语言，是因为“语词造成分 42
裂”，但是作为作家的她又不得不在纸上用语词表现阿留申人那种沉默又能心灵相通的交流能力，这和用非标准的语音标记记录人类语言是类似的。出于这个道理，她意识到自己“把阿留申人表现得非常像女权主义者——死心塌地地要求拥有完全的自由，一心一意要成为有自我意识的、有良好口才的公众人物，而不是放弃自己在自然世界中的位置”。

图7　格拉汉姆·贝克《外星民族》(1988) 的剧照

1988年的电影《外星民族》将异族主题重新聚焦到了美国国内的种族问题上。电影开头处，一艘巨大的飞碟降落在莫哈维沙漠上，在这样一个拼贴式的开场之后，一个新闻广播员告诉观众，飞碟载来了成千上万的类人生物，他们是经过基因设计充当奴工的。这些外来者在身份为人所知之后，定居在洛杉矶和旧金山。电影描述了这些外来者到地球三年后所受的待遇，这也是此类小说的常见手法。通过一种警察—搭档做犯罪调查的模式，电影把这些外来者塑造成新的社会底层，甚至被华裔、非
43 裔、拉丁裔美国人嘲弄和嫌弃。

换言之，通过对异化的白人警察赛克斯和他的外星人搭档弗朗西斯科之间关系发展的描写，电影用外星人入侵表达了对种族主义和民族同化的看法。这个主题处理起来相对轻松，因为在电影中，这些外来者的头部和地球人有所区别，让观众觉

得外星人长相都一样，但看起来又像地球人。后来有两部出版物借用了电影的片名，标题都叫作《外星民族》。彼得·布赖姆洛1995年出版的书抨击了美国鼓励第三世界移民的政策，坎农·施密特1997年的研究专著讨论了19世纪哥特小说的民族潜台词。

语言

外星人从飞碟中出现并说“带我去见你们的首领”的老套场面突出了异族叙事中的问题。外星异族只要开始说话，作为他者的性质就被中和了，因为我们认为语言和生活方式之间存在着联系，语言是人类的本质特征之一。早期科幻为了走出这一僵局，会使用即时翻译装置这一不二法门，或者求助于心灵感应这一无敌利器。在埃德温·莱斯特·阿诺德的《格利弗·琼斯中尉》（1905）中，主人公通过心灵感应装置学会了火星语。

当小说家开始面对异族语言问题时，他们往往依赖于萨丕尔-沃夫假说——我们的世界观是由语言所塑造的，同时，作家们也倾向于表现语言是如何陷于权力斗争的。苏赛特·黑登·埃尔金的“母语”系列（1984）表现了一个由语言学家（男性）统治星际帝国而女性处于屈从地位的未来。书名指一个特定家族的女性共同建构属于她们自己的语言，因为这是被禁止 44
的，所以这种建构运动就成了一种集体授权和抵抗的行动方式。她们建构出来的语言叫作拉丹语，埃尔金期望能够推广这种语言，还通过一个简单的附录对它做出了描述。作为一名专业的语言学家，埃尔金在《语言的绝对命令》（2000）中表达了一个坚定的观点，即语言无法被拥有，语言只能被使用。

迈克尔·毕晓普在《变形记》（1979）中采用了更接近人类学的方法，小说中有一章叫“阿萨迪民族中的死亡和名称”，还有一章则名为“流产的民族志札记”。小说把博斯基威尔特（意为“绿荫草原”）行星和肯尼亚做了明显的类比，主人公到这个行星的目的是研究阿萨迪人。他写日志，但是数据总是大于他的假设，所以最终写成一个合理的报告成了不可能的事情。毕晓普的小说同厄休拉·勒奎恩的《总是要归乡》（1985）形成了鲜明的对比，后者显然脱胎于作者在人类学方面的家学渊源。实际上这部小说在一定程度上是以一份人类学报告为范型的，在小说末尾还有附录和索引。一开始，叙事者调查了“未来考古学”，而此时潘多拉正准备打开北加利福尼亚凯希文化的“匣子”。通过图画、口述故事的录音等等，作者不断提示读者文本在杂糅文化中的中介作用，这种杂糅文化的形式和价值来自工业化之前的大自然，但也使用电子装置同外在世界相联系，这个世界作为一个整体，构建了人机一体的“心灵之城”。

自20世纪70年代以来，异族的概念逐渐融入性别和民族的文化之争，导致那种老式的外星入侵者逐渐从科幻中退场，但是像惠特利·斯特里伯描述天外来客的那种非虚构类作品除外。外星异族的外表也处于不断的变化中，关于种族和物种的观念发生了变化，这方面的想象总会有相应的变化。“星际迷航”系
45 列中著名的克林贡人最初肤色很深，后来他们的外表才有了更精细的刻画。马克·欧克朗设计了成体系的克林贡语，这种语言后来还吸引了一批拥趸。外星异族入侵叙事衰微，另外一个原因就是这类主题的处理越来越沉湎于技术描写而不能自拔，
46 下面我们将讨论这个方面。

第三章

科幻与技术

所谓的技术往往就是指工具或者器具，科幻常常与技术的演变相联系，部分历史原因在于20世纪早期对技术的推崇。不过，美国文化史学家路易斯·芒福德关于“技术”的观点更有助于我们理解技术的本质，他的定义更加广泛，把信息的传输也涵盖在内了。科幻作品中最常出现的主题之一就是对人类与人类自身发明创造之间的关联的审视，有时候科幻作品会为科技的进步而欢呼，而有时又采取一种否定的态度，例如艾萨克·阿西莫夫就反复描写过技术恐惧症，这是一种对人类被替代的前景的害怕。在本章我们将会看到，城市是未来技术的主要载体。正如德国社会学家瓦尔特·本雅明表明的，城市也是迷宫般的碎片化空间，激发着作家对城市居民的认识过程。

技术是科幻中变化的核心指标。在其所著科幻史中，罗杰·勒克赫斯特将科幻定义为“技术社会的文学”，并把这个传统追溯到19世纪晚期。雨果·根斯巴克是一位出生在卢森堡的科幻作家兼编辑，他的开创性工作就是把技术作为科幻小

说的核心要素，他的努力是要在一定程度上把充斥于世纪之交
47 科幻小说中的关于技术革新的林林总总的参考资料给系统化；这些资料有的是关于电报和信息传输的视觉手段的，有的是关于电、飞行器、新式武器和反重力装置的首创应用的。反重力装置开始出现于太空航行的叙事中时，常常敷衍了事，但最后科幻作家们意识到有必要为太空旅行的可行性提供一种有代表性的说明。

雨果·根斯巴克、坎贝尔和“硬”科幻

“科幻”这个词暗示了非虚构和虚构类作品的结合，雨果·根斯巴克的著作提供了这样的例子。他最有名的小说《拉尔夫 124C 41+》[1]于1911年开始连载，成书于1925年。在这部小说中他表达了自己的信念：新小说不仅提供娱乐，而且包含科学教育。拉尔夫在小说中是个发明家，出场背景是他从事发明的场所——实验室，而在作为小说时间背景的2660年，整个世界以新技术奇迹而著称，例如“远程摄像”（一种电视）、超短波无线电，以及“睡眠学习机”——一种后来在《美妙的新世界》中遭到过讽刺的、能够直接把信息输入大脑的装置。如加里·韦斯特法所言，雨果·根斯巴克缺少将科学和小说结合在一起的技巧，根斯巴克的作品，一方面在塑造具有双重身份的拉尔夫——既是发明家，又是一个行事夸张的、保护女主角不受狂徒伤害的英雄人物——另外一方面又以铺陈的手法描述了上述科技元素。不过，根斯巴克在呈现现代技术化世界方面却是先行者。

① 根据英语读法的谐音，“124C 41+”可以联想为“one to foresee for one another”，即“互为预言”。——译注

当某日晚上拉尔夫和女主角沿着百老汇大街玩“远程摩托雪橇”时，纽约看起来就是灯光之城的终极典范、电气化城市的终极典范。小说通篇都在大力弘扬电气化，正如1893年芝加哥世界博览会所做的那样。所以，1908年根斯巴克创办《现代电学》这第一本行业杂志，并非巧合。

他对新词的使用也堪称引领了潮流，成了后起科幻作品的标杆。从这股风潮中诞生了两个著名词语：一个是“机器人”， 48
由捷克作家卡瑞尔·恰佩克于1920年创造；另外一个是“赛博空间”，由美国作家威廉·吉布森于1982年创造，指由海量电脑构架的网络所形成的虚拟空间。在以上情况下，这些术语获得了超越文学的普遍接受性，而批评家马克·安热诺诠释了这些新词的用法。他表明，这些新词在对科幻文本的想象性阅读中起到了提示性作用，而读者又为这些新词构建了语境，从而创造了一个叙事中的虚拟世界。

雨果·根斯巴克将技术创新置于小说的前景中，是因为他非常认同技术创新等同于人类的进步的观点，这意味着在他的科幻杂志中他偏爱那些赞美科学的故事。在1931年一篇名为“机器时代的奇观”的社论中，他亮明了自己捍卫的观点，即不能接受把时代的罪恶归于技术的故事，也不能接受未来财富会极度集中、寡头政治利用工业的力量来奴役人类的预言。他宣称要拒绝“煽动非理性公众反对科学进步、反对有用的机器、反对所有发明的此类宣传”。根斯巴克极力抵制20世纪30年代泛滥成灾的质疑科技的潮流，他的策略就是少提制造并销售他所描述的发明所需的工业组织。到了1978年，出现了一位致力于科普事业的科幻作家，他就是艾萨克·阿西莫夫。他调查了科幻小说处理科技的方式，发现了两股势头，一股是乐观主义的（这也是他所认同的），另外一股则担心机器可能会失控。他所称的“机器的神话”是双刃剑式的概念，反映在对技术应用的通常的担忧之中，这种怀疑精神在后来的科幻中并不鲜见。

根斯巴克和自1937年起长期担任《惊异科幻》杂志编辑的
49 约翰·W. 坎贝尔一派的科幻小说，从50年代起被归入了“硬”科幻的阵营，区别于以社会问题为主题的“软”科幻。坎贝尔犀利的编辑方针让科技融进了他发掘的作家所写的小说当中，这些作家包括罗伯特·海因莱因、A. E. 范·沃格特、艾萨克·阿西莫夫等人，他们创作于第二次世界大战前后的作品往往被当作科幻黄金时代的典范。但是，坎贝尔的巨大影响力不应当被看作是规定性或者限制性的，而是对作家们产生了一种挥之不去的压力，促使他们创作出更加专业的叙事，这种压力在50年代之后尤为清楚地显现在美国科幻作品中。同时，50年代那段时间也见证了诺伯特·维纳开创的控制论所取得的发展。人与机器具有可类比性，而非处于对立关系之中——这是控制论这个新兴学科的关键概念。

在1994年的硬科幻选集序言中，大卫·G. 哈特韦尔阐明了这些小说的某些特征。对他而言，这些特征结合了对科学真理的关切、方法保守主义和对文学的普遍性怀疑。然而，这些特征之间存在着张力，尤其是一方面叙事与真实世界之间存在距离，但另一方面科幻叙事又崇尚真实世界的科学原理。虽然哈特韦尔并没有直言，但是他含蓄地表达了对科幻作品的乐观态度，它们体现了“对科学技术文化在当代被赋权的狂想”。深度运用科学概念来写作科幻小说的主要实践者包括澳大利亚的格雷格·伊根、英国的斯蒂芬·巴克斯特、美国的弗诺·文奇和鲁迪·拉克（这两位都是学院派数学家）。

哈尔·克莱门特的《重力使命》（1954）常被当作硬科幻的终极代表作，它描述了一颗名为麦斯克林的椭圆体行星。这是一颗新发现的行星，从每个角度都呈现出科学方面的自洽性。作为世界架构的范例，该小说着实令人印象深刻。小说提出了一系列实际问题，例如导航的问题，也给出了同样实际的解决方案。当克 50
莱门特把注意力转向这颗星球上的居民的时候，他采取了更为谨慎的态度。虽然麦斯克林星人和地球人身体特征有所不同，但他们给人的感觉却好像是拥有麦斯克林星人观点的地球人一样，这不光是因为他们能够和地球人用完美的英语交流。

相比之下，乔·霍尔德曼的《千年战争》（1974）却质疑了用技术来提高人的能力的做法。这是一部军事教育小说，作者将自己在越南从军的经历移植到了外太空。叙事者曼德拉对于与“托伦星人”进行星际战争怀有矛盾的情绪，小说将这种情绪强有力地戏剧化了。几乎没人见过这些托伦星人，他们的外表难以辨识，有时甚至会被误认为是动物。曼德拉在使用尖端武器方面受过训练，其中包括在战斗前催眠敌人。经过这样一种训练，曼德拉渐渐对自己产生了一种梦魇般的恐惧，他害怕自己变成没有人性的战斗机器。霍尔德曼揭示了一种危险，这种危险并非来自假想中的敌人，而是来自太空环境和士兵武器的不可靠性。小说反讽式地利用了星际战争的套路，以此来唤起一场没有明确目标的战争的永恒感和军事训练的自相矛盾，并将整场战争以现代殖民主义的形式呈现出来。

杰里·波奈尔是当代硬科幻的领军人物之一，他写了许多战争故事，可以被视作罗伯特·海因莱因爱国主义的继承者，他们之间的差异在于波奈尔同美国军事机构之间长年保持着密切关系。和霍尔德曼不一样，他认为太空殖民是美国边疆开拓史的延续，在其1970年的政治研究著作《技术的策略》（与斯特凡·T. 波索尼合著）中，他认为至少从1945年起，美国就在同苏联进行技术战争。他对这种政治规则的认识则体现在与太空相
51 关的科幻主题的处理当中。1981年，波奈尔当选国家太空政策公民顾问委员会主席，该委员会的成员包括罗伯特·海因莱因和格雷戈里·本福德。该委员会帮助策划了里根总统的“战略防御倡议”（SDI），俗称“星球大战”。

如果仅凭这点就说波奈尔是鼓吹技术进步的，也失于草率浅薄。他最有艺术感染力的小说之一是和拉里·尼文合著的《效忠宣誓》（1982），对所谓的“生态型城市”——这是建筑师保罗·索莱里用“建筑”和“生态”两个词合成的术语——的机制进行了一番探讨。这虽然是个新词，却透露了同韦尔斯和其他作家笔下的那种巨大的建筑群之间的渊源关系。《效忠宣誓》中，在不远的未来，洛杉矶发生了一场种族骚乱，随后建起了一片巨大的自给自足的社区，这就是托多斯·桑托斯（意为“万圣城”），容纳了二十五万居民。这个建筑群是用私人资本建造的，拥有自身的安全系统，看起来具备自我保障功能，但是两名死在进出通道中的年轻人证明了托多斯·桑托斯实际上依赖附近的其他城市而存在，而小说的长处之一也正体现在这里。小说不仅描述了生态型城市，而且讨论了生态型城市的社会价值。书中出现了一个不招人喜欢的类比，就是白蚁穴。小说中这个建筑群背后体现的很多概念借鉴了以往的科幻小说，例如，购物大厦中设有传送带走道，

文本承认其原型来自海因莱因。简言之,《效忠宣誓》一方面呈现了技术革命,另外一方面又对此自始至终地进行讨论。

城市

城市是技术性构建的终极体现,由于这个原因,科幻在很大程度上属于都市文学模式。理查德·杰弗里斯的《当伦敦消失后》(1885)是一部描述伦敦沉入腐臭的沼泽之后大自然得以恢复的后都市题材的小说,即使是这本书也可以被当作19世纪城市发展的反对之声。科幻小说对城市的表现各有千秋,把城市 52
当成了技术变革的实验室。例如,阿尔伯特·罗比达的《20世纪》(1890)描述了巴黎在不久的将来改头换面后的景象,用喜剧的手法刻画了一座商业主义泛滥成灾的城市。有一幅插图表现了凯旋门被投机商买下之后的情形:在那里建起的一座巨大的钢铁平台使得凯旋门相形见绌,在钢铁平台之上是新国际饭店,风格混杂,一味追求宏伟的气派。视觉上的不平衡是对20世纪新风尚的喜剧性讽刺,这种新风尚也从广告标识的泛滥和人们对快速交通的痴迷中反映出来。卢浮宫甚至有一条电气化甬道,让游客可以不费力地从展品前经过。“空中旋转屋”则在传统城市的高处展示了新技术。罗比达笔下的城市由金属建成,有着清一色的钢铁结构。

弗里茨·兰的《大都会》(1927年初版,2002年再版)为科幻电影提供了一座城市的原型。严格来讲这座城市有两个形象,一个是地上的大都市,是为管理层的精英及其家人而建的,另外一个则是劳工的城市,位于地下。片头展现了电影的场景,突出了属于统治者的阶梯式建筑群,其形态部分参照了勃鲁盖尔的画作

图8　阿尔伯特·罗比达的《20世纪》(1890) 中的空中旋转屋

《巴别塔》，部分来源于弗里茨·兰对曼哈顿的印象。这个建筑群从画面中淡出，正在运转的巨大机器的影像显现出来。

正是这些机器把大都会定义为怪兽一般存在的城市工业建筑群。特娅·冯·哈布在1927年的电影原著小说中描述了这座“新巴别塔”中统一着装、统一行动的工人。电影中大都会的结构性等级制则再现了哈布的设定，工人的地位甚至在机器之下。《大都会》为后来科幻中的城市形象设定了模式，这种模式同20世纪
20年代的城市规划密切相关，如建筑师休·费里斯的《明日大都 54
会》（1929）便为城市规划提供了现代主义的、几何造型的模型。

在《现代乌托邦》（1905）的结尾处，H. G. 韦尔斯描述了主角从健康卫生、一尘不染的瑞士风格的乌托邦回到伦敦后所感受
到的震惊。他突然间发现周围都是推推搡搡的城市居民，很多还 55
长得奇形怪状，眼见耳闻和各种气味都让他的感官难以承受。虽然韦尔斯并不苛求完美，但这种不和谐的局面是他在其未来主义的城市中所要试图避免的。在《当睡者醒来时》（1899）中，格雷厄姆发现自己已经不在熟悉的环境中，而是身处两个世纪后的伦敦。他被告知“这是财富的时代”，而这种财富的表象就是“泰坦式的建筑”。虽然伦敦还是伦敦，但它已经面目全非，难以辨认。为了增强陌生化的效果，韦尔斯只保留了少得不能再少的地名。在亚历山大·科达和韦尔斯共同制作的电影《未来事件》（1936）中，从当下到21世纪的转变通过埃维瑞城的变化体现了出来，而这座战后重建的城市则是韦尔斯笔下的典型城市。电影的开场表明埃维瑞城一开始就是以伦敦为原址建立的，正如1930年的电影《想象一下》的未来城市原型为纽约一样。在《想象一下》中，这座1980年的城市拥有高耸入云的建筑，空中和地

图9　弗里茨·兰《大都会》(1927) 的剧照

面的交通线层层叠叠。同样，《未来事件》展示了流线型的地下城市，韦尔斯有意将其建筑线条表现得“大胆、不同寻常”。建筑物的巨大体量与电影画面下方矮小的人类形体形成了鲜明对比，大得让人无法捉摸其功能，工业城市的恢宏建筑风格由此得以体现。确实，城市中的第一个生命迹象就是工业活动。

韦尔斯笔下的城市和《大都会》中的城市是工业秩序的象征，同样，美国营养学家米洛·黑斯廷斯所著的《永夜之城》(1920)也描述了德国凭借其死光武器而统治的未来世界。这个政权的统治核心新柏林位于地下，是一个巨大的城市—工业建筑群，可以容纳几百万人，代表了美国科幻作家对社会最丰富的科学想象。新柏林拥有巍峨的会堂和工厂，呈现出“完美的秩序、完美的体制 56
和完美的纪律”，但是这种过度的秩序却剥夺了城市的人性。

城市常常被用作敌托邦的舞台，克利福德·D. 西马克的《城市》(1952年通过编者评述集结成册的“修订”版故事合集)将背景定在未来，那时城市和人类都已经消亡，狗成了传奇故事的讲述者，它们从外部视角以一种反讽的口吻讨论人类或者城市是否真的存在过。在序言中，我们被告知，城市看起来是一种“不可能的结构”，对于任何可能有理性的生物来说，城市都逼仄得难以置信，无法让人生活在其中。詹姆斯·布利什的《飞行的城市》编织了该主题最不寻常的叙事版本之一，即把城市表现为飞船。《为了群星而生活》(1962)描述了这些飞行城市赖以存在的情形。当原材料耗竭，人们便“学俄州佬”——离乡背井去找活路[①]。布利什表现了一种现代性的大萧条，太空城市在其中体

① 俄州佬指20世纪30年代从俄克拉何马州出来的移民，他们离开了自己的土地出去找工作。——译注

现了各种不同的社会可能性。约翰·布鲁纳的《城市的广场》（1965）探索了矩形空地和南美洲都城瓦多斯的政治控制之间的关联。哈里·哈里森的《腾出地来！腾出地来！》（1966）以1999年的纽约为背景，作为世界人口过多的一个缩影，这里的食物供给十分紧张。1973年据此改编的电影片名叫《绿色豆饼》，这是剧中一种合成饼干的名字。菲利普·怀利的《洛杉矶：公元2017年》（1971）描述了一座未来城市，当地严重的污染迫使人类居住到了地下。在这些小说以及其他类似的小说中，危机导致了法西斯式的统治。

塞缪尔·德拉尼的《达尔格伦》（1975）描绘了最复杂、最具有超现实风格的城市贝娄娜（根据罗马女战神命名），灾难降临到了这座城市。主角流落到城市中，有过短暂的艳遇，遇到了帮
57 派分子和其他的幸存者，但是对城市的布局却从没有过一种整体感。德拉尼把叙事的视角限制在主角的知觉范围之内，从而取得了这样一种效果。不管主角经过多少个街区，不管他攀爬过多少座荒废的建筑，他从来没有建立一种关于远近的距离感。空间和时间不断地变换，他对城市的视觉感知也在不断变化，而这座城市总是被散落的火堆上升起的烟气笼罩。德拉尼在小说中保持严格的受限视角，从不允许读者比主角“基德”[1]了解更多，虽然故事不断地转换为第三人称。结果，范围模糊的城市空间内部就产生了一种具有生动局部细节的超现实剧情。德拉尼的城市是碎片式的，并且终究是不可知的。

正如维维安·索布恰克所言，战后的科幻电影往往展示城

① 英文意为“小子”。——译注

市的负面形象，展现的场景不是残垣断壁就是空房荒庐。这个关注点的一个标志就是将城市塑造为控制网，描述了潜意识编程兴起的英国电视剧《超级麦克斯》和表现了奥威尔式的官僚统治政权的《巴西》（1985）均是如此，这两部影视片都制作于1985年。让–吕克·戈达尔的《阿尔法城》（1965）把以下三种类型结合到了一起：美国的私家侦探故事、惊悚间谍片以及科幻。特工雷米·考辛来自“新约克”，他的使命是去抓住或者杀死冯·布劳恩教授——后者不是我们所想的那种火箭技术专家，而是一位电脑设计师，他设计的计算机包括了阿尔法60，在电影中这台电脑位于具有未来巴黎风格的城市中心。这座城市被描述为“遥远星系的都城”，其实就是计算机自身，雷米被捕之后审讯他的就是这台计算机。

雷德利·斯科特的《银翼杀手》（1982）表现的城市依然是最复杂、最具视觉细节质感的未来城市样板之一。故事发生地从菲利普·K. 迪克小说中的旧金山改为洛杉矶，这是策略性的改动，因为在美国人的想象中洛杉矶富于变化，没有城市能够望其项背。虽然电影背景设在四十年后的未来，电影中的装饰却包含了无数四十年前的美国元素，那是雷蒙德·钱德勒 58
和黑色电影[1]的时代。斯科特“以图片说话”的习惯，使未来主义和时代细节独具一格地混合在一起。上一刻我们看见飞翔的汽车，下一刻就是自行车相继驰过。这造成一种不同寻常的结果，让我们看到了一座有历史的未来之城。迪克虽然没在有生之年看到电影成品，却也参观了电影摄制组并观看了拍摄花

① 黑色电影（film noir），电影术语，指20世纪四五十年代好莱坞拍摄的充斥悲观和末日气氛、以侦探和警匪为主角的黑白电影，又称black film。——译注

絮，为拍摄技巧捕捉到的生动细节所感染，他声称：“这是有真人生活于其中的真实世界。”在电影中，蒂雷尔公司巨大的金字塔象征着权力，片头出现的一只放大的眼睛作为核心意象，暗示着监控，或者是末日银翼杀手之眼，而眼睛这个器官是人与复制人唯一的区别。

机器人与赛博格

“机器人”这个词语1920年首次出现在捷克作家卡瑞尔·恰佩克的剧作《R. U. R.：罗赛姆的通用机器人》中，情境性地包含了重体力劳动甚至奴役之意。随着这个词的进一步运用，它最终用来指自足的、也许是远程控制的“模拟人类行为并可能在外观上类似于人的人造装置”。在1920年之前，类似机器人的制造品可以追溯到叫作自动机或者人形机械的古老装置。这些装置出现于19世纪的文学作品中，如E. T. A. 霍夫曼的小说《沙人》，埃德加·爱伦·坡对约翰·梅尔策尔弈棋机的赞叹，又如爱德华·布尔沃–利顿的《即将来临的种族》（1871）设想的家务自动机。最早的此类描述要追溯到爱德华·S. 埃利斯的《巨大的猎人，或大草原的蒸汽人》（1865），小说中的机器高达10英尺，完全由钢铁制成，内部安装了蒸汽锅炉。根据现代的标准来看，这种机器非常粗糙，甚至还戴着维多利亚时代绅士的
59 “烟囱礼帽”。埃利斯的机器是由蒸汽驱动的，它同时具有运动能力、人类外形和代马拉车（通过缰绳来指挥）这三个特点。

机器人出现在20世纪作品中之后，大量的核心议题也随之凸显出来。西德尼·福勒·赖特的《自动机》（1929）呈现的未来面目狰狞，作为进化的“胜利者”，自动机取代了人类。在《大

图10　爱德华·S. 埃利斯《大草原的蒸汽人》(1865) 的插图

都会》中，发明家罗特旺制造了小说角色玛丽亚的复制品。在《R. U. R.》中，机器人接管了全球经济。人类被机器人取代或复制是机器人叙事中的两大担忧，其本质都是人类惧怕失去自己的中心位置。菲利普·K. 迪克的小说《仿生人会梦见电子羊吗？》(1968) 是电影《银翼杀手》的脚本来源，这部小说的核心主题就是第二个担忧。有机的人形机械被设计成火星殖民地的劳工，但是在世界末日大战后，他们摆脱了奴隶制，回到了遭到 60
破坏的地球。里克·德卡德在为旧金山警方追捕仿生人的过程中，不断地质疑身份的本质。小说从第一页起就展示了一个在许多方面都已机械化的世界，此时甚至连国教也以一种织物处理工艺命名，叫“丝光教”。那么，如何区分复制的人与真正的人类？德卡德没有回答这个问题，甚至不怎么愿意相信复制人不是人类。同样，在《R. U. R.》的第三幕中，两个机器人开始展现出了人的情感，因此也许我们应该担心第三种情况，即因为机器人存在了情感，所以最终将无法区分机器人与人类。

艾萨克·阿西莫夫一直对机器人持有积极的看法，他在20世纪40年代开始出版机器人故事，不遗余力地反对技术恐惧症——他称之为“弗兰肯斯坦情结”——并提出了著名的机器人学三法则：

一、机器人不可以伤害人类或者以不作为的形式让人类受到伤害。

二、机器人必须服从人类的命令，除非该命令与第一法则相冲突。

三、机器人必须保护自己，除非第一、第二法则不允许它这么做。

阿西莫夫理性地把机器人描述为“机器而非隐喻”，这种简单的策略改变了机器人在科幻中的面目。阿西莫夫除了致力于从技术角度表现机器人，同时还拓展了机器人作为工人的转义范围。《两百岁的人》（1976）中隐含了对种族问题的看法，是个特别有趣的范例。和阿西莫夫后来所写的机器人故事一样，这个故事里的安德鲁·马丁一上来就被描写得与人类别无二致，读者要到后来才能意识到他其实是一个机器人。只有他那缺乏表情的脸才暗示了他的机器人身份。在整个故事中，机器人和
61 非裔美国人之间有一个连续的类比。所以，在故事结尾，当安德鲁努力地想要别人承认他的人类身份时，这里面便蕴含了一种对种族主义的批判和人文主义的情怀。小说出版时正值美国建

国两百周年，这尤其凸显了这一类比的意义。

虽然赛博格和机器人之间不存在截然的界限，赛博格作为一种人机杂合的存在，与机器人还是有区别的。赛博格是一种控制论机体，即人机一体的系统，这个词是在1960年发明出来的，与外太空生存语境相关。马丁·凯丁的小说《赛博格》（1972）的情节是一个飞行员在飞机失事时严重受伤，其躯体由政府秘密战略行动局重组，条件是他必须为政府服务。小说推断控制论机体在医疗领域的应用将变得极其普遍，并且讨论了它在现代政治权力结构中的作用。1987年的电影《机械战警》主题与此相似，但比小说要更加有名。影片中，一名底特律警察在经过掌控市警署的奥姆尼消费品公司的重组之后，以机械战警的身份上街巡逻，充当不可抗拒的终极执法官的角色，其形象类似于全副武装的牛仔。 62

图11 保罗·费尔赫芬《机械战警》的剧照（1987）

不幸的是，试验出了错。虽然《弗兰肯斯坦》没有塑造过赛博格，但它设定了相关的叙事范式；电影中的赛博格演变成了弗兰肯斯坦式的怪物。这位机械战警的原始记忆没有被抹除，所以在电影的后半部分中他试图向“谋杀”他的人复仇。

赛博格主题电影中最有名的是阿诺德·施瓦辛格主演的“终结者”系列。该系列首部电影的情节背景设定在当前（1984年），从未来（2029年）穿越过来两个人——终结者和他的对手。终结者内部是武装到了牙齿的杀戮机器，外表覆盖着一层活的人体组织，也就是说终结者是一个充当杀手的生化人。在唐娜·哈勒维看来，他因为具有自我修复的能力，所以代表着“自足的、自我生发的工具，可以精确地批量生产”。这部电影还打破了动作片的常规，因为终结者最终被其准备加害的女性所击败。

唐娜·哈勒维在她1985年的文章《赛博格宣言》中提出了重要的赛博格理论，她把赛博格概念设定为打破虚假的二元对立——如人与机器泾渭分明的界限——的理论工具。她引用乔安娜·拉斯等人的女性主义科幻作品，赋予了赛博格核心文化概念的地位，因为赛博格代表了我们现代性存在的杂糅本质。她提出，《银翼杀手》中让德卡德又爱又怕的雷切尔，就是“赛博格文化中惧、爱、惑的形象化”。

玛吉·皮尔西1991年的小说《他、她和它》（非美国版又名《玻璃身体》）延续了哈勒维用赛博格来审视社会问题和性别问题的策略，其背景设定为2059年美洲的一块犹太飞地。小说中，名叫约得（希伯来文第十个字母）的非法赛博格被创造出来，用以保护这块定居地，这个情节设计有其历史背景——16世纪的
63 民间传说提到的泥人就是用黏土创造出来保护布拉格的犹太区

的。皮尔西在概述泥人故事的章节中插入了回顾约得和主角希拉之间关系发展的内容。赛博格能够思考、表现出快乐，甚至认为自己所处的文化传统是可憎的“怪物”，所以他区别于人的异质性被大大削弱了。约得提到了《弗兰肯斯坦》，这表明他认为自己的受造方式也等同于一种出生。事实上，比起没有任何禁忌的完美的理性生物，他作为半人工生物的性质表现得并不多，因为他的机械性的一面基本上没有外露。

以人类的形象来塑造机器人和赛博格，让人想起科幻作品中屡屡出场的解剖、拆分人体的技术，它的目的是重建或者改造人类。J. P. 泰洛特等批评家指出，科幻中的这个技术主题可以追溯到《弗兰肯斯坦》，布赖恩·奥尔迪斯等作家将该小说视作科幻的原型文本。弗兰肯斯坦用死尸的器官组成了活人，违背了文化禁忌，他创造的“怪物”（或称“恶魔”）并没有名字，所以人们对后者的联想总是和弗兰肯斯坦联系在一起的。这个具有实验性的文本以此表达了对创造生命的矛盾情感。创造者和创造物之间视角的转换只是加强了这种效果。在早期关于生物工程的科幻叙事中，实验者和实验对象之间的这种二元对立最终害死了实验者，这样的例子有杰基尔和海德[①]、韦尔斯的莫罗博士和他的兽人、迈克尔·克赖顿《终端人》（1972）中的外科医师和哈里·班森。在最后这部小说中，人体内的植入式电极受附近计算机的控制，意味着班森只能牺牲自己的自由来接受治疗。植入物越是精密，接受植入后人格改变的程度就越大。1990年的电影《全面回忆》（根据菲利普·K. 迪克的小说改编）是这种

① 《化身博士》中的善恶两个人格。——译注

狂想达到极致的表现，在影片中，植入的记忆被当作虚拟旅行商品出售。但是，当道格拉斯·奎德去珍忆公司接受“治疗”时，
64 却发现他早已让别人抹去了自己的记忆。在这之后，当他从自己的另外一个人格豪泽那里接收到一个影像，化装成女人进入火星时，他的身份就分裂为两个了。一直到电影结束，他都无法确认自己属于哪个人格。

计算机

“计算机”一词有两重含义，这两重含义在科幻作品中都有所体现。它可以指一个进行计算活动的人，也可以指进行类似操作的机器。战后科幻作品常出现的问题就是：计算机是人类的帮手还是人类的陷阱？计算机会替代人类吗？科幻作品中流行的观点似乎都是围绕第二个问题而来的。库尔特·冯内古特的第一部小说《自动钢琴》（1952）描述了美国政府如何利用代号为EPICAC14号的巨型计算机预测消费者需求总量。但事与愿违，计算机的预测变成了一种规定，由它来决定应当采取何种最有效率的生产方式，而不管因此会有多少人失业。在冯内古特看来，计算机反映并且加强了人的行为、说话甚至思考的机械化。

菲利普·K. 迪克1960年的小说《伏尔甘之锤》表现了更类似于妄想症的被监视忧虑。在这部小说中，监控者的角色由超级计算机伏尔甘[1]所扮演。这台计算机被安放在日内瓦的地下，位于世界政府的心脏地带，它能够制造移动电子设备，这些设备在使用过程中会收集公民的信息。艾拉·莱文的《这完美的一

① 伏尔甘是罗马神话中的火神，朱庇特之子，维纳斯之夫。诸神手中的神器由他打造，他还建造了诸神的宫殿，他冶炼出的神器代表了诸神的权力和职责。——译注

天》（1970）则以一种更加外显的敌托邦风格探讨了这一主题。在这部小说中，世界政府再次出现，由名为“统一电脑”的计算机在幕后安排事务。它为孩子们分配名字，它委派“顾问”，当有人表现出异端行为时这些顾问就会上门来。操纵这台计算机的是一群身份隐秘的程序员，就和《1984》中的官僚一样，这些程序员的任务就是永远地维持国家的现状。 65

从伯纳德·乌尔夫探究冷战期间侵略活动反常根源的小说《地狱边境》（1952）开始，计算机就被同军事活动联系在了一起。东西方的军事设施都已经计算机化，双方都拥有自动化控制的军队，因此，计算机替代人类的问题再次出现了。双方的计算机都派遣军事人员到全球各个军事对峙区，行动都如出一辙。莫迪凯·罗什瓦尔德的《第七层》（1959）也表现了类似的计算机对决。叙事者是机械化地下防御工事中的操作员，只要他按下按钮，核战争就会按照自动指令启动。麦克·雷诺兹的《计算机战争》（1967）再现了在乌尔夫的《地狱边境》中首次出现的主题情节。世界被分裂为两个国家——阿尔法国和贝塔斯坦，只有阿尔法国拥有一台计算机，这台计算机预测阿尔法国将拥有超过其对手的经济实力，并最终不可避免地统治世界。但是，另外一个国家的行为不断地与计算机做出的这些预测相悖，结果这些预测从来没有实现过。计算机在冷战政治对立期间象征性的存在同样呈现在《羊童贾尔斯》中，其作者约翰·巴斯并不以科幻创作著称。在这里，西方的意象是一座极其庞大的大学校园，它处在名为WESCAC的计算机的管理之下，这台计算机逐渐控制了所有的决策部门，表明信息就是新的政治通货。与WESCAC相对的是另一座校园（也就是东方）中的计算机

EASCAC。这两台计算机之间的对立关系就如同东西柏林的隐喻，它们所划定的界线完全是主观任意的。

此类小说中凸显的主题就是计算机如何为腐败的权力体制背书。当这些计算机逐渐产生感知能力或当它们人格化的时候，它们与专制独裁之间就极易形成沆瀣一气的关系。罗伯特·海因莱因的《严厉的月亮》（1966）看起来就符合这个套路，
66 虽然小说中这一主题的发展更加复杂。海因莱因写了一个关于殖民主义的寓言，月亮在他笔下变成了罪犯和其他“不良分子”的合适流放地。当局使用一台名为福尔摩斯4号的计算机来管理这些殖民地，故事从这台计算机表现异常开始。叙事者叫“曼纽尔”或“曼”，其身份是计算机程序员，他将这台计算机称作“迈克”，这不仅仅是拟人化的意思，而且还是为了把这台计算机与夏洛克·福尔摩斯的兄弟迈克罗夫特合理地联系起来。随着小说情节的发展，“迈克”使用了化名，为自己设计了脸部表情，并且“说话”时用的习语越来越精妙，使得它看起来愈发像活物。但是和其他小说不同的地方是，“迈克”根本就没有支持什么商业财团或帝国主义政权，却在月球反对野蛮统治者的革命中成了领导角色。

在20世纪70年代，计算机安放在固定的位置，看起来像是大型操作台。但是随着电子控制系统的普及和小型化，计算机在科幻作品中的形象渐渐不再是物件，而成了复杂的信息交换网的一部分。计算机的高端化发展与计算机同电子环境的整合是同步的，1999年上映的电影《母体》[①]就包含了这样的转变，

① 大陆通译作《黑客帝国》。——译注

把现实生活表现为一种精巧的电子模拟，而向个人遮蔽了“真
实”。主角托马斯·安德森是正式的电脑程序员，但同时也是一
名秘密黑客，他了解到未来某个时刻人类与机器之间将发生一
场持久的斗争。在电影中，真实与虚幻、公共与隐私、人类与机
器的二元对立处于不稳定状态，实际上电影的主要魅力正来源
于此。二元对立界线不断地被打破，使得观众无从把握纯粹的
真实，电影通过这种方式提示了因特网的当代表征——一种无
中心、无施控智能的电子广延。此外，《母体》及其续集还阐释了
信息技术和片名传达的人体意象：片名Matrix具有两重含义，一 67
是指电子网络，二是指它的词源含义，即“子宫”。主角的身体
随着情节的变化而变化，间歇性地变成情节上演的场所，简言之
主角的身体就是自身的技术化。

赛博朋克以及后起科幻文学

赛博朋克小说出现于20世纪80年代，布鲁斯·斯特林在他为《水银墨镜：赛博朋克文选》（1986）所写的序言中指出，这一现象在一定程度上是响应“全球一体化的工具”的结果。在斯特林看来它是一种全球化的小说，他声称：“赛博朋克对边界缺乏耐心。”斯特林掷地有声的评论颇有见地，技术深度介入赛博朋克小说，堪称此类小说的标志之一。这从首创“赛博空间”一词的《神经漫游者》（威廉·吉布森，1984）中就可以看出来。后来的赛博朋克小说对赛博朋克有不同的阐释：网络数据通过三维模型或者更加松散的信息库而具象化，而这些数据的背景则是无限的、开放的系统。这种阐释对于理解《神经漫游者》这部把黑色犯罪小说与计算活动的新意象结合在一起的作品提供

了更多的帮助。小说有两条主线：一是主角凯斯与莫利的关系（即书名蕴含的“新罗曼史”之意），二是凯斯寻找办法消除神经系统中的毒素。系统这个词别有深意。在小说中，从人体、犯罪网络直至矩阵，系统在各个层面都在激增，仅这个事实就造成了小说情节的复杂性。故事第一幕以酒吧为背景，酒保装着假肢和钢牙，这为小说定下了基调，即每个角色在某种意义上都是赛博格，或者曾经受到某种侵害性手段的伤害，例如凯斯的神经系统就被毒素败坏了。毒素使得凯斯基本上无法运动，让他陷于关于矩阵的梦境，回忆自己当计算机黑客的日子。他与莫利这
68 个街头角色建立了关系，后者通过手术植入了眼镜，在十指末端植入了可缩回的致命刀刃。诸如此类的角色以“斯普罗尔”为背景而活动，这个词指复合城市，不管是日本、美国还是土耳其，都存在“斯普罗尔”。虽然国家之间存在名义上的区别，但是吉布森笔下的全球主义通过代表晚期资本主义运作方式的跨国公司集团而浮现出来。正如这些角色受到了假肢、药物、电子数据等的“入侵”，他们活动的世界的每一个方面都受到矩阵、全息图、基因工程的塑造。在这个意义上，吉布森召唤出了一个全然技术化的世界，一个通过点阵般的隐喻而建构起来的世界，一切都像被处理的数据一样扁平化了。

在吉布森的《模式识别》（2003）中，也可以发现同样的主题动机。吉布森在这部小说里把情节设定在当下，这并非什么重大的变化，因为他反复坚持说科幻阐释当下，而不是未来。如书名所暗示的那样，小说描述了凯西（凯斯的女性版本）如何调查因特网上神秘视频剪辑的来源。在全球网络中，来源这样的概念是成问题的，因为人们在任何地方都可以接入网络。作为

小说的核心主题，阐释也是一个成为问题的概念，因为隐写术和加密术而更加复杂了。

吉布森在《模式识别》中暗示，俄国黑手党可能跟这些视频有牵连。他把叙事的重点放在了诠释学上，重点描述数据阐释的问题。相比之下，帕特·卡迪根的小说则对所有权和网络技术规则更加敏感。她的第一部小说《心灵扮演者》（1987）中的主角艾丽发现自己因为偷了一只“疯帽子”（一种虚拟现实头盔）而触犯了法律，被所谓的大脑警察里里外外拍了个遍。小说中这个奥威尔式的组织使“干洗”一词具有了洗脑的邪恶含义，其强制技术的先进程度超过了《1984》。像光身搜查这样的 69
身体行为改为从内部进行，这暗示心灵也属于国家财产。《合成人》（1991）通过对媒介的描写进驻洛杉矶，这个媒介不是影视系统，而是一种自动交通控制网络，名为利德电网。城市陷入了害怕灾难降临的情绪中，“大灾劫”可能是地震，但在小说中，实际发生的是电力供给的灾难。一场大规模交通堵塞上了媒体的头条，一如其他的轰动新闻。随之而来的普遍性灯火管制冻结了整座城市。在这部小说中，卡迪根表达了同《银翼杀手》等作品类似的对未来的想象：名为“多样化公司”的由计算机在幕后操控的娱乐巨头控制了城市。供电线路的意象成了一种强有力的象征，不仅象征着个人的虚拟现实体验，而且还代表一种自我扩张的关系网。小说标题中的“合成”一词，贴切地表达了洛杉矶人集体经验中的关联、合成的意义维度。在《合成人》中，扩张是一个商业事实，然而在卡迪根2000年的小说《数字苏菲派托钵僧》中管制已经制度化了。该小说中，主角是高科技犯罪调查人造现实分部的主管，正在进行一项虚拟现实调查。一些女性主义者发现，赛博朋克小说极力渲染技术对日常生活的渗透，却没有反思男权主义关于行为和风格的种种预设；卡迪根的叙事较大地校正了这一缺陷。

尼尔·斯蒂芬森是赛博朋克形成期的又一位关键人物，在解释1992年的小说《雪崩》的书名含义时，他说，雪崩是指没有信号时电视屏幕上出现的雪花，但同时也指吸食可卡因后毒品效果消退并导致情绪低落。雪崩在小说中作为一个隐喻有两个重合的含义，一方面指一种毒品，另一方面指一种电脑病毒。小说背景设定在后民族国家的未来时代，美国已经崩溃，取而代之的是一些自给自足的飞地，它们被称作“郊郡”。小说主角弘是70一名计算机黑客，同时也是比萨饼快递员，身份和吉布森的《虚拟之光》（1993）中的投递员差不多，都是递送某种货物的人。斯蒂芬森笔下的美国人已经集体脱离了真实的美国，在一模一样的城市居民区内寻求庇护。剩下的那些和美国打交道的人就是“靠着残羹冷炙活命”的街头一族。弘是那种典型的过着刀头舔血的生活，同时依靠讨价还价通过病毒设置的重重关卡的人。书中的病毒正如威廉·伯勒斯小说中所描写的那样，是个涵盖了计算、疾病甚至语言的一揽子术语。通过这部小说，斯蒂芬森区分了虚拟的现实和实在的现实，他笔下的“大街”和吉布森描写的“斯普罗尔”一样，是无数“化身”占据的虚拟公路。斯蒂芬森从印度教中借来“化身”这个词，用它来指网络中虚拟的人格。在《雪崩》中，化身们聚集在一家名为黑太阳的虚拟夜总会。黑太阳这个名字暗示一种神秘的、隐秘的内部组织，但实际上它和真实世界中的大型聚会场所没有什么两样。

斯科特·布卡特曼曾经提出，电子系统主宰了当代世界，赛博朋克和其他的“终极身份小说”体现了这种感觉，从而提供了关于当代文化的最可靠的报告。这些小说展望后机械时代的幻象，表现了最难视觉化的技术形式。然而，正是这些小说的视觉化策略在当代科幻电影和科幻小说之间架起了桥梁。最后要讨论的一批科幻作品，其最主要的主题就是联结。这个联结主题大不相同于以往，以至于人格和技术根本没法割裂。澳大利亚科幻作家格雷格·伊根把电子技术和人类身份之间的关联作为小说的核心主题。在《置换城市》(1994)中，他描写了复杂的虚拟现实建筑群，刻画了从人脑中“复制”内容的过程。谢莉·杰克逊从《弗兰肯斯坦》和《绿野仙踪》里为她的电子拼贴式小说《拼图女孩》汲取灵感，而马克·阿梅里克在《文法机》(1997)中创造了“虚拟写作机器”。J. C. 哈钦斯的《第七子》(2009)是一部关于神秘政府项目的惊悚科幻小说，以播客和纸书两种形式发表。 71
杰夫·赖曼的《空气》(2004)描述了信息技术来到某中亚共和国的情节，书名则指因特网的一种形式。信息技术对该国文化的改造通过文本逐渐“电子化”而反映出来，随着情节的推进，文本中包含了越来越多的电子邮件和音频副本。

对技术变革加速发展的认识导致了“奇点”概念的形成，未来主义者雷蒙德·库兹韦尔和科幻作家弗诺·文奇是此概念的主要贡献者。他们使用一种革命性的变化模式来预言一个属于超人或者人类/机器智能的新时代，它是乐观精神护佑下的黄金时代，承诺着精神的超越性，仿佛自身就是一种科幻叙事。肯·麦克劳德的《牛顿的觉醒》(2004)和查尔斯·斯特罗斯的《渐速音》(2005)等小说对这一技术发展的高潮已经做出了科幻的预言。 72

第四章

乌托邦与敌托邦

达科·苏恩文将文学中的乌托邦定义为“对**或然历史**的一厢情愿的建构”（强调为苏恩文所加），这个定义同作为一种杂多类型的科幻有着密切的关联，且应被当作是一种语言中的建构，而非对异域的直白描述。苏恩文把科幻与乌托邦联系在一起颇有助益，因为科幻和乌托邦之间不断重合，而它们的分裂也较少出于对概念区别的执着。更多时候，由于文学批评界不太愿意从学术上重视科幻，才导致科幻和乌托邦话语的分裂。幸好人们已经认识到这是往日的偏见。苏恩文列举了乌托邦的一般特征，例如与世隔绝的地理位置，全景式的、一览无遗的描写，某种形式化的体制，还有与读者心目中正统观念相悖的戏剧性策略。

正如很多批评家所指出的，“乌托邦”这个词是个杂糅概念，意为“好地方”或“乌有之乡”。这个词是在1516年作为托马斯·莫尔的名著《乌托邦》的书名而进入英语的。在这本书中，莫尔描写了一个具有理想化秩序的岛国，它位于向帝国贸易和征服开放的新世界的某个地方。莫尔以旅行者拉尔夫·希斯拉德的见闻录的形式呈现了这个故事，为后来的乌托邦叙事树立了典范。希斯拉德在小说中的功能是充当读者所熟悉的生活与新世界之间的中介人。莫尔在书中还展现了乌托邦社会形式的倾向性，即展示和为良序新社会而努力的倾向性。 73

在这本书中，乌托邦是作为一个终极目标而非事实存在的。乌托邦因地理位置而四面受敌，其奴隶有很多就是战俘，国内也存在犯罪现象和不同政见。莫尔反对超过国家的限制而去追求物质和性欲的满足，在乌托邦内死刑只作为对第二次通奸行为的惩罚而存在。最后，书外的一个因素也可以提一下。写作《乌托邦》的时候，莫尔担任了伦敦市副司法长官一职，当时的伦敦是一个毫无规划、野蛮生长的城市，对英国的乌托邦书写形成了独一无二的刺激。城市发展导致的污染和社会不公在19世纪晚期达到了危机水平。

尤其是到了20世纪，乌托邦出现了被“敌托邦”取代的趋势，敌托邦这个词意味着走向反面的失序乌托邦。此时的乌托邦可能在某种程度上是讽刺性质的，非裔美国作家乔治·斯凯勒的《不再有黑色》(1931）就是一例。在这部小说中，有位科学家发现了改变皮肤色素沉积的办法，从而使得黑人和白人无法再区分开来。当使用这种医学手段的人数越来越多时，美国社会开始走向崩溃。这并未带来人类的解放——这是乌托邦的主要目的——相反，这项新技术给社会带来了混乱。

对于丹尼尔·笛福、乔纳森·斯威夫特、托马斯·斯宾塞、罗伯特·帕尔托克等18世纪的作家来说，乌托邦已经成为写作的核心要素。帕尔托克的《珀金·沃贝克》(1751）是最早的乌托邦小说之一[1]，它把理想社会设置在空心地球之中。《格列佛游记》(1726)是该时期最著名的乌托邦小说之一，它沿袭了异域游记的奇幻传统来审视人类的本性。除了通过对话形式(这是呈现乌托邦的至关重要的方式)在第一、第二卷中对各种制度做了比较性的讨论，叙事把尺寸大小也真实地具体化了，还采用了多视角的复杂写法。小人国一开始让格列佛觉得好像来到了一个乌托邦式的花园国家，但是小人国国民渺小的个头让他渐生优越感。在大人国情形则相反，格列佛同该国人相比好似玩
74 物一般。这造成了一种视觉效果，好像格列佛的视觉焦点从远景切换到了特写。这种视角的变化和书中提到的光学设备都在暗示格列佛的人体知觉取决于同对象之间距离的远近，因而是一种错觉。《格列佛游记》的每一卷都从不同角度讽刺人类的骄傲，如第三卷讽刺人类对实验手段的骄傲，而第四卷讽刺人类自诩高等物种的骄傲：人类徒具人形，而毫无理性。人们反复提出陌生化效果是科幻的典型特征，如果是这样，那么，《格列佛游记》因为使用了复杂的视角转换而直接符合这个标准，在小说中，正是因为视角的转换，格列佛成了自己经历的受害者，成了一个"笨伯"。

乌托邦的黄金时期

从19世纪晚期到第一次世界大战爆发，共有两百多部乌托邦主题的著作面世，除了其中少数脍炙人口的作品，大部分都与大众无缘。涌现出这么多乌托邦著作，原因有很多，其中必然包

① 原文有误，帕尔托克所著小说应为《彼得·威尔金斯的生平与历险》(*The Life and Adventures of Peter Wilkins*)。

括科技的快速变革、美国资本集中到少数人手中、对社会正义的激烈争论等。这些著作使用的叙事技巧各不相同，举个例子，塞缪尔·巴特勒就利用了传统的游历故事模式，让旅行者进入一个奇怪地颠倒了诸多维多利亚时代英国价值观的世界。《埃瑞璜》(1972) 中描述的社会把生病当作犯罪，机器被废除了，因为人类害怕机器会取代人类。加拿大作家詹姆斯·德·米尔在其1888年的小说《铜管中的奇书》中，把船难与失落古卷的套路结合在一起，描述了一个靠近南极的世界，在那里男女已经实现了平等。在《乌托邦》(1884) 中，阿尔弗雷德·D. 克里奇把读者带入了一个外星球，这个星球展现了地球最美好的一面；在《没有城市和乡村的世界》(1893) 中，亨利·奥勒里希则通过火星来客的眼睛呈现了他对社会的观察。 75

虽然奥勒里希的这部小说气氛欢愉，但我们依然可以听到批判的声音。美国人安娜·鲍曼·托德的《未来共和国，或现实的社会主义》(1887) 假托是一位瑞典贵族在21世纪访问美国时所写的一系列信札。虽然他被穿越大西洋的气动地铁的速度所震撼，但是当他在纽约一家饭店逗留了几日却没有遇到一个人时，他便开始对自动化技术持保留态度了。不过最让他受不了的是城市整齐划一的单调外观，“实在乏味到了极点”，而这种特质也正是共和国所推崇的政治平等的体现。单调是托德描写的主题，有服装的单调，也有生活的单调，国家承担了太多的职能，导致了这个结果。在爱德华·贝拉米著名的乌托邦小说中，叙事者对此倒没有什么担忧。

《回顾：2000—1887年》(1888) 是19世纪晚期读者面最广的乌托邦小说之一。世界各地都有这本书的读者，沙皇俄国将此书列为禁书时，无意中也赞美了这本书。贝拉米的小说触发了威廉·莫里斯和H. G. 韦尔斯的乌托邦小说创作，他还在美国民族主义运动中扮演了重要角色，而这场运动主要致力于企业的国有化。在贝拉米的小说的影响下，“沉睡者醒来”这一传统主题流行了起来。这个模式是这样的：主角进入长期的深眠，醒来就到了未来的乌托邦。贝拉米以波士顿作为展示2000年的未来乌托邦的重要地点，朱利安·韦斯特醒来后发现自己置身于干净卫生的大城市，这座城市有着宽阔的街道和空旷的广场。社会冲突消失了，逐利的动机也消失了，因为所有的产业都由国家接管了，军队也承载着社会稳定和谐的理想。生产和消费看起来依然是分离的。虽然贝拉米暗示解放后的妇女有更多角色可承担，但是对女性的“美丽和风度”的强调表明这个国家依然以男性为中心。最让人惊讶的是《回顾》及其续作《平等》(1897)对私人资本通过和平方式转变为国家资本的描写，而这种千年之交发生的转变似乎与人类所做的任何努力都毫无关系。

同贝拉米的渐进主义形成鲜明对比的最极端的例子，当属伊格内修斯·唐纳利1890年的小说《恺撒之柱》，该书描写了美国工人为反对工业寡头政治规则而发动的一场声势浩大的起义，这场起义导致许多人丧生；此外还有杰克·伦敦的《铁蹄》(1908)，它描述了具有原法西斯色彩的寡头政治（即与小说同名的“铁蹄”）在美国攫取权力的过程。《回顾》之后，贝拉米写了一系列的续作，同时代人也有效仿他的作品。贝拉米的影响力历久弥新，这在麦克·雷诺兹的小说中尤为明显。雷诺兹是美国社会主义劳工党的积极分子，专门从事他所称的“社会科幻”写作。在20世纪70年代，雷诺兹创作了一系列小说，以此来回应贝拉米的两部乌托邦叙事。他的这些小说表达了对千年福音的强烈质疑。在《公社：公元2000年》(1974)中，他描写了飞离过度管制的城市社会的移动公社；《平等：2000年》(1977)探究了20世纪的种种社会失败和性无能；在《回顾：从2000年起》(1973)中，朱利安·韦斯特被直截了当地告知："根本就不存在乌托邦……乌托邦是不可企及的目标。你靠近，它就远离。"雷诺兹对乌托邦的怀疑程度在他的一系列作品里逐渐加深。

在评论《回顾》的文章中，威廉·莫里斯责备贝拉米想当然地认为乌托邦无须挑战时代的各种垄断就能轻易实现，将城市中产阶级理想化了。在莫里斯看来，贝拉米通过把城市置于中央政权的控制之下而延续了其"机器生命"。莫里斯的《乌有乡消息》(1892)同样受到了过于理想化的批评，但却是因为他美化了中世纪的行会制度。小说中的沉睡者醒来后看到一个改头换面的伦敦，在这一点上，莫里斯的描写令人顿生身临其境之感。维多利亚时代的工业和如影随形的烟尘都已消失不见，取而代之的是鲜艳、小巧的房屋，伦敦呈现出了美丽的形象。当沉 77
睡者威廉·盖斯特随意地说到某处风景让他想起了"发亮的手抄本"，这个比喻却给了读者暗示，让我们想到莫里斯的变革从本质上说是回归新中世纪的城市，即回到前现代国家。这种回归的迹象之一就是城市与乡村的迥异之处消失了，莫里斯时代的郊区又恢复为村庄。《乌有乡消息》描述了手工业行会，这是一种社群社会，在这种社会形式中，犯罪消失了（可能是因为逐利动机灭绝了），但是妇女依然要扮演育儿者这一传统保守的角色。当盖斯特跟随导游游览伦敦，后来又泛舟泰晤士河时，新社会的样子呈现在他面前。小说最关键部分是对引起社会巨变的那些变革因素的表现，而这些因素同历史事实存在着某种程度的关联。在伦敦，盖斯特一度看到了特拉法尔加广场与1887年广场场景的“叠化画面”。1887年，特拉法尔加广场上的示威工人和警察、军队之间展开了一场激战，根据莫里斯的乌托邦历史的说法，这场行动是大罢工的导火索，继而引发了重大的社会革命。

韦尔斯式的乌托邦

在反思第一次世界大战的作品《未来会怎样？》（1916）中，韦尔斯承认自己有“预言的癖好”。他对未来的乌托邦式的畅想以多种文学形式为载体。《解放的世界》（1914）的书名宣告了此书的目的，韦尔斯发现，在文学的乌托邦中，解放的欲望是一种普遍的因素，虽然实现解放的手段听起来已经惊人地现代化了。在这本小说中，原子弹被计划用来抹除狭隘民族主义的最后痕迹。原子弹同时也会消灭生活在欧洲较贫困城市中的大量公民，但因为核战争会带来一个由开明国际政府统治的新时代，目的显然是将手段合法化了。在《神一般的人们》（1923）中，一
78 群英国人在外星球上遭遇了未来的可能世界，一个阶级和政府已经消失了的世界。随着时代向前发展，韦尔斯像阿道斯·赫胥黎一样，开始把世界的未来与美国的未来联系在一起。

在《现代乌托邦》（1905）中，韦尔斯把叙事与理论探讨结合在一起，形成了一种杂糅的方法。他甚至把这部作品写成了电影剧本。在小说中，他用了两种声音，但是他打破了让主角的伙伴充当配角这样的老套模式。自苏格拉底对话录起，第二说话人的作用就是为主角阐明道理提供相关的线索，但是在这部小

说中，韦尔斯的植物学家同叙事者高傲的理论腔主动唱起了反调。这个人物的存在帮助韦尔斯对文学乌托邦的整个传统提出了评判性意见，帮助他认识到该传统存在猜测的成分，更重要的是，帮助他认识到了那种悬壶济世情怀的虚妄诱惑——改变这一团糟的世界。韦尔斯坚持认为文学乌托邦应当是“运动的”，必须与时代同步演进，他在此援引了达尔文的进化观念，将之作为一种“普遍的生成过程”而加以重述。对于现代读者来说，因为有关于20世纪30年代独裁历史的后见之明，所以嗅出韦尔斯乌托邦小说中的极权主义味道应当是较为容易的。他对人口过剩而导致物种冲突的达尔文式恐惧激发了一种要消灭“弱者”的想法。他以冷漠得让人惊讶的笔触写道，国家应当处理掉所有畸形的儿童，同时，持不同政见的人应当被流放到某座便利的岛屿上去，而不是关到现存的监狱里。民族主义不仅没有消失，反而扩张到了世界各地，结果伦敦成了一个全球性帝国的中心。对于女性的角色问题，韦尔斯依然秉持性别本质主义，继续把养儿育女作为妇女的首要职能。对于种族问题，他的态度同样保守，他用进化理论来证明白种人的优越性是合理的。

韦尔斯在书中用大量的玻璃让伦敦改头换面，这显然是对维多利亚时代砖石建筑的反动。苏联作家叶甫盖尼·扎米亚京的《我们》（1924）以26世纪为背景，他也把玻璃用作“大一统国” 79
的主要建材。但是，玻璃在此处的作用并非仅仅是让更多的光线透进屋内，它承担着更具意识形态色彩的功能。杰里米·边沁在1785年提出了被称作全景敞视监狱的模范监狱设计方案。使用这个方案，监狱管理者可以最大程度上轻松地监视管理所有的囚犯。扎米亚京笔下的政权同样通过监控而进行统治，在一个数学至上、推崇效率的国家内，公民都变成了一个个的数字。在《美妙的新世界》中福特是工业的守护神，美国的科学管理先驱弗雷德里克·温斯洛·泰勒就是《我们》中颂扬的理论家。在这部小说的数学象征主义体系内，统一是国家凝聚力的理想体现，所以叙事者D–503建成宇宙飞船“一体号”这一事件具有非凡的意义，小说就以该事件作为叙事的开端。所有人物都用数字代号来称呼，他们独一无二的重要性都在于同整体之间的联系，这些数字之间存在着统一关系。不同政见通过叙事者自我形象的分裂、自我的瓦解来表现，自我的瓦解只有通过对所谓的幻想中心进行准治疗的手术才能逆转，这个手术相当于脑白质切断术。

韦尔斯最精细的乌托邦研究就是《未来事物的形态》（1933），该叙事假托是菲利普·雷文博士的原始记录，只是做了些编辑。在这部小说中，他通过导致了第二次世界大战的20世纪社会巨变、欧洲民族主义的崩溃、国际政府的诞生、通信交流工具的飞速发展以及人类身体健康状况的改善，追溯了时代的发展历程。韦尔斯以此尽情地嘲弄了早期乌托邦。小罗斯福曾经发表了一篇叫作《前瞻》的研究报告，他在其中称赫胥黎为“最聪明的反动作家之一”。韦尔斯又一次使用了线性的进化模型，但是在这个发展历程和雷文手稿越来越多的空白之间存在着某种令人震惊的不匹配。第四卷（《尚武的现代国家》）应当是这场演化的最强音，但不过是“乱七八糟的笔记杂烩”，好像韦尔斯开始对自己叙事的连贯性产生了怀疑。

《美妙的新世界》等作品中的国家控制

20世纪30年代见证了一系列敌托邦作品的出版，敌托邦国家的职能就是要利用对正统观念的需求来抹除个体性。詹姆斯·奥尼尔冷峻的小说《英格兰的地下世界》(1935)把空心地球幻想(超现实的植物群和动物群)同敌托邦寓言结合在一起,这个敌托邦寓言在叙事者的口中是"种族集体歇斯底里"的结果。叙事者穿过哈德良长城内的一扇盖板门往下走,发现自己进入了一个寂静得令人发怵的地下世界,这里的居民都通过心灵感应来交流。他害怕自己也会被"吸收"进去,就是说被集体意识所同化,从而彻底丧失自己的身份。黑暗的地下场景为这个国家"恐怖机器"一般的感觉增加了一种梦魇般的氛围,可以说这个国家就是那个年代极权主义政体的翻版。

凯瑟琳·勃狄金的《万字旗之夜》(1937)从性别的角度继承了奥尼尔对集体心理的刻画,描写了7世纪的神圣德意志帝国。她举重若轻地表现了神秘主义和异教崇拜如何狼狈为奸,把对女性的全面压迫仪式化,把女性变成了生育机器。国家偶像崇拜在支持这种意识形态方面发挥着作用,在敌托邦故事中,历史的声音往往遭到压制。小说最有力的场景之一描写了一个人物震惊地盯着希特勒的照片,照片上的希特勒不仅完全不同于金发碧眼的标准雅利安人,甚至还在同一个女孩说话!希特勒已经融入赤裸裸的种族主义国家的血液之中了。

阿道斯·赫胥黎的《美妙的新世界》(1932)的写作动机部分源于对韦尔斯乌托邦叙事,尤其是《神一般的人们》(1923)的反感,此外,当时流行的关于生物工程的猜想也给了他部分启发。赫胥黎于1926年访问了美国,之后他坚信美国的未来就是世界的未来,在这个意义上可以说他的这本小说是对全球美国化的一种想象,第一页上伦敦的摩天大楼则是这幅全景的第一个画面。

小说中的社会建立在对流水线大规模生产方式的应用之上，这种生产方式以“福特制”而闻名，产品数量和生产效率在其中是至高无上的。考虑到克隆技术，小说描述的生育过程现在看起来实际上没有那么神奇。小说把人类“产品”命名为阿尔法、贝塔等等，在这个社会中，人的命运是由生物方式决定的，社会的标准化则体现在人们所穿的制服和习语当中。严格地说，赫胥黎为人们保留名字是一种前后不一致的做法，因为在那样的社会中，个体性的存在是时代错误。但是，赫胥黎使用名字的目的实际上是为了表明行为主义、马克思主义和工业主义的诉求在那个社会中是趋同的。《美妙的新世界》是一个讽刺性的敌托邦故事，这是通过以下两个方面表现出来的：一是性倒错，一夫一妻制在此遭到谴责；二是描述了两个世界——理性化的世界国和保留地的“原始”社会，两者在地理上相互分离，但是两个国家都存在游走于边缘的人物，通过他们，两个国度之间相互渗透。赫胥黎描写了一个政治上冷漠的国家，人们享受着它提供的无边逍遥，滥用毒品唆麻，这个情节是对马克思的宗教是“人民的鸦片”这个命题的讽刺性改造：现在，鸦片成了人民的宗教。

1958年，赫胥黎成为美国的永久居民，他在那年出版了他对美国文化的调查，将之定位为对他那著名的敌托邦小说的回归。《再访美妙的新世界》刻画了一个阴郁的世界，1932年的想象在20世纪50年代被具象化了。赫胥黎设想了权力的大规模集中，这种状况威胁着个体的自由。他警示世人：“现代技术导致了经济政治权力的集中。”他的这本书意在让世人对这些“巨大的非人力量”的作用保持警惕。他坚持认为这些趋势在下个世纪将达到其发展的顶点，控制全世界的人物将降临世间，美妙的新世界最终将成为现实。

1958年的这本续作勾勒了战后美国科幻小说中敌托邦的一些典型特征，这是赫胥黎所没有想到的。人口过剩的危机在哈里·哈里森的《腾出地来！腾出地来！》得到了处理，在小说中的1999年，纽约成了一个人口密集、食物经常短缺的城市。赫胥黎所说的“政治商业化”成了弗里德里克·波尔和西里尔·M.科恩布卢特1953年的小说《太空商人》的主题。小说写道，未来的大公司篡夺了政府的职能，外太空可以开发成定居点，所以也变成了商品。在花哨广告的表象之下，持有不同政见的人受到各种迫害，苦役工人从事着合成食物的生产工作。库尔特·冯内古特的第一部小说《自动钢琴》以工业巨头（原型是通用汽车公司）的工作方式为核心主题，展示了生产线如何左右公司的理念。冯内古特承认自己受到了赫胥黎的影响，他描述了机械如何取代人的活动，同时造成人的“机械化”：人们在鹦鹉学舌般地重复一些家常便饭似的口号的过程中，就被所谓的社会正统观念给洗脑了。

在《再访美妙的新世界》中，赫胥黎表达了对公众接受社会潜在机制的深切担忧。他主要关注一个普遍性问题的最恶劣的例子，那就是操控技术的泛滥。他对洗脑的讨论后来又出现在威廉·伯勒斯、安东尼·伯吉斯和玛吉·皮尔西等作家的作品中。1932年，媒体被证明是一种转移公共视线的手段，雷·布拉德伯里在《华氏451》（1951）中探讨了这个问题，这是该时期又一受《美妙的新世界》影响的敌托邦作品。在《美妙的新世界》中，赫胥黎不时用到一些文学典故，以此提醒读者已经失落的历史文化。因为布拉德伯里的敌托邦禁书，所以小说不断地提及自身作为虚构文本的重要身份，但是这种元小说技法并不是要提醒读者它的虚构性，而是要把读者置于一种不服从该政权的关系中。这是一本关于禁止小说的世界的小说，这个悖论在读者和主角蒙泰戈之间代入了一种共谋关系，甚至在他的不满浮现出来之前就已经产生了。通过一系列的身份认同（书籍—鸟类—人类），布拉德伯里发现书籍的命运实为整个社会的命运。从这个命题外推，他继而展示了对书籍的禁止如何构成对言论的压制，最后是电视肥皂剧的媒体“共在感”取代了社会交往。特吕弗据此拍摄的电影中，蒙泰戈的妻子带着宗教般的虔诚观看电视节目，电视节目就是诱使她入内的多重结构的电子空间。但是，在小说中，是消费主义驱使她产生了自己被四堵电视墙封闭在内的幻想，这场景类似于当代的三百六十度全景观影。在小说的最后一部分，蒙泰戈飞离了郊区和遭到轰炸的城市，进入了“书之民”所居住的象征性领域，这里的人把人间全部的书都读完了，从而使“有书如人”这个隐喻的字面意义变成了现实。

《1984》及其遗产

“奥威尔式的”这个形容词已经变成了对极权主义政权的标准描述，指以严酷的制度来实现官方权威的政权。在《华氏451》中，蒙泰戈身兼两职，既是消防队员，又是警察。消防队员实际上是清洁工，因为焚书行为就是“清洁”。虽然布拉德伯里想要让焚书者体现多重身份，但身着黑色制服的警察角色在特吕弗的电影中得到了强化，从他们身上能够发现纳粹的影子。在相对繁荣富裕的背景下，强制依然是家常便饭。乔治·奥威尔的《1984》（1949）呈现了英国战后即将面临残暴统治的严峻现实。在小说中描写的政权统治之下，国家情报部门的设备中

图12　迈克尔·安德森《1984》(1956) 的剧照

84 回荡着德国纳粹（仇恨周）和斯大林时期的苏联的声音，对官方
“历史”的伪造、篡改则永无止境。温斯顿·史密斯和蒙泰戈一
样，在国家机器内是一个操作员，被赋予了亲自见证如何毁灭事
85 实证据的罕有机会。布拉德伯里把电视描述为娱乐，奥威尔则
强调电视的控制作用：隐藏的摄像头到处都是，甚至在乡村也是如此。他描写了社会成员相互监视、相互揭发的社会，但令人更加不安的是他们从来不知道老大哥——一个存在于人们推想中的国家监控象征——是否正在监视他们。

史密斯在他的日记中记录了自己的命运。小说冷酷地证实了这种不可避免的情况：隐蔽处响起电子合成的人声，宣告人们被捕了。奥布赖恩告诉吓坏了的史密斯，党内的精英都是自封的、永远的“权力祭司”，因为他们控制着塑造思想和感知的方式。矫正史密斯的态度是不可抗拒的过程，甚至不必带着把他改造成模范公民这样的目的。在小说的结尾处，读者被告知他爱着老大哥，这真是一个讽刺的结局，但是让所有人毛骨悚然的是来自前例的暗示：史密斯很快就会消失，这意味着被处死。

安东尼·伯吉斯的敌托邦小说《1985》（1976）向奥威尔做了致敬，对敌托邦进行了一系列的反思，有意思的是伯吉斯处理这个传统题材的方式。他讨论了奥威尔对扎米亚京创作的借鉴，以及奥威尔对《美妙的新世界》的摒弃，并把自由的命运作为主要议题。但是，伯吉斯对行为主义的敌意渐渐地占据了主要舞台，这种敌意指向苏联对巴甫洛夫的支持，也指向B. F. 斯金纳后期的著作，后者对待人类实验对象的做法在《发条橙》中遭到了抨击。伯吉斯在那个时候不可能知道斯金纳还参与了

MK–ULTRA计划，这是美国中央情报局的一个秘密的意识控制项目。另外一方面，他确实知道斯金纳也写过一部乌托邦小说，名为《瓦尔登第二》，这部小说探索了行为矫正技术。 86

《发条橙》(1962)反映了公众对青少年行为不良的焦虑，并将当时的秘密监控实验融入了小说。伯吉斯在小说中使用的奇特语言(在小说中叫“纳德萨特”，意为“青少年”)把俄语、美国腔、伦敦东区俚语混合在了一起。为了做到这点，当时同情报部门有关系的伯吉斯从一名身为东欧通的前中央情报局官员那里得到了帮助。小说的叙事者名为亚历克斯，是一名谙熟街头生活的帮派头目。小说分为三个部分：亚历克斯出于取乐目的而施行暴力的行为，导致他被捕；亚历克斯被监禁并接受矫正治疗；亚历克斯回归社会。让伯吉斯恼怒的是，他的美国出版商起先删掉了最后一章，让亚历克斯陷入了前途未卜的境地。以亚

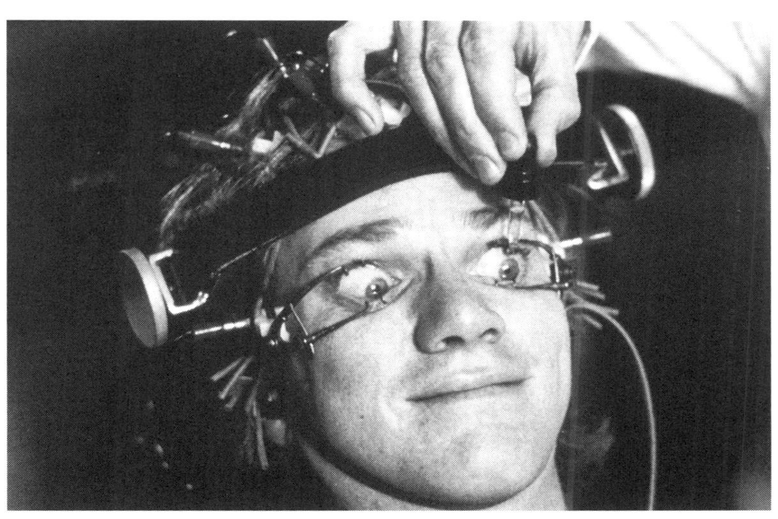

图13 斯坦利·库布里克《发条橙》(1971)的剧照

历克斯的口吻来叙事，让读者能够立即感受到这个小群体漫不经心看待暴力和性等的那种心态。因此，这部小说，甚至连同库布里克根据这部小说在1971年执导的电影，都受到了批判，理由是它们美化了亚历克斯团伙的行为。但是，小说的敌托邦诉求
87 实际就体现在对亚历克斯接受的厌恶疗法的描述中，所谓的厌恶疗法就是让对象接触到暴力行为时产生恶心反应的一种对心理的负调控。小说的第二部分对这个过程做了描述。当亚历克斯在看电影的时候，他的眼睛被一种眼科所用的支撑架强行撑开，这是电影中最著名的场景之一。

伯吉斯一贯地抨击当时行为主义的主要倡导者斯金纳，因为他认为亚历克斯遭受的这种治疗剥夺了治疗对象的意志力。因此，《发条橙》可以被解读为对官方实施的行为控制的抨击，这和玛吉·皮尔西在《时代边缘的女性》(1976)中对主角接受电击厌恶疗法的描写类似，也和托马斯·M.迪施的《集中营》(1982)中叙事者无意间成为政府秘密实验对象的情节类似。这三部小说的叙事者都是实验的对象，他们的主体性都因为实验的恶劣性质而遭到了不同程度的剥夺。

菲利普·K.迪克所建构的世界

乌托邦叙事有时会谈论自己的建构，即谈论它们自己的理想目标，但与之相对的是，敌托邦往往以既成事实的面目出现，其叙事常常遵循一种对现存政权进行解构的套路，通过如蒙泰戈这样的与现状格格不入的另类主角的行动而展开。菲利普·K.迪克把这种主角同现状的关系作为小说的中心，他不断地抛出这个问题："什么才是真实？"对于他而言，这在某种程度

上是一个形而上学的问题，但同时也是一个如何与时代的虚假真实妥协的问题，他自己这么分析：

> 如今，媒体、政府、公司、宗教团体、政治集团制造虚假的现实，电子硬件的存在把这些虚假的世界直接输送到读者、观众和听众的脑子里面，这就是我们生活的社会。 88

迪克笔下的主角通常被嵌入充满恶意的复杂组织之中，这些组织的运行机制难得一窥，遑论理解。尽管邪恶政权笼罩着神秘色彩，试图去理解其机制的冲动还是不断出现于迪克的作品中。

《幻觉》（1959）是迪克对制度性谎言最强有力的揭露。小说讲述了拉格利·盖姆在一座美国小城里的经历，盖姆所经历的现实中不断出现匪夷所思的事情，最有戏剧性的是一台软饮料自动售货机在他面前解体。越来越多的迹象表明他似乎处在一个巨大阴谋的中心，他发现自己已经陷于可怕的现实和伪造的历史之间。迪克笔下，各种相互竞争的美国形象同写作该小说时社会上普遍存在的对核战争的恐惧密切地联系在一起。逐渐发现自己受困于强大力量的盖姆，是典型的迪克式主角。迪克的小说以冷峻的笔调把主角无力证实自己身份的现实慢慢推向高潮。《倒数第二个真相》（1964）描写了在地下建筑里的生活，这里的居民完全依靠媒体获取外部世界的信息。1966年发表的小说《批发记忆》（1990年改编为电影《全面回忆》）展示了记忆移植的商业、政治体系。迪克小说中的现实总在他处，超越了主人公的能力范围；他最黑暗的小说总是策略性地让读者无法理清头绪，从而对角色的恐慌能够感同身受。对这个主题最极端的处理出现在《谎言公司》（1966/1984）中，主人公怀疑自己从一家计算机巨头公司接受了潜意识信息；它也出现在迪克最后一部完整的小说《瓦利斯》中：地球之外的情报系统揭示
89 了地球的本质，于是小说中的人物深陷于对此本质的思考。

女性主义乌托邦

女性作家一开始就参与了乌托邦写作。玛格丽特·卡文迪什的《燃烧的世界》（1666）是最早描述隔绝世界的小说之一，她笔下的世界只有从北极才能接近，小说中融入了当时英格兰的科学探索活动。由于女性主义学者的历史研究，20世纪70年代出现了夏洛特·珀金斯·吉尔曼复兴活动，挖掘出了如凯瑟琳·勃狄金这样的作家，因此现在我们更加清楚地认识到女性作家对乌托邦以及其他科幻传统的贡献。

玛丽·格里菲思的《此后三百年》（1836）是最早的由女性所写的美国乌托邦小说，它描写了一名男性时间旅行者的经历。当这个角色从睡眠中醒来时，他发现铁路已经普及，交通运输业发生了自行驱动车革命，而性别平等也已经实现。和这些以寻常方式审视两性关系的乌托邦不同，玛丽·E. 布拉德利·莱恩的《米佐拉预言》（1881）有点不同寻常，它描述了一个完全没有男人踪影的世界。小说的叙事者叫薇拉，这位俄国公主在北极遇到了船难后从极地的一个入口进入了地下世界。在那里，她发现了一个由女性组成的社会，这些女性消除了社会冲突并建立了一片“脑力劳动者的乐土”，在这里肉体和全体人民都受到合理的科学管理。同时，上帝被认同为大自然，当薇拉带着敬畏

凝视米佐拉无边无际的疆域时，视野所及之处无不包含着女性对她们社会的信心。在这个世界里，商业已经集中化，并且同盈利脱离了关系。电力得到了广泛的使用，科学被应用到了生活的每个方面。但是，这是一个白色的世界，有着白色的建筑和白肤金发的女性，遵循优生学的法则来繁育后代。 90

夏洛特·珀金斯·吉尔曼的《她的国》（1915）通过颠覆失落世界的男性叙事而获得了最基本的力量。她从一开始就用四名男性主人公[①]来表明避免陷于简单的男性刻板印象描写的用意。特里代表粗鲁的探险家，而叙事者凡则能更加明智地评价他们的经历。吉尔曼幽默地描写了四位旅行者在女性之国的无力感——他们得到了良好的待遇，但这却是婴儿的待遇。虽然吉尔曼并不完全避免进行说明，但小说还是通过对风格、着装的细节表现而将性别歧视戏剧化了，用20世纪60年代的话来说，就是用“行为政治”达到了这个目的。实际上，她通过对性别预设的质疑，展现了叙事者对自身所谓男子汉气概的逐渐疏离，并暗示性别是操演的，即性别的本质中社会控制的成分要大于生理机能，这个观点后来被朱迪思·巴特勒理论化了。

20世纪70年代，在民权运动持续开展了十年之后，美国科幻作品再次关注性别，这主要体现在女性主义乌托邦小说的创作中，同时也体现在对上至19世纪的小说传统的甄别过程中。帕梅拉·萨金特编选的文集《神奇的女性》再次引起了人们对被埋没著作的兴趣，如弗朗西斯·史蒂文斯的《刻耳柏洛斯之头》（1919）。在这部作品中，三个角色通过一种灰色的尘埃被

① 原文有误，应为三名男性主人公。

输送到了未来费城的一处“神秘的浪漫之地”。同时，有很多作家都把矛头指向了海因莱因等传统科幻作家以及一般意义上的美国社会所体现出来的性别歧视。该领域最复杂的人物当属艾丽斯·B. 谢尔顿，她是美国中央情报局的前情报分析员，以两个化名出版过小说，其中一个化名是男性的（小詹姆斯·提普区），另一个是女性的（拉孔娜·谢尔顿）。在她的小说《被插入的女孩》中，女性叙事者要求她的男性读者（“僵尸”“老爹”）听听她如何以电子方式与人造的、性感的“小妖精”形象联系在一起，从而被赋予了一个不同于自身的身体形象，这是关于男权社
91 会规定女性美标准的一个讽刺性的寓言。

在这个领域，乔安娜·拉斯是最犀利的批评家之一，同时也是最具原创性的作家之一。1972年，她宣称美国文学“不是关于女性的，不是平等地关乎男性和女性的，而是男性书写的、关于男性的文学”。1983年她出版了一本名为《如何不让女性写作》的讽刺性指南。通过她的宣言，拉斯为自己的小说准备了施展的空间，同时她也挑战了那些无意识的、习惯性的趣味和偏好，她要求读者反思科幻中对女性、局外人的描写。她强化了这个观点：女性在早期科幻中一直受到压制。这个立场的根基现在已经动摇了，因为越来越多的由女性所写的科幻作品被挖掘了出来，这种观点被批评为歪曲了历史。

乔安娜·拉斯于1975年出版的小说《雌性男人》中有四个主人公，其名字的首字母都同作者一样。乔安娜生活在当代美国，她感觉自己必须要乔装成一个“雌性男人”，才能在社会中如鱼得水；珍妮特·埃维森则来自乌托邦星球“悠闲星”，那里的男人已经绝种了；让妮娜是一名纽约图书管理员，她从一场格

外漫长的大萧条中活了下来；雅亿是民族志学者兼杀手，在她生活的世界中，两性之间处于公开的战争状态，她的名字则是《圣经》中杀死迦南军队军长的女性的名字。和《她的国》中的情节一样，这四个主人公阻止了任何女性刻板印象的出现，并且承担了不同的角色，这些在小说中互动的角色分别是社会观察家、被解放的女性、历史学家和战斗人员。小说不断地打乱其叙事模式，在访谈脚本和第一人称叙事之间跳跃，从一个主人公跳跃到另外一个主人公。第二部分以“我是谁？”这个问题为引子，而整部小说则围绕这个问题展开。有时候，小说中是哪个“我”在说话并不清楚，从拉斯的角度来说，这是刻意为之的一种策略，因为她不断邀请读者比较、对比不同的章节。在结尾处，拉斯复活了“使节”传统，派出了“使节”把她的小说送到她希望改变的社会中。

新女性主义乌托邦小说要么试图呈现一个女性社群，在这个社群中生育过程完全由女性自己管理，就像在苏西·麦基·恰尔纳斯的《母系》中那样（1978）；要么展现两性之间的冲突矛盾，例如谢里·S. 泰珀的《女国之门》（1989）把男性武士文化同独立的女性世界做了对比。

在乌托邦和反乌托邦之间展开漫长对话的小说是厄休拉·勒奎恩的《一无所有》（1974），这部小说的开头就出现了两面神般的意象——一堵墙。小说里有很多影射国际政治的地方，当时柏林墙代表着东西方的对立，但是勒奎恩在代表物质财富、社会保守主义的星球乌拉斯和荒凉的无政府主义乌托邦星球阿纳瑞斯之间做了进一步的对比。小说一开始有一个副标题——“歧义的乌托邦”，勒奎恩让有关这两个星球的章节交替出现，以此来表现这样的双重视角。就这样，读者被迫反反复复跨越两个国度之间的墙。主人公谢维克是阿纳瑞斯星球的理想主义者，作者以娴熟的技巧通过他展开了这种对比，特别是当谢维克访问乌拉斯星球的时候，他的局外人视角特别突出了这个星球的消费主义。当谢维克的科学研究与权力结构（阿纳瑞斯星球的无政府主义宣言甚至声称不存在权力结构）发生冲突时，作者还用他来更加含蓄地揭露阿纳瑞斯星球通过隐秘的意识形态来维持正统观念的做法。在这里，主城被描写为崇尚实效的典范，城市有着矩形网格的布局，所有事物都一览无遗（假定如此）。然而乌拉斯星球的老城却已经衰败，让人联想到《1984》中类似的街区，不过，在那里依然可以享有某种自由。在一篇重要的文章《美国的科幻小说和其他》（1975）中，勒奎恩抨击了科幻中的社会保守主义，因为这种社会保守主义“假设了一种永久性的尊卑等级制度，富裕的、野心勃勃的进攻型男性处于顶端，而底部则是穷人、文盲、无名的大众和所有女性，两者之间存在巨大落差”。拉斯
93 会同意这个看法，为了质疑这种分割方式，她把她的外星人带到了纽约，勒奎恩则引入了一种文化相对主义的视角。

勒奎恩把乌托邦描写为一个没有实现过的终极目标，而《使女的故事》（1985）则描写了一个被实现了的原教旨主义神权国家。玛格丽特·阿特伍德把《圣经》典故（她笔下的世界叫基列[①]）与《1984》、部分美国右派所践行的福音派新教融为一体。在这个另类的世界中，女性被贬低为服务于卫士的资源，而这些卫士就是这个一点都没柏拉图气味的乌托邦中的统治阶级

① 《圣经》里约旦河东部的山地。——译注

男性精英[①]。阿特伍德从20世纪社会中提炼出常见的元素，然后用这些元素构建了一个歧视女性的独裁政权，如使用源于父名的姓就是其中一种元素。叙事者被命名为“奥芙弗雷德”（意即“弗雷德家的”），以此来表明她不属于她自己。作为一名“使女”（这个词含有性奴隶的意思），她必须定期为一名卫士服务，而她只有通过完全让自己的意识脱离下身才能做到这点。阿特伍德在通篇小说中暗示奥芙弗雷德属于别人所有，属于全体官方内部人士。奥芙弗雷德只有依靠回忆“以前”的生活来忍受这一切，而回忆已经越来越模糊。和奥威尔的主人公不一样，奥芙弗雷德在小说中是叙事者，尽管存在种种限制，她依然拥有象征性的自我权力，因为她可以决定如何讲述自己的故事。这种潜在的观点削弱了阿特伍德揭露不同层面操纵（从洗脑到性奴役）时笔调的冷峻力量。在2003年的续作《羚羊与秧鸡》中，阿特伍德将操纵这个主题延伸到了生物工程。

生态乌托邦和“火星三部曲”

欧内斯特·卡伦巴赫的《生态乌托邦》出版于1975年，它让“生态乌托邦”（即与生态有关的乌托邦）这个术语广为人知，并有可能是这个合成词的出处。这本小说以记者威廉·韦斯顿对一处乌托邦飞地的系列报道的形式呈现。该飞地以旧金山为
中心，当时已经从美国独立出来。韦斯顿记录了生活方式的转 94
变：人们回归了认同田园诗生活的部分价值观，并选择性地使用技术。他们的服饰变得更加简朴，行人在城市中享有新的优

① 基列的统治阶层应为大主教。

先权，他们定期举行仪式性的战争游戏，以此消除攻击行为。卡伦巴赫在回忆中承认，种族融合并没有实现，非裔美国人生活在独立的区域内，其名为灵魂之城。他的小说反映了科幻文学中开始形成的一种新的环境意识。保罗·泰鲁于1986年出版的小说《O区》描写了未来的美国，在中西部有很大一块土地被封锁隔离，原因是这里受到了有毒废物的污染。食物短缺造成加利福尼亚居民生活陷于困境，该事例刺激奥克塔维娅·巴特勒写下了她的寓言小说。《播种者的寓言》（1993）讲述了一名年轻的非裔美国妇女逃往北方去为名为“地球种子”的宗教建立社区的故事，这个宗教实际上是一种生态活力论。《人才的寓言》（1998）则讲述社区后来落入宗教原教旨主义分子之手的过程。

以上小说中，主人公行动的可能性受限于来自敌对集团的阻力或者官方的惰性。金·斯坦利·罗宾逊的“火星三部曲”才是20世纪90年代最重要的生态乌托邦小说。这史诗般的三部曲把乌托邦和太空移民主题合而为一，不过作者强调他并不想把火星写成避难所，而是要让它成为科学、社会理念的实验室。这三册小说勾勒了2026年发现并开始探索火星（《红火星》，1992），然后对火星进行地球化改造以使其适合人类居住（《绿火星》，1993），最后扩大火星定居点、出现动物区系（《蓝火星》，1993）的三个步骤。火星自身在这个三部曲中就是一位真正的主人公，有着自己先于人类的地质构成期。一旦人类旅行者从地球抵达火星，乌托邦就作为目的和过程进入了叙事。小说为辩论设置了多个场所，火星上的第一个研究站一开始是作为乌托邦实验场而存在的。但是，乌托邦同时也是一种整体主义方式，可借以观察萨克斯弗莱杰·罗素所推崇的环境，此公乃

美国物理学家，小说中的主要评论员之一。罗宾逊曾经说过，他 95
想要摆脱关于乌托邦的旧式观念，即乌托邦就是遗世独立的去处，而把乌托邦看成是“历史之路”。在小说中，他从来不让读者忘记三部曲的历史背景。

在构思“火星三部曲”的年月中，埃德加·赖斯·伯勒斯、阿瑟·C. 克拉克、亚历山大·波格丹诺夫给了罗宾逊无数的启发，波格丹诺夫的《红色星球》（1908）是一部以火星为背景的早期社会主义乌托邦小说。和这些作品一样，罗宾逊不断提醒我们远征火星的经济成本，小说中的跨国公司为远征火星提供了支持；他还提醒我们地球的意识形态差异有多么顽固，第一册的结尾处，这种差异导致了一场革命。在这个三部曲中，作者多次提到早期的科幻作家，这实际上也构成了罗宾逊自己文本的演变过程，即从“关于火星的想法”中诞生了这个三部曲。所以，小说叙事中包含了两个并行不悖的过程：一是宜居的火星地表环境的形成，二是小说本身从乌托邦构想的子宫中脱胎而出。火星主题继续吸引着科幻加工，因为从火星登陆器发回的珍贵信息依然在撩拨着作家，火星上是否有可能存在生命呢？

在这里要提一下最后一个术语，即米歇尔·福柯在20世纪60年代创造出来的“异托邦”。他用这个词来对比乌托邦的“无空间性”，换言之，“异托邦”是非此非彼的混合空间，它处于一种性质模糊的状态，既包含物质实在性，又难以定位。这个概念尤其适用于对现代城市的描述。例如在塞缪尔·德拉尼的《达尔格伦》（1975）中，小说的背景场所无法保持连贯；在希纳·米维尔的《城与城》（2009）中，读者在不同的空间领域中移动，有
时候这些空间领域的边界是明显的，但有时候又是重合的。 96

第五章

时间的小说

同其他文学模式相比，科幻和未来的关系更加密切，换言之，科幻更多地涉及对时间诸方面的描写。首先，科幻是关于变革的文学，而变革根据其定义意味着对当下的认知要涉及对过去的看法，以及对未来的期待，正是这种期待塑造了当下。虽然对于未来的猜想早已通过塞缪尔·马登的《20世纪回忆录》(1733)、路易斯-塞巴斯蒂安·默西埃的《2440年》(1771)等作品进入了早期的科幻著作中，但促使人们重新思考时间的重要催化剂是19世纪中叶形成的达尔文等人的进化理论。《物种起源》(1859)以及地质研究著作开启了大尺度的时间观念，在这个尺度下人类历史不过是一瞬而已。另外一方面，达尔文伟大的进化论叙事也被同时代的种族理论所吸收。《物种起源》的副标题是"生存斗争中优势种族的保存"，而其结论看起来包含了这个希望："自然选择的唯一动力和目的是每个生命的利益，因此任何肉体的或者精神的天赋都将臻于完美。"不管完美是否是进化的目标，爱德华·布尔沃-利顿于1871年出版的小说《即将来临的种族》的书名就在暗示，当主人公从探井跌入地下世界时，他将遇到属于自己的不远的未来。与此相似的是，乔治·汤姆金斯·切斯尼的《杜金战役》（也是写于1871年）则引入了一种新型的未来战争叙事类型，其内容为领土争端。马克·吐 97
温1889年的小说《亚瑟王朝廷里的康涅狄格州美国佬》也可以算作是时间旅行故事，故事主要情节是19世纪时的美国佬汉克·摩根被打昏了，醒来后发现自己身处中世纪。马克·吐温使用时间旅行的策略来无情地讽刺整个亚瑟王时期的风气，把它表现为一种无意义的自我神秘化。摩根则代表了一种缺少想象力的实用主义的聪明，这种才智逐渐地摧毁了这个异质世界的神话和仪式主义。

在1902年的名为“发现未来”的讲座中，H. G. 韦尔斯赞扬了达尔文的研究，他认为进化论质疑了世界有一个有限的发端的观念，同时还质疑了人类是最终极的生命形式的观念。相应地，他总结说：“我们正处于伟大变革的开端，这是人类有史以来最伟大的变革。”这句话中包含的乐观主义却没有体现在韦尔斯1895年的小说《时间机器》中，而该小说是时间旅行叙事的范本之一。早期的科幻中，跨越不同时代的时间旅行发生在非正常睡眠的时候，后世的科幻叙事里也有这种模式，这种模式从来没有消亡过。但是韦尔斯的小说标志着同这种写法的重要分野，因为他把时间描述为空间，而在时间中的转换相当于旅行。确实，以空间来隐喻时间，已经成了一种常规的写法，时间旅行不过是让一个坚实的隐喻嵌入了我们的语言而已。韦尔斯首次尝试描写时间旅行的小说《时间中的阿尔戈英雄》（1888）的书名即阐明了这种以空间隐喻时间的策略，它表明时间能够像旅行一样反向而行。《时间机器》不仅描写了一辆运载工具，还描写了旅行本身，这种描述同电影快镜头的呈现形式相同，威廉·霍普·霍奇森的《边境上的房子》（1908）中也有此类描写。韦尔斯把自己看作大隐隐于市的预言家，他以他那个时代的先进文化来教导他的读者，以至于小说的第一章就像是一堂以示范作为高潮部分的科学教育课。然而，小说中时间旅行者的经历根本没有为人类进化提供任何乐观的佐证，相反，他遇到的这个分
98 裂的世界—— 一半是高贵又脆弱的埃洛伊人，另一半是住在地下的野兽般的莫洛克人——让他对人类的进步失去了信心。当时间旅行者逃离了莫洛克人的魔爪并继续向前做时间旅行时，他经历了更加无望的事情。他发现自己身处一片沙滩，眼前是一片临界景象，仿佛进化的开端和即将发生的宇宙热寂正汇聚到越来越浓的黑暗中。

韦尔斯那穿越时间而旅行的时间机器的概念再次出现于1963年，即英国广播公司的电视连续剧《神秘博士》中那间名为塔迪斯的蓝色警用电话亭。在另外一种情况下，时间旅行叙事试图避免涉及有形的装置。杰克·芬尼的《一次次》（1970）及其续作《时不时》（1995）讲述了政府秘密机构使用催眠技术让人回到历史上的纽约的故事，而理查德·马特森的《吩咐时间回来》（1975）中也有同样的描写。

时间向多重视角开放，过去和未来都成了科幻的主题。默里·莱恩斯特1934年的短篇小说《侧向时间的一边》的中心主题也是时间旅行，它描写了时空中的“混乱”。奇怪的不和谐始现于一座美国小城，某处有人看见了罗马百夫长，另外一处又突然冒出了远古时期的植物。这个故事主要通过数学教师詹姆

斯·米诺特的视角来讲述，这位数学老师向他那些困惑的学生解释：有无数的未来和过去通过“超空间”而连接起来。这是超空间的概念最早出现于小说的例子。虽然莱恩斯特试图把不同时期的意象并置在一起，但是叙事自身是连续的，他只能展示一些奇特的转换。因为“时间断层”只能通过地震的类比来表现，小说中的人物在目睹事件过程逐渐失去协调性时只能无奈地旁观。

由于后达尔文式的时间概念，很多出版的小说都以未来历史为主题。奥拉夫·斯特尔普顿在《最后和最初的人》（1930）中把火星人入侵和外星球冒险故事结合在了一起，其编年体的 99
叙事框架跨越了极其漫长的时间。他的叙事者声称自己来自遥远的未来，在向读者展示“关于心灵的伟大主题”，其中包括置于一套宏大叙事之内的人类不同形态的持续演变过程，目的是要表明个体生命是多么的短暂，而人类的潜力又是多么的无穷。《星辰制造者》（1937）以即将发生的战争为背景，用了早期小说的主题——叙事者在宇宙中寻找各种智慧生命。这个故事的情节由一系列太空漫游组成，没有任何的技术支撑，飞行过程相当于是叙事者内部意识的有形外延而已。

在他的旅途中，他遭遇了不同形式的生命和不同的政治组织，这情节在一定程度上预示了艾萨克·阿西莫夫写于20世纪50年代的《基地三部曲》（后来又扩充为七册）。阿西莫夫的“基地”系列在构思上受到了爱德华·吉本的《罗马帝国衰亡史》以及阿诺德·J. 汤因比的《历史研究》的影响。小说以未来为背景，此时星际旅行已经司空见惯；叙事按照《银河百科全书》的条目分章成节，而这部综合性的百科全书是“心理历史学”的集大成之作。“心理历史学”被定义为“研究人类对特定的社会、经济刺激的集体反应的数学分支”，其奠基者为贤人哈里·谢顿。换言之，“心理历史学”是一个能够预测集体行为的宏大体系，这和同样诞生于20世纪50年代的、描述罢工个体对历史影响的“心理历史学”没有什么关系。阿西莫夫小说研究的主题包括权力中心与权力边缘的关系，或者是科学顾问与政治统治者的关系，但限于总体意义上的。虽然阿西莫夫写了一个名叫骡、在银河帝国解体中起到了重要作用的角色，但是他却无法将这个角色理论化。斯特尔普顿和阿西莫夫对未来历史的
100 描写深刻地影响了后世的作家。

史前小说

时间一旦被想象成可以加以探索的广延，那么除了向前方的探索，还有向后方的探索。描写史前生命的叙事被称为“史前小说”，这个用词发源于19世纪60年代的法国，该类型也诞生于法国。以埃利·贝尔泰的三卷本小说《史前世界》（1876，英译本1879）为例，这部小说的开头描写了石器时代的巴黎，或者不如说是未来巴黎的所在地。小说的自然风光中并没有任何人类活动的迹象或者建筑物的存在，而这正是某些类型特征的表现。因为这类小说描述的是文字诞生之前的世界，所以读者在读每一页的时候，都不可避免地意识到此类叙事只是想象性的建构。这类小说也往往属于类型故事，展示些一般性的概念和行为，如物种等级或采集食物等。史前小说为安德鲁·兰、拉迪亚德·吉卜林，当然还有H. G. 韦尔斯（《石器时代的故事》，1897）等一系列作家所实践的进化理论提供了讨论的平台，也为进化

理论变得有血有肉提供了想象的框架。失落世界叙事与史前小说这种类型有重合之处，因为它们通常有探险、考古发现这样的情节。柯南道尔的《失落的世界》或罗伯特·W. 钱伯斯创作的故事背后的主导假设就是可以从当下真正地回到远古，好像进化之绳由一股线拧成，每一根线的律动都有自己的节奏。

史前小说的早期创作者中最有名的作家之一是杰克·伦敦，他的《亚当之前》（1907）从一开始就小心地应对读者的疑问。杰克·伦敦凭借这部小说和《星际流浪者》（1914）客串科幻是他天马行空的思维不愿受羁绊的表现，后者中的主人公可以随心所欲地进入各个历史时期。在《亚当之前》中，叙事者把自己描述为梦想家，他有能力把自己读到的信息变为现实，这同迈克尔·毕晓普的《时间是唯一的敌人》（1982）的开场比较相似：叙事者的父亲所用的幻灯投影机可以作为跳板，将他投射到古代非洲的任何一处风景中去。在《亚当之前》中，这种能力被描述为“种族记忆”，它能够使主人公回到远古，去体验其种族意义上的“父母”的生活：他的母亲“像一只个头很大的红毛猩猩”，而他的父亲则是“半人半猿”。就这点来说，这部小说的主题是关于遗传的玄想。

杰克·伦敦把他的叙事者定位成带着读者去游历的梦想家，从而避免了当代叙事同古代主题组合在一起有时候会过于生硬的情况，伦敦想要强调古代和现代之间的连续性，这么处理是合宜的。威廉·戈尔丁的《继承者》（1955）巧妙地构造了与他笔下的尼安德特人的能力密切匹配的话语和感知模式，从而令人印象深刻地避免了这种生硬之感。这部小说的前面部分章节采用了这些尼安德特人的视角。自1980年以来，史前小说的主要创作者之一当属让·M. 奥尔，他的“地球之子”系列以史前欧洲为背景。斯蒂芬·巴克斯特于2002年出版的小说《进化》以从灵长类讲到现代的一系列叙事总结了达尔文主义，每一段叙事都同进化的一个阶段中所预设的观念相调适。

未来战争

由于I. F. 克拉克的开创性工作，我们现在知道，自1871年起至第一次世界大战，即帝国主义的巅峰时期，产生了数量极其多的未来战争叙事。虽然以前也有此类叙事，未来战争这个亚类型还是源自切斯尼的《杜金战役》，这部小说在普法战争刚刚结束的时候就出版了。这部描述德国入侵英国本土的小说在很多国家都有读者。关于未来世界政治格局、大众通讯、军事技术

102 的描写在小说叙事中融为一体，形成了对备战需要的一种全国性警示。这些描写为后来的科幻小说确立了一种可以效仿的类型。未来战争叙事同兵棋活动有密切联系，兵棋是普鲁士人于19世纪20年代发明的，后来就通过计算机模拟而制度化了，有时候这些计算机模拟非常逼真，都难以同现实区分开来。这种困难以及对军方计算机系统可能会失控的担心，构成了1983年的电影《战争游戏》的中心主题。

19世纪末至20世纪初的许多未来战争叙事都被遗忘了，但是在它们的时代，它们是帝国的希望与恐惧的戏剧性代表。比如说，路易斯·特雷西的《美国皇帝》(1897)描述了一名富有的、野心勃勃的美国阴谋家如何登上法兰西皇帝之位。更富有幻想色彩的是古斯塔夫斯·W. 波普的《火星之旅》(1894)，它描述了美国宇航员飞往这颗红色行星的旅程。在火星上宇航员

们发现了一个拥有发达技术的先进种族，这个种族非常友好，他们的火星海军旗舰甚至升起了星条旗向这些访客们致敬。

可以说，侵略者的身份是不断变化的。在克利夫兰·莫菲特的《征服美国》（1916）中，德国人对美国发动了侵略，而弗兰克·R. 斯托克顿的《战争辛迪加》（1889）却描写了美国和英国之间的战争。这些差异表明世纪之交的帝国主义政策具有多变性，但是有些主题是经常回归的。美国的技术知识和发明创造能力同欧洲大国更为保守的军事组织之间通常处于竞争状态，最后的胜利常常属于“盎格鲁–撒克逊人”，也就是说，属于英国和美国的同盟。此类叙事中有很多都隐藏着种族主义，这在描写所谓的“黄祸”时越发明显。M. P. 希尔1898年的小说《黄祸》描写了黄种人统治世界的残暴计划，他们计划让欧洲大国互相攻击，然后待这些国家元气大伤时，发动对欧洲的入侵。读 103
者被告知，当他们蹂躏法国的时候，“这些瘦骨嶙峋的黄种人兽性大发，暴虐无道”。后来军队中瘟疫流行，上百万人呜呼哀哉，才让西方从军事失利中缓过了气，恢复了种族之间的势力均衡。希尔夸张的描写比起G. G. 鲁伯特的预言还不算那么耸人听闻，后者是俄克拉何马州的一名牧师，在他写的《黄祸，或东西方决战》（1911）中，东西方军队在未来发生了一场大战，而西方最终会打赢，坐实《圣经》的预言。

这些未来战争小说为读者提供了最著名的侵略战争小说——H. G. 韦尔斯的《世界之战》（1898）的相关背景。在这部小说中，有两个意象挑战了作者所处时代的自满态度。第一，小说一开头，读者便得知地球上的人类正处于火星人的观察之中，好像地球人是低等物种一样。第二，当火星人入侵地球的时候，

图14 H. G. 韦尔斯《世界之战》(1898) 的初版插图

他们的着陆地点瞄准了帝都伦敦。正如大量的评论家所指出的，韦尔斯毫不含糊地颠覆了帝国叙事，并提醒读者不要忘了塔斯马尼亚人的命运——他们在19世纪70年代已经灭绝了，而英国人也可能重蹈覆辙。韦尔斯笔下的火星人有两重性，一重是机械性，另一重是生物性。最后证明帝国的主力无法摧毁他们，因为他们在陆地和海洋上都具有高度机动性，同时也因为他们具有致命的新式武器——热线。韦尔斯小说的初版插图反复展示了倾斜的场景，像是暗示英国在与火星人的战争中总体上失去了平衡。

在他们的金属外壳之下，火星人的真面目如同章鱼一样，长着大脑袋、萎缩的四肢，这副样子是韦尔斯对人类进化前景的想象。从这个意义来说，《世界之战》其实写了一个未来人类进攻现在人类的故事。乔治·帕尔在1953年把这部小说搬上了银幕，把主要背景设定在加利福尼亚。美国军方引爆了一颗原子弹，但对火星人却没有产生任何的防御作用，该情节让读者明 104
白，未来战争叙事这个科幻文学亚类型是在冷战期间核冲突的背景下再次成为热门的。

后核时代的未来

虽然韦尔斯对以文学形式表现核战争起到了形成性的作用，但是这个主题在冷战期间才成为迫切需要探讨的问题，然后 105
又在20世纪50年代至80年代才成为众多小说的表现对象。韦尔斯的《解放的世界》（1914，美国版书名为《最后一战》）暗示了镭与乌托邦希望之间的关联，尤其是与人类进入后民族时代、战争被终结的希望之间的关联。讽刺的是，小说出版之年正是第一次世界大战爆发之时。1945年，原子弹轰炸广岛和长崎的事件突然间把韦尔斯的小说场景变成了近在眼前的现实，“末日时钟”成了这一现实的象征。自1947年起，《原子能科学家公报》每一期的封面上都是这一意象，时钟设定在差几分钟就到午夜的那一刻。一夜之间，诸多的小说家都在为未来的浩劫以分钟作倒计时，时间变得弥足珍贵。当弹道导弹替代了喷气式轰炸机，预警时间也极大地缩短了，珍妮特·莫里斯和克里斯·莫里斯1984年的小说《四十分钟的战争》（异乎寻常地由伊斯兰圣战分子所发动）把主要情节压缩到了不到一个小时的时间跨度中。在一些乌托邦小说，如苏西·麦基·恰尔纳斯的《走向世界末日》（1974）中，核战争作为常规社会解体的一个方便的解释而存在于背景故事中。

绝大多数核战争小说都以苏联为反角，通过身处战争中的美国人的视角，以情绪化的语词描写战争。在核战争中，民族的存亡和个人的生死成了首要问题。在大量的小说中，美国都被描写成已为苏联所占领，如西里尔·M. 科恩布卢特的《不是这个八月》（1955，英国版名为《圣诞夜》），或者奥利弗·朗格的《范登堡》（1971）。菲利普·怀利的《明日！》（1954）有点不同寻常，它描述了对美国中西部两个城市的实际轰炸，而这两个城市的居民一直在争论民防措施的价值。怀利描写了令人震撼的伤亡场面——婴儿被纷飞的碎玻璃开膛破肚，一个男人在脚被炸掉后用胫骨行走——他想用这种振聋发聩的方式让读者明白防御措施的必要性。但是到了1963年，当他的第二本核战争小
106 说《胜利》出版的时候，他对于民防的信心看起来已经破灭了。在小说中，彻底毁灭的大劫难是不可避免的。

朱迪斯·梅里尔的《壁炉上的阴影》（1950）同样产生于核恐怖情绪开始弥漫的阶段，小说描写了纽约的一名家庭主妇想方设法地利用各种适当的可行措施去应对核打击。帕特·弗兰克的核战争小说《唉，巴比伦》（1959）自面世以来，就一直没有停版。小说的情节和梅里尔小说中的自救情节属于同一类别。

不过，这部小说采用了比较远的视角，从佛罗里达州中部的一座小镇观察核战争，其情节关注的是如何在抢劫等犯罪行为日益猖獗的情况下维持公共秩序。弗兰克对核打击的这种洁本式描写包含着很多缺陷，当小说逐渐接近尾声，这些缺陷就凸显了出来，尤其是这个矛盾：任何小镇都不可能脱离城市中心而取得食品、医药和电力供应，但是这些城市中心都已经被摧毁了。所以，不等小说情节发展到最后一页，小镇就面临着彻底崩溃的结局，这是不可避免的，但小说却回避了这个事实。

弗兰克准现实主义的写法同内维尔·舒特的《海滨》(1957)轻描淡写式的叙事相似，后者与1959年的电影改编是对核战争时期的最有争议的描写。内维尔·舒特最初计划写一个求生故事，但是当他对放射性沉降物的扩散有了更多的了解后，他改变了情节，转而写了一个无人生还的故事。小说中，第三次世界大战之后的放射性沉降物无情地飘到了南半球，尤其是澳大利亚。小说的情节分成了两部分，一部分描写墨尔本地区的人万般艰难地接受了他们的命运，以服下毒药自杀作为结局；另外一部分则描写一艘核潜艇开往了美国等地区，去寻找幸存者。出乎舒特所料，这本小说很畅销。斯坦利·克雷默对该小说的改编打破了50年代以耸动的方式表现恐怖的核威胁的套路。当时的《原子怪兽》(1953)刻画了一头在核爆炸之后从北极圈的冰层 107
中出现的生物，而《它们！》(1954)则展示了因附近核试验场的辐射而长成庞然大物的蚂蚁。

相比之下，克雷默的电影并没有这么多的戏剧性，他只是表现了人物的日常活动慢慢地走向停止，并有意避免可能会削弱电影冲击力的任何存有希望的迹象。因为这种立意直接同艾森 108

图15　戈登·道格拉斯《它们!》的剧照（1954）

豪威尔政府的民防政策相抵触，所以电影因它的失败主义而遭到了批判。这部电影的科学假设可能有问题，但它依然是以最谨严的态度反思核战争后果的作品之一。

核战争小说必须处理一个反复出现的关于表达的问题，即如何描写无法形容的事物。很少有小说刻画一场实实在在的核打击，一般情况下核战争小说倾向于描写核战的后果，而这又发生在遥远的未来的某个时刻。所有作家都同意这样的战争会给社会带来巨大破坏，有些小说把核战争后的景象描写为倒退到前工业时代的世界，一个被摧毁的世界。在阿道斯·赫胥黎的《猿和本质》(1948)和金·斯坦利·罗宾逊的《荒蛮海岸》(1984)等作品中，角色们在毁灭后的世界中翻捡残余的有用物品。在阿尔弗雷德·科佩尔的《黑暗的十一月》(1960)、惠特利·斯特里伯和詹姆斯·库纳特卡合著的以新闻报道形式出现的《战争日》(1984)等故事中，大地已经破碎，被割裂为遭到污染的小块居住地，而且有待主人公们去发现。这部生存小说中对自明原因的一般性强调同詹姆斯·莫罗的《这就是世界终结的方式》(1985)形成了强烈对比，在后者中，主人公受到了一场审判，审判他的是死于核战争的人，是他把他们的命运交到了"疯帽匠"的手上。这是刘易斯·卡罗尔笔下的角色与确保同归于尽的核威慑战略的异文合成，具有荒诞色彩。詹姆斯·莫罗计划把这本书写成对战争受害者的提前悼念。

有两本公认的经典核战争小说值得特别提一下，一本是小沃尔特·M. 米勒的《莱博维茨的赞歌》(1959)，它以三段式结构将核战争描写成西方理性科学探索迷狂到达顶点的结果。小说把犹太-基督教的历史移植到了美国的土地上，并让历史从20世纪50年代开始重演。一场发生在过去的核战争——火焰暴雨是整个故事的序幕，这场核战争消灭了文明，并让无数的人成为畸形人。之后米勒在叙事中重述了西方的文化史，印刷术 109
再次被发明，科学复兴，直至现代民族国家的形成。小说的高潮伴随着终极的重复，核战争在超级大国之间再次爆发。米勒把西方历史描述为已有脚本的循环，它注定了要重复自己。罗素·霍本在《行者里德利》中同样将他的文本当作羊皮故纸上的重写本，这是后核时代的《坎特伯雷故事集》。名为里德利的叙事者绕着弯子去了坎特伯雷，而不是径直过去的。霍本笔下召唤出了新铁器时代的文化，而里德利则要完成他名字所代表的使命[①]，当他在大地上四处走动时，需要破解一个个谜语。他的语言，也就是小说文本的语言，是一种变形的英语，包含着双重的含义，以下面这段文字为例，它就像是亚当的故事和原子裂变这两件事情的异文合并：

> 尤撒愤怒了，他发出辐射，他一直拖着小人亚当的胳膊往外拉。小人亚当被撕裂了，他哭了……他们裂成了碎片，闪光的小人亚当如同涟漪，一波波地发出光。[②]

这里的双关描述的是原子在物理的强力作用下分裂了，接着发生了连锁反应，向外辐射出能量，令人想起从高空鸟瞰的核爆图景。

或然历史

科幻的时标可以向前也可向后延伸，所以在19世纪末，当作家们对历史做虚拟式推想时，关于或然历史的文学类型浮出

① 他的名字Riddley同riddle相关联，暗示谜语之意。——译注

② 原文作为“变形的英语”，大意如上。“亚当”（Adam）和“原子”（atom）谐音，文中的“亚当”（Addom）是两个词的结合。——译注

水面，也就不足为奇了。早期或然历史的作品集有J. C. 斯夸尔的《如果事情不是这样》（1931），在这本集子中，希莱尔·贝洛克和G. K. 切斯特顿等作者对重大历史事件可能会产生的不同后果、结局进行了一番推想。第二次世界大战之后这个文学类 110
型盛行起来，“二战”、拜占庭帝国、罗马帝国、美国内战的余绪成了这类小说中最常出现的主题。或然历史小说探索了历史的分岔点，即历史在某个岔路口走向不同方向的问题。这个分岔点往往出现在战争期间，或者着眼于有限的事件，如一场战役或某个继承人的出生等等，换言之，出现在或然历史叙事模型无须十分复杂的节点。

或然历史叙事的目的通常在于另辟蹊径地理解当代社会，因为这类小说起到了向后追溯的时间环的作用，而沿着这个时间环而行的叙事，最终要回到读者所处的当下。在描述美国共产主义革命结局的故事集《美利坚社会主义合众国往事》（1997）中，尤金·伯恩和金·罗宾逊审视了对政治左派的妖魔化。菲利普·罗斯的《反美阴谋》（2004）以林德伯格篡夺罗斯福的总统职位为主题，描写了这个国家反犹主义盛行的局面。哈里·托特达夫（常被称作“或然历史大师”）和布赖斯·扎贝尔在其网络小说《不满的冬天》中质疑了美化被暗杀的肯尼迪的做法。该小说于2007年开始连载，主要情节为肯尼迪总统在暗杀中幸免于难，但随后却因腐败受到了审判。

美国的或然历史小说中有两部公认的经典之作。沃德·穆尔的《迎禧年》（1953）描写了假定美国内战南方获胜，此后美国可能的走向。在穆尔笔下，获胜后的南方经济萧条，尽管废除了奴隶制，但是种族主义盛行，技术发展极为有限。叙事者名为霍奇，他从第一页开始就放出个让人困扰的烟幕弹，声称他是在1877年写自己的故事，但小说中其实又讲了后世的事件。叙事在一个层面上以不同寻常的成长小说的形式展开，描述了霍奇的书商经历和他作为历史学家的职业生涯。该小说的核心主
111 题是历史以及霍奇重构“历史全景”的欲望，但是穆尔展示的这个社会是如此混乱，以至于无法做理性的描写。穆尔拐弯抹角地涉及了众多历史学家（如布鲁克斯·亚当斯、兰道夫·伯恩等），读者对于单一历史叙事的期待逐渐落空。小说中，霍奇组建了一个团队，其中有位曾经设计过时间旅行机器的科学家。霍奇实现了历史学家的终极梦想：重返过去，去验证他的知识。但是在葛底斯堡战役中，霍奇无意中造成了一名南部邦联军官的死亡，改变了战役的进程和历史，因此再也无法回到他自己的时代了。这样产生的叙事效果相当于在科学实验中观察者干预了数据，从而使实验结论归于无效。

受到《迎禧年》的影响，菲利普·K. 迪克的《高城堡里的人》（1962）描述了美国被获胜的轴心国瓜分的故事。美国的历史因为批量制造的“纪念品”而商品化，小说则对这个发生过程进行了探索，并且用书中之书《蝗虫之灾》这一“反事实”叙事把描述复杂化了。这本书中之书将事实（轴心国战败）与虚构（珍珠港事件没有发生）结合在一起，迪克用这种办法彻底动摇了读者对历史事实的看法，并暗示欧洲历史可以重演——纳粹计划在落基山制造一起事件，来证明他们侵略西方国家并从日本手中夺取控制权的合法性。穆尔和迪克的小说的力量就在于它们带着怀疑的态度关注历史，把它当作一种叙事建构。

或然历史的一个分支是发展于20世纪80年代的“蒸汽朋克”，该术语描绘了此类小说把赛博朋克精神投射到维多利亚时代的特点。例如威廉·吉布森和布鲁斯·斯特林的《差分机》（1990）描述了查尔斯·巴贝奇的早期计算机对社会的影响。在小说中，历史走向的分岔点就在于差分机这一实际 112
发明及其导致的信息技术的变化。小说对19世纪英国做了拼贴式的描写，虚构人物和历史人物各擅胜场。保罗·迪菲利波在他的《蒸汽朋克三部曲》（1995）中以戏谑的方式解构了一本正经的维多利亚时代：维多利亚女王被一个克隆替身所取代，这个替身有着亢奋的性欲；艾米丽·狄金森和沃尔特·惠特曼不仅见了面，而且在激烈的性爱中把礼仪（还有衣服）都抛到了脑后。

灾难

灾难、天启、世界末日都是科幻中的核心主题，同时这些主题的根源都很古老。同样，种族末日在19世纪也已经成了文学主题，让-巴普蒂斯特·库赞·德·格兰维尔的《最后的人》（1805）和玛丽·雪莱的《最后一个人》（1826）是该主题小说中最有名的两个例子。在玛丽·雪莱的这本书中，是瘟疫导致了人类的灭绝。虽然这些著作以末日为主题，但它们一方面提出了灭亡的推想，另外一方面又暗示生命将继续存在，所以末日永远都不是最后的末日。核弹等可能造成的各种毁灭，自1945年以来开始为人所知，在这些毁灭的威胁中，通常还有一点关于劫后重生的暗示，或者说，某些小说对灾难过后恢复正常秩序还存有坚定的信念。

对于灾难的相反观点可见于苏珊·桑塔格和J. G. 巴拉德的著作。桑塔格研究了1950到1965年的科幻电影，她认为灾难往往以一种可以预测的模式呈现，是对当前焦虑强有力的表现，但是依然不充分。相反，巴拉德声称灾难故事“代表了通过想象进行的建构性的、积极的行动，[……]，试图在宇宙的游戏中挑战这个明显无意义的宇宙，从而面对它那可怕的空虚”。

灾难可能由生态原因造成，或者由行星碰撞之类的外部力
113 量造成，但是在任何一个例子中，人类牺牲品都没有办法来保护自己免受这些偶然性因素的伤害。在M. P. 希尔的《紫云》(1901)中，一位探险家从北极回来，发现人类已经全部被一片紫色的云毒死。灾难小说的黑暗吸引力在于城市日常生活完全破灭的景象，该小说最生动的场景之一就是叙事者艰难地从伦敦帕丁顿火车站入口处的几百具尸体中间通过。小说的故事构架包括漫长的全球之旅，叙事者对于到处都是死亡的初始印象一次次地得到了印证。唯一能够抵消叙事者孤独感的事件是他在伊斯坦布尔发现了一名幸存的女孩，作者通过这种方式，暗示了现代亚当与夏娃故事的开端。

沃德·穆尔的《比你想象的更绿》(1947)巧妙地把青草设想为一大威胁，这种草大规模地生长，繁殖速度极快。这种恶魔植物逐渐从洛杉矶蔓延至美国全境，进而席卷了世界各地。穆尔以简洁的日记记录作为小说的结尾，表明末日迫在眉睫，这种草吞没世界已经进入了倒计时。相比之下，乔治·R. 斯图尔特的《地球在忍受》(1949)描述了一场突如其来的流行病感染全世界所造成的种种恶果。叙事者名为伊舍伍德，或者伊什(让人

联想到伊希——亚希部落的唯一存活者[①]），是一名生态学家，他从加利福尼亚向东前往纽约，记录下文明逐渐崩溃的过程，但小说的第二部分却是关于幸存者如何形成了一个社会。虽然灾难总是被描述为实际发生的事件，但是灾难的起源或含义却具有直接的政治意味。例如，查尔斯·埃里克·梅因的《潮汐退去》（1958）描写了一位新闻记者所做的努力，他试图揭开令人震惊的真相：核试验严重破坏了地球的轴心，导致地球温度不断上升。而在约翰·克里斯托弗的《冬天的世界》（1962）中，太阳辐射逐渐衰弱，地球上出现了一个新的冰期，讽刺性地逆转了殖民地与殖民地统治者的从属关系。 114

灾难的另一个主要来源就是从外太空接近地球的彗星。法国天文学家卡米耶·弗拉马里翁的《欧米伽：世界的末日》是较早描写彗星造成灾难的作品。小说开头是一节简单的天文课，它确立了本书的主题——行星大冲撞。一颗新的彗星带来了威胁，火星上的天文学家则发来了警告讯息，然后就是濒死地球的景象："整个地平线都被一圈包围地球的蓝色火焰所照亮，宛如火葬堆的烈焰。"实际上，灾难虽然来了，但这并非故事的结局。弗拉马里翁把自己的视角拓展到一个超然的位置，从这里他可以把整个历史一览无遗，并且得出一个道德结论，即时间无始亦无终。后世的灾难小说更多地强调生存。埃德温·巴尔默和菲利普·怀利的《星球大冲撞》以一艘宇宙飞船（现代方舟）把幸存者送上了一个宜居的星球，从而在灾难中给了人希望。在拉

---

① 亚希是北美印第安部落的一支，伊希是该部落最后一名成员，生于1861年。其部落成员大部分在1871年左右便已为欧洲殖民者所杀，伊希及其家人在躲藏状态下生活了四十多年。他于1911年独自一人露面，1916年去世，被称为最后一名印第安野人。——译注

里·尼文和杰里·波奈尔1977年的小说《路西法之锤》中，一颗接近地球的彗星给美国带来了大规模的毁灭，使得生存最终成了一个疑问。

该小说的情节主要发生在洛杉矶，而洛杉矶一定是文学史上遭遇毁灭次数最多的城市，在不同的时期，洛杉矶遭到过氢弹轰炸，被夷为平地，被水淹过，遭遇过电子系统大崩溃，或者干脆就在大地震之后滑入了太平洋。这些灾难居然全部发生在美国的电影之都，这并非巧合，灾难片自20世纪70年代真正问世之后，一直都很受欢迎。《大地震》（1974）继续使用洛杉矶作为灾难发生的地点。《天地大冲撞》和《世界末日》（都上映于1998年）对外太空彗星来袭的模式做出了修改，都以地球在最后一刻得救收场。不可避免的是，灾难片都试图在毁灭场景的惊人视觉效果上胜出，结果常常是通过技术最终拯救了一座城市或整
115 个世界。

虽然巴拉德的第一批小说看起来描写的是灾难，它们却被构思成了以时间为主题的三部曲。《淹没的世界》（1962）描写了2145年伦敦地区在太阳辐射融化了极地冰盖的情况下所经历的变化。热带动植物以古怪的方式层层盖住了伦敦，伦敦没有消失，它只是被淹没了。主人公克兰斯生活在一个水世界中，他对旧世界的不多的记忆正在慢慢地消失。三部曲的第二部《燃烧的世界》（1964）/《干旱》（1965）描绘了大地焦枯的未来世界，沙子成了巴拉德笔下的核心意象，一个同时间有着传统关联的意象。收官之作《水晶世界》（1966）让当下的一切以结晶的形式发生了超现实的变化。大自然的性质又一次被篡改了，喀麦隆丛林的有机构造被赋予了易碎的、宝石一般的质地。严格地

来说，这个三部曲由后灾难叙事组成，以超现实的方式展现了已知世界。巴拉德曾经多次声称自己获益于超现实主义艺术家，尤其是他们那些展现固体对象融化、流动的游戏。

在巴拉德的早期小说中，时间的不同维度——持续性、历史等——不断地转换，正如一般科幻小说一再将时间表现为空间的广延，向前是探索未来，向后是追溯历史，偏离原来的时间轨迹就进入或然历史。有很多科幻小说家会同意塞缪尔·德拉尼的看法，他否定了科幻作家是在同未来打交道，他认为科幻中的历史其实就是扭曲的现实。实际上，时间在科幻中是一个极为复杂的因素，在我们的大众文化中亦然。荷兰作家弗雷德·波拉克里程碑式的专著《未来的意象》（英译本出版于1961年）认为，因乌托邦理想和末世论信仰的式微，现代社会沦为当下的延伸，但是本章讨论的小说却体现了一股蓬勃之气，证明科幻所秉持的时间意识一直都是思考的前沿阵地。

第六章

科幻的领域

在这最后一章，我不想定义科幻，但是要指出，反复企图再定义、再描述自身的冲动是内在于科幻的，这伴随着科幻为了在文学市场中定位自身而做的不懈努力。古斯塔夫斯·W. 波普在其1894年的小说《火星之旅》的导言中提出了为何他的叙事作品难以分类的问题，他的回答是他那个时代变化太快。如果要为他的小说贴个合适的标签，那么可能是“科学罗曼史”。早先有人用这个词组描述儒尔·凡尔纳的小说。波普指出，人们批判这个概念，是因为他们认为星际旅行是不可能实现的，在他们看来这和魔法或神话处于同一个层次。波普否定了这项指控，但他愿意在介绍自己的处女作时讨论一下科幻命名的问题，这是科幻拥有自己的身份的一个先兆。“罗曼史”在19世纪的批评语汇中是一颗万灵丹，可以指一切非现实主义的叙事类型。因此，在“科学罗曼史”与经验主义、超越现实的作品之间就存在着一种张力。1933年，在为自己的科幻作品集所写的序言中，H. G. 韦尔斯试图回应科幻分类的问题，他在自己的作品和凡尔纳的作品之间做了一个严格的对比。后者当中无所不在的细节与韦尔斯用以称呼自己作品的所谓“幻想文学”并无瓜葛。在韦尔斯的“幻想文学”中，技术创新被嵌置于“日常世界”以探明其效果。韦尔斯对“科学罗曼史”颔首赞同，是以对自己创作 117
实践的深入分析为基础的，他将其目标描述为以新的视角看待人类经验——这自然激发了后来者围绕科幻展开更多的讨论。

媒介与交互文本

对科幻进行一劳永逸的分类的冲动，忽略了很多小说所具有的文类杂糅性——例如《莫罗博士岛》融入了哥特小说的特征，而《禁忌星球》则吸收利用了莎士比亚的《暴风雨》，凡此种种，不一而足。电影的兴起与科幻的出现碰巧凑到了一起。两者的关联体现在对奇观、非凡特效的一贯痴迷上，例如乔治·梅里爱的《月球旅行记》(1902)和《奇幻航程》(1904)，就堪称这方面的开拓者。H. G. 韦尔斯自己的“电影故事”《未来事件》(1935)是最早的以书籍形式出版的剧本，这是他参与自己作品的改编，制作“奇观片”的直接例子。在20世纪70年代以后，借助越发高端的特效技术，好莱坞加强了对科幻影片的驾驭。

所有的文本都是交互文本，因为文本通过互指能够产生自己的意义。但是，科幻的互文性尤其突出。作为一种文学模式，科幻总能够在不同的媒介中找到自己的表达方式，尤其是通过电影这种媒介。科幻著作往往不是单行本，而是一个系列。以韦尔斯的《世界之战》为例，它就引出了一连串的跟风之作。在出版后的几个月内，市面上就有了盗版，名为“来自火星的斗士：波士顿市内和近郊的世界之战”，这个盗版发表在《波士顿晚邮报》（1898）上，调换了一下故事背景，这样方便以后继续改编。在同一年，加勒特·P. 瑟维斯凭借《爱迪生入侵火星》这一机敏反驳，补偿了对地球遭遇失败的描写。这次，美国领导下的世界各国把战火烧到了火星上，在火星人（巨大的人形生物）的
118 老巢击败了他们。该书的书名已经表明小说是在鼓吹美国的军事技术。1938年，奥森·韦尔斯和水星剧场联手制作的著名无线广播剧以新闻报道的纪实手法做了个试验，结果大获成功，民众普遍相信听到的是事实。战后，乔治·帕尔的1953年的电影把该故事的不同版本编织在一起，再次改变了背景，把地点移到了加利福尼亚，片中的火星人拥有甚至连原子弹都无法破坏的飞行器。乔治·H. 史密斯的《第二次世界之战》（1976）描写了类似的威胁：在一个平行地球上，火星人接种疫苗以抵御地球病毒之后，剧情反转了。尽管火星人接种了疫苗，他们还是在试图建造原子弹时被灭了。最后，史蒂文·斯皮尔伯格的2005年的电影把故事情节搬到了美国东海岸，使用了更多壮观的特效，在开场时火星人早就在地球上扎根，但是影片又重复了韦尔斯最初设定的结局，即火星人因病毒感染而溃败。所有这些作品都对韦尔斯的原典做了重大的改动，以使它适应不同的全国性紧急情况，或适应不同媒介的要求。

自20世纪70年代以来，电影大片中涌现了不同的、更加商业化的电影类型。举一个著名影片的例子，雷德利·斯科特的《银翼杀手》（1982）的片名来自威廉·伯勒斯的电影剧本小说，而伯勒斯又是借用了艾伦·E. 诺斯描写非法医疗用品走私活动的《刀锋战士》（1974）的书名；电影情节改编自菲利普·K. 迪克的《仿生人会梦见电子羊吗?》（1968），而这本书则改了书名

和电影一起搭卖。电影中的意象仿效了《大都会》和黑色电影。
这部电影杀青后有几个不同的版本，其中最主要的是国际版和
美国剪辑版。影片上映后，发行了大量关于这部片子制作过程
的电影纪录片，也出了很多研究著作，影片后来还被改编成视频
游戏，J. W. 杰特的三部系列小说又继续发展了这些题材。根据
这样的事实，可以清楚地看到作为主体的电影如何起到节点的
作用，众多在它上映之前或者之后产生的作品汇聚到一起，它们 119
是如此的不同，所以单一的、独立的作品概念开始落伍了，取而
代之的是特许专营或富有弹性的商业版权。

杂志和科幻共同体

科幻杂志在科幻的发展过程中扮演了独一无二的角色，其中部分是作为出版的媒介，部分是充当争论科幻本质的论坛。到19世纪90年代为止，刊登科幻作品的通俗杂志已是林林总总，但首份主打科幻的杂志则要属雨果·根斯巴克创办于1926年的《惊奇故事》。该杂志的创刊号刊登了爱伦·坡、凡尔纳和韦尔斯的故事，彰明了自己科幻杂志的宗旨。雨果·根斯巴克称这几个作家的作品为"科学小说"，是把"浪漫的爱情与科学事实、预言式的想象结合在一起"的故事。根斯巴克自视为教育者，他用这本杂志以及包括《现代电学》在内的其他出版物来倡导科学。《现代电学》的编辑按语和《惊奇故事》一样，在其中他坚持说这些故事"总是富于教育意义的"。根斯巴克强调科幻小说的新奇性，同时他的杂志也向围绕科学和冒险两者关系以及科幻的文学旨趣的争论开放，这为后来的科幻杂志定下了基调。在20世纪三四十年代，美国和英国的此类杂志数量呈增长

趋势，雨果·根斯巴克作为科幻掌门人的衣钵也传给了后人中最有名气的小约翰·W. 坎贝尔。

1937年，坎贝尔接任《惊异科幻》（后来改名为《类似体：科幻与事实》）编辑，然后迅速地把杂志转变为发表艾萨克·阿西莫夫、罗伯特·海因莱因等崭露头角的年轻明星作家作品的媒体。坎贝尔有技术方面的背景，在1946年的编辑按语中，他宣布“科幻是由具有技术思维的人群写的，是关于具有技术思维的人群的，也是为了满足具有技术思维的人群的”，听起来他赞同
120 根斯巴克对特定主题的偏好。事实上，坎贝尔自己对科幻的认知要更加多样和灵活。根据他手下作家的说法，他提出的标准因为坚持严谨的情节架构和表达的一贯性，所以显得尤为重要。还有一些地方显示出他试图把一种新的专业素养注入科幻写作。凡此种种，在后来的几十年中功莫大焉。

上面提到的杂志都是美国的，但是在20世纪60年代，随着一本新出版物的问世，局面发生了变化。1964年，迈克尔·摩考克接手了英国杂志《新世界》，将之改造成科幻中先锋实验派的重要媒体。在第一期中，他承诺会给读者带来“太空时代的新文学”，并且呼吁改革已经显得平淡无奇的50年代传统。他的策略包括使用跨媒介的手法，图像在此又一次体现出了重要性。他认定某些现象为“自我欺骗的阴谋”，就会全面出击。他支持像威廉·伯勒斯这样有争议的人物，参加了大量的60年代先锋实验，挑战表达和题材方面的禁忌。在摩考克的领导下，《新世界》不仅出版了布赖恩·奥尔迪斯和J. G. 巴拉德等新生代英国作家的作品，还吸引了托马斯·M. 迪施、托马斯·品钦等人来投稿，削弱了美国在科幻杂志界一统天下的霸权。

除了明确科幻杂志在科幻发展过程中的作用，我们还应当注意科幻共同体是如何通过各种方式来巩固科幻作品地位的。自20世纪30年代以来，在文学杂志之外，科幻迷杂志（后来又被称为zine）扮演着业余爱好者时事通讯的角色，常在地方科幻迷团体中传播消息。1934年，雨果·根斯巴克建立了科幻联盟；到了1940年，洛杉矶科学奇幻社接手了其名下的活动。这是资格最老的科幻社团之一，第一批成员中就有雷·布拉德伯里。各类科幻社团每年颁发的奖项加起来有很多，其中最著名 121
的是雨果奖（始于1955年，以雨果·根斯巴克的名字命名）、星云奖（始于1965年，由美国科幻奇幻作家协会颁发）和阿瑟·C. 克拉克奖（始于1987年，主要由英国科幻协会和科幻基金会联合颁发）。

类型的流动性和类型的再发明

科幻一再地被与哥特小说和奇幻小说这两个相近的模式联系在一起。布赖恩·奥尔迪斯在他写的科幻史中将《弗兰肯斯坦》视为原始文本，两种模式就是相继从中发展出来的。虽然奇幻文学批评常常模糊科幻和奇幻的界限，讨论的同一个文本对象有时从科幻渐变为奇幻，有时又从奇幻渐变为科幻，但是，奇幻在某些马克思主义批评家的眼中与科幻截然有别，因为有的奇幻叙事完全和历史脱离了干系。英国作家希纳·米维尔在自己的小说和文学批评中曾经质疑过这种两分模式，尤其反对认为奇幻是反理性的无稽之谈的观念。他提出科幻中有许多所谓的科学都是“点与波浪线”，意谓这不过是堆积貌似科学的解释，而奇幻则经得起分析。他声称“构造一个偏执、虚幻的整体，至少是暗中具有颠覆性的激进之举，能够弘扬人类意识当中最独特、最具人性的方面”。

科幻要发展必须牺牲奇幻，这是一种现世主义者的意识形态，这种偏见绝不可能一直在科幻中占据核心位置。例如，世纪之交的火星叙事就反复地把火星同唯灵论联系起来。1903年，美国博物学家路易斯·波普·格拉塔卡出版了《未来火星生活的确定性》，阐明了对“转移流”——生命从一个阶段（星球）转移到另外一个阶段（星球）——的信念。对于亡者的灵魂而言，火星就是某种乌托邦式的中转站。更著名的是C. S. 刘易斯的
122 《空间三部曲》，在构思的过程中，其写作重心看起来转向了基督教神话。第一部《沉寂的星球》（1938）把自身描述为“时空的故事”，明白无误地承认了与韦尔斯的渊源关系；但是第三部《黑暗之劫》（1945）却宣告自己是受到奥拉夫·斯特尔普顿的启发而写的“童话故事”。显然，刘易斯没有把这个标签当作是贬义的，不过，在热衷于唯物主义主题的批评家那里，科幻中的宗教题材往往会整个地被忽略。

即便如此，宗教依然是科幻发展史上的重要焦点。小沃尔特·M. 米勒的《莱博维茨的赞歌》（1960）利用基督教来攻击整个西方的科学理性传统，认为正是这种理性发展到了顶点才催生了核武器。菲利普·K. 迪克在他的职业生涯中描述了他创作的主人公如何试图超越所处位置的物质局限而找到终极真理。弗兰克·赫伯特的《沙丘》（1965）在沙漠和中东神秘主义之间建立了一种象征性的关联，虽然他没有努力地把那套精神信仰整合到叙事当中，而只是从这个信仰体系中挪用了些阿拉伯语辞藻。天文学家卡尔·萨根在其1985年的小说《接触》中探究

了证明神灵存在的种种，更近些的则是玛丽·多里亚·罗素，她在《麻雀》（1996）及其续作《上帝之子》（1998）中分析了与异族接触时的宗教维度。科幻中宗教的存在几乎是不足为奇的，因为科幻有质疑局限性和界限的倾向，同时还有什么比必死的命运更富有挑战性呢？

且不说精神和物质的主题之间反复呈现的张力，科幻早已成了一个杂糅程度不断提高的存在。20世纪60年代，科幻作家开始用非类型小说的材料进行创作实验，如约翰·布鲁纳借鉴多斯·帕索斯，托马斯·M. 迪施借鉴陀思妥耶夫斯基和托马斯·曼，约翰·斯拉德克借鉴18世纪流浪汉小说，这些只是科幻 123
在总体上突破传统文学类型限制的几个小小的例子而已。

不仅是科幻作家会借鉴传统体裁，所谓的主流作家也在越来越主动地采用科幻主题和科幻的写作方式，这是科幻地位转变的一个重要迹象。库尔特·冯内古特的《五号屠场》（1969）中的主人公比利·皮尔格林过着不定时、不定点的生活，这是他被送到特拉法玛多星上的迹象之一。库尔特·冯内古特利用关于外星人的科幻传统来促使人们思考一种感知模式，凭借这种感知，地球上不能找到的东西都同时存在于另外一个星球。以这种方式，冯内古特颠覆了任何一种叙事模式的内在权威性。玛格丽特·阿特伍德继承了冯内古特的策略，她的《盲刺客》（2000）的书名实际上是一个嵌置于其他现实主义叙事中的科幻故事。与此类似的是托马斯·品钦的《抵抗白昼》（2006），里面包含了世纪之交流行一时的空心地球叙事。在这里表现出来的不仅仅是个人作品向科幻靠拢的姿态，也不是像约翰·厄普代克的后核时代小说《奔向时间的终点》（1997）那样进入科幻的有限偏题，而是对小说类型的重新布局，这样一来就不能再把科幻当作边缘的文学类型了。多丽丝·莱辛在她为《什卡斯塔》所写的序言中明确阐述了这个观点。《什卡斯塔》是她的“南船座中的老人星”系列（1979—1983）中的第一部小说。在这篇序言中，她宣称科幻“构成了当代文学最具原创性的分支”。这种相互影响可以看作是科幻与非类型小说之间的反馈回路，形成于后现代打破界限和表达规则的大环境之中。托马斯·品钦的《万有引力之虹》对赛博朋克作家造成了明显的影响，凯西·阿克在写作《无感觉者的帝国》（1988）时从《神经漫游者》中借用了大段文字。

这个相互借用的循环表明科幻作家抱有经常性的意愿，要给他们的创作引入不同渠道的活水。甚至并非因为什么先锋
124 实验而为人所知的山达基创始人L. 罗恩·哈伯德，在1980年为《地球战场》而写的序言中也宣称，“这是一个文类杂糅的时代”。近来科幻小说的宣言和包装都能够体现出科幻作家修改、更新其内容的愿望。1983年，美国数学家兼小说家鲁迪·拉克发表了他的《跨现实主义宣言》，呼吁以科幻和奇幻来复兴现实主义文学。该宣言倒是忠于宣言一贯的政治色彩，呼吁进行表现手法的革命，以打破所谓的共识性现实。80年代末，在编选《符号文本：科幻》（1989）时，鲁迪·拉克和其他编辑收录了当时正红火的科幻迷杂志中的篇目，以此举例说明当代科幻文学的典范性所受到的攻击和瓦解。这本选集中有图片、诗歌、日记、滑稽的时尚指南、粗俗版《弗兰肯斯坦》，以及很多表达同商业科幻主流划清界限的集体诉求的文章。编辑们把这些内容当作后政治和无政府主义的“混沌科幻”的急先锋。

布鲁斯·斯特林出版于1986年的赛博朋克文集《水银墨镜》成功地自创品牌，他的这个标签把信息技术与流行文化、反正统的异见干脆利落地结合在了一起。即使归入此类的作家已经改弦更张了，赛博朋克依然为后来的文类提供了一个重要的参照点。劳伦斯·珀松1999年的《后赛博朋克宣言》标志着转变的来临，这也许是因为评判科幻的人的年龄发生了变化。经过这个转变，科幻中的主人公们不再是孤独的圈外人，而其中的社会也不再是敌托邦。从赛博朋克衍生出了整整一个系列的亚类型。其中有生物朋克，它由描述商业巨头的极权运作的叙事构成，这些叙事关注基因改造这个主题；有血腥朋克，这个新造词形成于80年代，指的是把恐怖的图像与赛博朋克结合在一起的文学；还有蒸汽朋克，它刻意地把赛博朋克的背景挪到上一个世纪，以造成时代错乱感。这些文学亚类型的出现是一个健康的征兆，意味着作家们的集体自省和科幻作家对科幻的自我改 125
造。2002年，杰夫·赖曼发表了他的《世俗宣言》，该宣言提出这样一个观点：告别太空主题以及沿袭下来的无法实践的星际旅行主题，转而支持以地球为主题的科幻形式，换言之，要支持一种历史可以追溯到20世纪50年代的社会科学幻想类型。

在关于科幻本质的所有争论中，虽然像奥克塔维娅·巴特勒和塞缪尔·德拉尼这样的作家已经是科幻界鼎鼎有名的人物，但非裔美国人的声音作为一个整体直到近几年才为人所知。1998年，塞缪尔·布兰登学会成立了，以虚构的黑人科幻迷作家命名这个学会，意在促进少数族裔科幻的发展。该学会的奠基人之一是出生于加勒比地区的小说家纳洛·霍普金森，他曾经进行过克里奥尔语写作实验，并尝试把非洲–加勒比的民俗融入科幻。同样是在20世纪90年代，发生了一场被称为“非洲未来主义”的松散的运动，该运动从赛博朋克科幻中吸取了一些灵感。尽管叫未来主义，但是该运动中的辩论家们否认它同未来有关，而是关注黑人身份与当前赛博空间技术之间的调和。因为社会疏离现象已经成为非裔美国人叙事的核心，也因为这些叙事倾向于表达对自由的乌托邦式向往，说所有的非裔美国人的作品都是科幻，基本不算夸大其词。谢里·R. 托马斯的选集《暗物质》（2000、2004）对非洲族裔科幻文学起到了重大的推动作用。这本选集纠正了非裔美国作家在科幻文学领域缺场这一先入为主的看法。书中有的作品的写作年代可上溯至19世纪，通过收录这些作品，该选集展现了一个实际存在但却被忽视了的传统。在被收录于该选集第一卷的文章《黑人和未来》中，沃尔特·莫斯利再次提出科幻是“挑战现状的文学类型”，而这个评价常被当作是科幻的优点而为人所引用。莫斯利这么声称，表明他实际上已经加入了那些把科幻当作分析社会、挑战社会的独门武器的科幻作家的长长队列中。上面提到的选集在美国
126 所承担的功能与纳洛·霍普金森和阿品德·米恩2004年的选集《魂牵梦萦无了时》相似，不过后者的目标要更大些：来自前殖民地的作家面对自己的文化遗产，试图通过科幻来“颠覆被灌输的语言和阴谋”，米恩在编后记中如是说。

科幻批评

我们已经看到科幻文学批评如何从科幻模式自身之中产生，原因就在于科幻作家不断地争论科幻小说的本质。实际上，科幻作家就是科幻领域的一流批评家，因为他们对科幻的每个

方面都提出了争论。不考虑早期的孤例，面向普通读者的美国科幻小说批评出现于20世纪50年代。1957年，西里尔·科恩布卢特为一部以科幻的社会学视野为主题的论文集贡献了一篇文章，他是以纽约为大本营的左翼未来主义者组织的成员，在文中他抨击科幻未能够履行自己作为“有影响”的社会批判武器的天职，他认为科幻的批判作用被弗洛伊德象征主义削弱了。对他而言，“有影响”似乎意味着直接地改变人们的社会行为——这是对文学可以快意恩仇地施加影响力的幻想！但是他的批评中令人震惊的观点是科幻能够充当社会批判武器的假设。不得不说科恩布卢特对20世纪50年代的科幻小说过于苛求了，事实是50年代的科幻为了逃避麦卡锡主义的迫害，在当局面前戴上了奇幻的面具。詹姆斯·布利什对该时期的讥刺体现在《他们应该拥有群星》（1956）中，该小说是“飞行的城市”系列中的第一部作品，它把美国描写成独裁国家。在50年代，出版任何讽刺J. 埃德加·胡佛和麦卡锡的小说，都是勇敢的行为，布利什除了写小说，还用小威廉·阿塞林的化名发表了重要的批评。

20世纪70年代出现了学术性科幻批评，斯坦尼斯瓦夫·莱姆和托马斯·M. 迪施等作家都对科幻的狭隘性提出了批评。1979年，《科幻研究》杂志的创办人之一——达科·苏恩文提出了具有开拓性的观点，认为科幻是一种“认知陌生化的文学”。 127
他为回答科幻实践的独特性在哪里做出了开创性的努力。陌生化的概念在文学批评中有着广泛的应用，但是苏恩文赋予了该术语特别的转调，他认为科幻文本被他所谓的“诺瓦姆”[①]所支

① 诺瓦姆（novum），拉丁语，意思是“新”。——译注

配。“诺瓦姆”这个名词可能给人别扭之感，其意思是概念的具体化或实体化，这个术语能够涵盖各种创新——包括发明创新、新背景、与读者世界观相去较远的新关联等。苏恩文除了主张要对科幻进行严密的批判性思考，还强调了视角的重要性，以及在读者对世界的感觉与科幻作品所呈现的不同真实之间进行互动的重要性。

最后值得一提的是苏恩文的批评文章。他认为不应该混淆科幻与乌托邦两个领域，但是这两者在发展过程中有着密切的关联，后者根据时代历史的迫切要求而发生变化。另一位马克思主义批评家——弗雷德里克·詹姆逊的文章中也出现了类似的关联，他一贯地把科幻同当时社会经济的广阔背景联系在一起。詹姆逊把后现代主义盛行的当代社会理解为以无深度、表面意象或假象的美学为特征的时代。他对文化无孔不入的本质的洞察，意味着具有批判思维的读者必须成为“考古学家”，去挖掘隐藏在叙事背后的嵌入式叙事，所以他那关于科幻的重要著作就叫《未来考古学》(2005)。詹姆逊不断提醒读者，每个历史时刻都包含着期待，科幻在这些希望和恐惧的表达中扮演着特殊的角色，例如，把对某种倾向的感知以预言的方式投射到敌托邦式的未来。希纳·米维尔从苏恩文等人的马克思主义传统中汲取了养分，把科幻的概念及科幻的表达规则、接受规则再次社会化，而卡尔·弗里德曼用他的“认知效果”来进一步拓展苏
128 恩文的分析。对弗里德曼而言，如果说科幻和奇幻小说都试图说服读者去相信，那么这些小说模式之间的关系以及这些模式同历史之间的关系就是不可割裂的。

马克思主义一脉的科幻批评及其变种已被证明是最卓有成

效的批评方式，尤其是在陌生化概念的应用方面。女性主义、后结构主义、酷儿理论的科幻批评集体解构了性别、身份和性的表达方式；这些表达方式暗示某些结构是“自然的”，这在20世纪60年代之前创作的那些科幻作品中尤为常见。因此可以说，科幻批评的新模式呈现了那十年中乌托邦、女性主义、反威权主义运动澎湃巨浪的余威。针对性在科幻中的表现，最清晰的批评之一来自非裔美国小说家塞缪尔·德拉尼，他通过科幻小说提供给读者的密码或线索对之展开分析。他强调科幻文本的符号学，这代表了一种读者反应批评，与语言表达的细节密切相关。德拉尼在分析性阅读与他对宝石的长期痴迷之间做了个类比：这两者都是美丽的东西，都会折射光芒。正如宝石有分光的作用，德拉尼的科幻批评也试图解构科幻叙事。

在本书中，我强调过科幻电影同科幻小说之间的密切关联，虽然有人认为前者基本是后广岛时代的现象。这里要再一次提到马克思主义，马克思主义在文学批评中的应用对于分析科幻电影表现手法的本质很有用。科幻理论领军人物维维安·索布恰克曾经探索过这些表现手法，它们分别是意象优先于对白、反浮士德式交易的倾向性、对异族的不断变化的描述、深空与惊奇的关联性设定等。自20世纪70年代以来，科幻电影再次阐明人们沉浸在无深度的电子文化中这个事实。因为异化越来越被当作是存在的一种状态，异族这个概念也几乎逐渐淡出了人们的视线：我们的身体和意识已经技术化，我们对历史的感觉已经淡薄。有人曾经说，电影和小说的下场就是呈现出拼贴的倾向[如火星人在《世界之战2》(2008)中以机器螃蟹这一合成形象出现]，并通过更加宏伟的场面和更加精湛的特效来更多地剥削观众的情绪。在比喻失去传统意义的情况下，当代科幻小说内部文类界限分崩离析是否意味着文本含义的瓦解？对于这个问题，争议依然存在。然而，不管个体的作品如何具有实验性，它也能够通过与科幻小说在几十年间累积形成的“超级文本”互
130 动这一途径而产生意义，当然，这也并非获取意义的唯一途径。

索　引

（条目后的数字为原书页码，见本书边码）

A

A Trip to the Moon《月球旅行记》15, 118

Acker, Kathy. *Empire of the Senseless* 凯西·阿克：《无感觉者的帝国》124

Adams, Douglas. *The Hitchhiker's Guide to the Galaxy* 道格拉斯·亚当斯：《银河系搭车客指南》23

Afrofuturism 非洲未来主义 126

Aldiss, Brian 布赖恩·奥尔迪斯 24, 34, 64, 121, 122

Barefoot in the Head《脑袋里的裸足》23

Alien series of films "异形"电影系列 39—40

alien encounters 遭遇异族 11, 15, 17—19, 27—46, 100, 104—105, 123, 129—130

alien invasions 异族入侵 18, 31—41, 104—105

Alphaville《阿尔法城》58

alternate histories 或然历史 110—113

Amazing Stories (magazine)《惊奇故事》(杂志) 120

American Civil War, Alternate history of 美国内战的或然历史 111—112

Americanization 美国化 79, 82

Amerika, Mark. *GRAMMATRON* 马克·阿梅里克：《文法机》71

androids 人形机械 59—61

Angenot, Marc 马克·安热诺 49

anthropology 人类学 45

Apollo space programme "阿波罗"太空计划 21—22

appearance of aliens 异族的外表 18, 28—32, 41—42, 45—46, 104—105, 130

arcology 生态型城市 52

Armageddon《世界末日》115

Arnold, Edwin Lester. *Lieutenant Gulliver Jones* 埃德温·莱斯特·阿诺德：《格利弗·琼斯中尉》44

Asimov, Isaac 艾萨克·阿西莫夫 49—50, 120

Bicentennial Man《两百岁的人》61—62

Foundation Trilogy《基地三部曲》100

Astor IV, John Jacob. *A Journey in Other Worlds* 约翰·雅各布·阿斯特四世：《异世界之旅》10

Astounding Science Fiction (magazine)《惊异科幻》(杂志) 49—50, 120—121

Atheling Jr, William 小威廉·阿塞林 127

atomic bombs 原子弹 78, 104—106, 118—119

atomic structure 原子结构 23

Atterley, Joseph. *A Voyage to the Moon* 约瑟夫·阿特利：《月亮之旅》7

Atwood, Margaret 玛格丽特·阿特伍德

Blind Assassin, the《盲刺客》124

Handmaid's Tale, the《使女的故事》94

Oryx and Crake《羚羊与秧鸡》94
Auel, Jean M. *Earth's Children* 让·M. 奥尔:"地球之子"系列 102
automata 自动机 59—60, 76
avatars 化身 71
awards 奖项 122

B

Babbage, Charles 查尔斯·巴贝奇 112—113
Ballard, J. G. J. G. 巴拉德 22—25, 113, 121
Burning World/The Drought, the《燃烧的世界》/《干旱》116
Crystal World, the《水晶世界》116
Drowned World, the《淹没的世界》116
Balmer, Edwin and Wylie, Philip. *When Worlds Collide* 埃德温·巴尔默、菲利普·怀利:《星球大冲撞》115
Banks, Iain M. 伊恩·M. 班克斯 12
Barth, John. *Giles Goat-Boy* 约翰·巴斯:《羊童贾尔斯》66
Barth, Julia 朱莉娅·巴斯 21
Baxter, Stephen 斯蒂芬·巴克斯特 50
Evolution《进化》102
Beast from 20,000 Fathoms, the《原子怪兽》107—109
Bellamy, Edward 爱德华·贝拉米
Equality《平等》76—77
Looking Backward, 2000-1887《回顾:2000—1887 年》76
Belloc, Hilaire 希莱尔·贝洛克 110—111
Benford, Gregory 格雷戈里·本福德 52
Creeping Unknown《未知爬虫》21—22
Mars Need Women《火星需要女人》22
Martian Race, the《火星竞赛》21
behaviour modification 行为矫正 86—88
Benjamin, Walter 瓦尔特·本雅明 47
Bentham, Jeremy 杰里米·边沁 80
Berlin 柏林 56—57, 93
Berlin Wall 柏林墙 93
Berthet, Elie. *The Pre-Historic World* 埃利·贝尔泰:《史前世界》101
biological engineering 生物工程 64, 81—82, 94
biopunk 生物朋克 125
Bishop, Michael 迈克尔·毕晓普
No Enemy But Time《时间是唯一的敌人》101—102
Transfigurations《变形记》45
Blade Runner《银翼杀手》58—59, 60—61, 63, 70, 119
Blish, James 詹姆斯·布利什 22
A Life for the Stars《为了群星而生活》57
Cities in Flight《飞行的城市》57, 127
They Shall Have Stars《他们应该拥有群星》127
Blob, the《变形怪体》35
Body Snatchers《肉体掠夺者》38
Bogdanov, Alexander. *Red Star* 亚历山大·波格丹诺夫:《红色星球》96
Boston 波士顿 76
Bova, Ben 本·博瓦 21
Bradbury, Ray 雷·布拉德伯里 35, 121
Fahrenheit 451《华氏 451》83—86

Bradshaw, William R. *The Goddess of Atvatabar* 威廉・R. 布拉德肖:《阿特瓦特巴的女神》9—10
brainwashing 洗脑 69—70, 83
Brazil《巴西》58
Brimelow, Peter 彼得・布赖姆洛 44
Brin, David 大卫・布林 12
Brunner, John 约翰・布鲁纳 123
Squares of the City, the《城市的广场》57
bug-eyed monsters 虫眼怪物 30, 41
Bukatman, Scott 斯科特・布卡特曼 71
Bulwer-Lytton, Edward. *The Coming Race* 爱德华・布尔沃–利顿:《即将来临的种族》9, 59, 97
Burdekin, Katharine. *Swastika Night* 凯瑟琳・勃狄金:《万字旗之夜》81
Burgess, Anthony 安东尼・伯吉斯 83
1985《1985》86
A Clockwork Orange《发条橙》86—88
Burroughs, Edgar Rice 埃德加・赖斯・伯勒斯 95
A Princess of Mars《火星公主》28
Barsoom series "巴尔苏姆"系列 28—29
Gods of Mars, the《火星众神》29
Land That Time Forgot, the《被时间遗忘的土地》11
Pellucidar "佩鲁希达" 9
Burroughs, William 威廉・伯勒斯 38—39, 71, 83
Soft Machine, the《软机器》25
Butler, Judith 朱迪思・巴特勒 91
Butler, Octavia 奥克塔维娅・巴特勒 126
Parable novels 寓言小说 95
Patternist novels "模式主义者"系列小说 41
Xenogenesis trilogy "异种移植"三部曲 41—42
Butler, Samuel. *Erewhon* 塞缪尔・巴特勒:《埃瑞璜》75
Byrne, Eugene and Robinson, Kim. *Back in the USSA* 尤金・伯恩、金・罗宾逊:《美利坚社会主义合众国往事》110

C

Cadigan, Pat 帕特・卡迪根
Dervish Is Digital《数字苏菲派托钵僧》70
Mindplayers《心灵扮演者》69—70
Synners《合成人》26, 70
Caidin, Martin. *Cyborg* 马丁・凯丁:《赛博格》62
Callenbach, Ernest. *Ecotopia* 欧内斯特・卡伦巴赫:《生态乌托邦》94—95
Campbell, John W. 约翰・W. 坎贝尔 49—50, 120—121
Campbell, Joseph. *The Hero with a Thousand Faces* 约瑟夫・坎贝尔:《千面英雄》14
Capek, Karel 卡瑞尔・恰佩克 49
RUR: Rossum's Universal Robots《R. U. R.: 罗赛姆的通用机器人》59—61
captivity and escape 被俘和脱逃 29
Card, Orson Scott. *Speaker for the*

Dead 奥森·斯科特·卡德:《死者代言人》42
Carroll, Lewis 刘易斯·卡罗尔 109
Cavendish, Margaret. *The Burning World* 玛格丽特·卡文迪什:《燃烧的世界》90
Chambers, Robert W. 罗伯特·W. 钱伯斯 101
Chandler, Raymond 雷蒙德·钱德勒 58
chaos SF 混沌科幻 125
Charnas, Suzy McKee 苏西·麦基·恰尔纳斯
Motherlines《母系》93
Walk to the End of the World《走向世界末日》106
Chesney, George Tomkyns. *The Battle of Dorking* 乔治·汤姆金斯·切斯尼:《杜金战役》97—98, 102—103
Chesterton, G. K. G. K. 切斯特顿 110—111
Christopher, John. *The World in Winter* 约翰·克里斯托弗:《冬天的世界》114
cities 城市 52—59, 76—80, 96, 114
Clarke, Arthur C. 阿瑟·C. 克拉克 18—21, 95, 122
2001: A Space Odyssey《2001:太空漫游》19—20
Childhood's End《童年的终结》18—19, 41
Rendezvous with Rama《与拉玛会合》20
Clarke, I. F. I. F. 克拉克 102
class 阶级 27, 77, 78—79
Clement, Hal. *Mission of Gravity* 哈尔·克莱门特:《重力使命》50—51
cloning 克隆 40, 82
Close Encounters of the Third Kind《第三类接触》40
Cold War 冷战 40, 66, 105
Cole, Robert William. *The Struggle for Empire* 罗伯特·威廉·科尔:《帝国反击》12
colonialism 殖民主义 10—11, 12, 51—52, 67, 95, 103—104, 114, 127
comets, collisions with 彗星大冲撞 115
communication 交流 42—43, 80 参见 language
Communism 共产主义 24, 38, 111
computers 计算机 15, 25, 65—72, 103, 112—113, 119
Conan Doyle, Arthur. *The Lost World* 阿瑟·柯南道尔:《失落的世界》10—11, 101
Conrad, Joseph. *Heart of Darkness* 约瑟夫·康拉德:《黑暗的心》11
consumerism 消费主义 84, 93
control 控制 24—25, 58, 77, 81—84
Coppel, Alfred. *Dark December* 阿尔弗雷德·科佩尔:《黑暗的十一月》109
Cousin de Grainville, Jean-Baptiste. *Le Dernier Homme* 让-巴普蒂斯特·库赞·德·格兰维尔:《最后的人》113
Crichton, Michael. *The Terminal Man* 迈克尔·克赖顿:《终端人》64
Cridge, Alfred D. *Utopia* 阿尔弗雷德·D. 克里奇:《乌托邦》75
criticism 批评 127—129

Cummings, Ray. *The Girl in the Golden Atom* 雷·卡明斯:《金原子中的女孩》23
cybernetics 控制论 50, 66
cyberpunk 赛博朋克 68, 112, 125—126
cyberspace 赛博空间 25, 49, 68, 126
cyborgs 赛博格 18, 20, 59—65, 68

D

Darwin, Charles 查尔斯·达尔文 17, 19, 79, 97—99
Day the Earth Stood Still, the《地球停转之日》41
de Bergerac, Cyrano 西拉诺·德·贝热拉克
States and Empires of the Moon《月亮国度》6
States and Empires of the Sun《太阳国度》6
De Mille, James. *A Strange Manuscript Found in a Copper Cylinder* 詹姆斯·德·米尔:《铜管中的奇书》75
De Quincey, Thomas. *Confessions of an English Opium-Eater* 托马斯·德·昆西:《一个英国瘾君子的自白》26
Deep Impact《天地大冲撞》115
definition of science fiction 科幻小说的定义 117
Defoe, Daniel 丹尼尔·笛福 74
Delany, Samuel 塞缪尔·德拉尼 116, 126, 129
Dhalgren《达尔格伦》57—58, 96
Di Filippo, Paul. *Steampunk Trilogy* 保罗·迪菲利波:《蒸汽朋克三部曲》113
Dick, Philip K. 菲利普·K. 迪克 25, 58, 60, 64, 88—89, 123
Do Androids Dream of Electric Sheep?《仿生人会梦见电子羊吗?》60—61, 119
Grasshopper Lies Heavy, the《蝗虫之灾》112
Lies, Inc《谎言公司》89
Man in the High Castle, the《高城堡里的人》112
Penultimate Truth《倒数第二个真相》89
Time Out of Joint《幻觉》89
VALIS《瓦利斯》89
Vulcan's Hammer《伏尔甘之锤》65
We Can Remember It For You Wholesale《批发记忆》89
Dickinson, Emily 艾米丽·狄金森 113
dimensions 维度 23
disasters 灾难 17, 70, 105—109, 113—116
Disch, Thomas M. 托马斯·M. 迪施 121, 123, 127
Camp Concentration《集中营》88
diseases 疾病 38—39, 114, 119
Doctor Who《神秘博士》99
Dodd, Anna Bowman. *The Republic of the Future* 安娜·鲍曼·托德:《未来共和国》76
Donnelly, Ignatius. *Caesar's Column* 伊格内修斯·唐纳利:《恺撒之柱》77
Dooner, Pierton W. *Last Days of the*

Republic 皮耶东 · W. 杜内尔:《共和国最后的日子》27—28
Dos Passos, John 约翰 · 多斯 · 帕索斯 123
Dostoevsky, Fyodor 费奥多尔 · 陀思妥耶夫斯基 123
Douglas, Gordon 戈登 · 道格拉斯 108
drugs 毒品 24—26, 70, 82
dystopia 敌托邦 57, 65, 74, 81—89, 125, 128

E

Earth vs. the Flying Saucers《飞碟入侵地球》40
Earthquake《大地震》115
ecology 生态 52, 94—96, 113—114
Efremov, Ivan 伊万 · 叶夫列莫夫 41
Egan, Greg 格雷格 · 伊根 50
Permutation City《置换城市》71
Eisenhower, Dwight D. 德怀特 · D. 艾森豪威尔 109
Elgin, Suzette Haden 苏赛特 · 黑登 · 埃尔金
Language Imperative《语言的绝对命令》45
Native Tongue series "母语"系列 44—45
Ellis, Edward S. *The Huge Hunter or, the Steam Man of the Prairies* 爱德华 · S. 埃利斯:《巨大的猎人,或大草原的蒸汽人》59—60
Ellison, Harlan 哈伦 · 埃利森 15
emancipation 解放 78
empire 帝国 10—11, 12, 51—52, 67, 95, 103—104, 114, 127
end of the world 世界末日 113—115
estrangement 陌生化 27, 36, 56, 75, 128
evolution 进化 19—20, 60, 72, 76—77, 79, 80—81, 97—99, 101—102
exploration 探索 6—26, 74—75, 91, 95, 101, 126

F

fantasy 奇幻 122
feminism 女性主义 70, 90—94, 129
Ferriss, Hugh. *The Metropolis of Tomorrow* 休 · 费里斯:《明日大都会》54—55
film noir 黑色电影 59, 68, 119
films, relationship of SF with 科幻小说和电影的关系 118—120, 129—130
Finney, Jack 杰克 · 芬尼 36, 38
From Time to Time《时不时》99
Time and Again《一次次》99
Flammarion, Camille 卡米耶 · 弗拉马里翁 8
Omega: The Last Days of the World《欧米伽:世界的末日》115
Fleischer, Richard. *Fantastic Voyage* 理查德 · 弗莱舍:《神奇旅程》23—24
Forbidden Planet《禁忌星球》118
Fordism 福特制 82
Foucault, Michel 米歇尔 · 福柯 96
Frank, Pat. *Alas, Babylon* 帕特 · 弗兰克:《唉,巴比伦》107
Freedman, Carl 卡尔 · 弗里德曼 128—129

Freud, Sigmund 西格蒙德·弗洛伊德 127
future 未来 45, 57—60, 69, 78—79, 82, 97—100, 102—110
future wars 未来战争 102—110, 116

G

gender 性别 39, 42—45, 70, 75, 76, 78—79, 81, 90—94, 129
genre fluidity and generic reinvention 类型的流动性和类型的再发明 122—127
Gernsback, Hugo 雨果·根斯巴克 47—50, 120—122
Amazing Stories《惊奇故事》120
Modern Electrics《现代电学》48, 120
Ralph 124C 41+《拉尔夫 124C 41+》48
Gibbon, Edward. *Decline and Fall of the Roman Empire* 爱德华·吉本:《罗马帝国衰亡史》100
Gibson, William 威廉·吉布森 49
Neuromancer《神经漫游者》25, 68—69, 124
Pattern Recognition《模式识别》69
Virtual Light《虚拟之光》71
Gilman, Charlotte Perkins 夏洛特·珀金斯·吉尔曼 90
Herland《她的国》91, 92
glass 玻璃 79—80
globalization 全球化 68—69
God 上帝 20, 80, 90
Godard, Jean-Luc 让-吕克·戈达尔 58
Golding, William. *The Inheritors* 威廉·戈尔丁:《继承者》102
Golem 泥人 63—64
good and evil, battles between 善恶斗争 14—15
Gothic 哥特式 32, 44, 118
Gratacap, Louis Pope. *The Certainty of a Future Life in Mars* 路易斯·波普·格拉塔卡:《未来火星生活的确定性》122
Greg, Percy. *Across the Zodiac* 珀西·格雷格:《穿跃黄道带》28
Griffith, Mary. *Three Hundred Years Hence* 玛丽·格里菲思:《此后三百年》90

H

Haldeman, Joe. *The Forever War* 乔·霍尔德曼:《千年战争》51
hallucinogenics 迷幻药 24, 25—26
Haraway, Donna. *A Cyborg Manifesto* 唐娜·哈勒维:《赛博格宣言》63
"hard" science fiction "硬"科幻小说 49—52
Harrison, Henry 哈里·哈里森
Bill, the Galactic Hero《银河英雄比尔》15
Make Room! Make Room!《腾出地来！腾出地来！》57, 83
Hartwell, David G. 大卫·G. 哈特韦尔 50
Hasek, Jaroslav. *The Good Soldier Schweik* 雅罗斯拉夫·哈谢克:《好

兵帅克》15
Hastings, Milo. *The City of Endless Night* 米洛·黑斯廷斯:《永夜之城》 56—57
Heinlein, Robert 罗伯特·海因莱因 50, 51, 52, 91, 120
Moon is a Harsh Mistress, the《严厉的月亮》66—67
Puppet Masters, the《傀儡主人》 35—36
Henderson, Zenna 泽娜·亨德森 41
Herbert, Frank. *Dune* 弗兰克·赫伯特:《沙丘》123
hermeneutics 诠释学 69
Hitler, Adolf 阿道夫·希特勒 81
Hoban, Russell. *Riddley Walker* 罗素·霍本:《行者里德利》110
Hodgson, William Hope. *The House on the Borderland* 威廉·霍普·霍奇森:《边境上的房子》98
Hoffmann, E. T. A. *The Sandman* E. T. A. 霍夫曼:《沙人》59
hollow Earth 空心地球 8—10, 74, 81, 124
Hoover, J. Edgar J. 埃德加·胡佛 127
Hopkinson, Nalo 纳洛·霍普金森 126—127
So Long Been Dreaming《魂牵梦萦无了时》126—127
Hubbard, L. Ron. *Battlefield Earth* L. 罗恩·哈伯德:《地球战场》124—125
Hugo awards 雨果奖 122
human body, voyage within 人体内的漫游 23—24
Hutchins, J. C. *7th Son* J. C. 哈钦斯:《第七子》71—72
Huxley, Aldous 阿道斯·赫胥黎
Ape and Essence《猿和本质》109
Brave New World《美妙的新世界》 48, 80, 81—84, 86
Brave New World Revisited《再访美妙的新世界》82—83
hyperspace 超空间 99
Hythloday, Ralph 拉尔夫·希斯拉德 73—74

I

idealized male heroes 理想化的男主角 14
identity 身份 61, 64—65, 71, 89, 126
Impossible Voyage, the《奇幻航程》 118
individuality 个体性 81—82
inner space 内部空间 22—26
Internet 因特网 25, 67, 69, 72
intertexts 交互文本 118—120
Invaders from Mars《来自火星的入侵者》35
Invasion, the《入侵》38
Invasion of the Body Snatchers《肉体掠夺者入侵》36—38
invasions 入侵 31—41
It Came from Outer Space《宇宙访客》35

J

Jackson, Shelley. *Patchwork Girl* 谢莉·杰克逊:《拼图女孩》71

James, William 威廉 · 詹姆斯 26
Jameson, Fredric. *Archaeologies of the Future* 弗雷德里克 · 詹姆逊:《未来考古学》128
Jefferies, Richard. *After London* 理查德 · 杰弗里斯:《当伦敦消失后》52, 54
Jekyll and Hyde 杰基尔和海德 64
Jeter, J. W. J. W. 杰特 119
Jones, Gwyneth. *Aleutian Trilogy* 格温妮斯 · 琼斯:《阿留申人三部曲》42—43
Just Imagine《想象一下》56

K

Kennedy, John F. 约翰 · F. 肯尼迪 111
Keyhoe, Donald 唐纳德 · 凯霍 40
Kipling, Rudyard 拉迪亚德 · 吉卜林 101
Kneale, Nigel 奈杰尔 · 凯尼尔 32
Korda, Alexander 亚历山大 · 科达 56
Kornbluth, Cyril 西里尔 · 科恩布卢特 127
  Not This August《不是这个八月》106
  Space Merchants《太空商人》83
Kramer, Stanley 斯坦利 · 克雷默 107—109
Kubrick, Stanley 斯坦利 · 库布里克 19—20, 87
Kunetka, James. *Warday* 詹姆斯 · 库纳特卡:《战争日》109
Kurzweil, Raymond 雷蒙德 · 库兹韦尔 72

L

Lane, Mary E. Bradley. *Mizora: a Prophecy* 玛丽 · E. 布拉德利 · 莱恩:《米佐拉预言》90
Lang, Andrew 安德鲁 · 兰 101
Lang, Fritz 弗里茨 · 兰 15, 16, 54—55, 56, 60, 119
Lange, Oliver. *Vandenberg* 奥利弗 · 朗格:《范登堡》106
language 语言 42—43, 44—46, 48—49, 71
Le Guin, Ursula 厄休拉 · 勒奎恩 93—94
  Always Coming Home《总是要归乡》45
  An Ambiguous Utopia《歧义的乌托邦》93
  Dispossessed, the《一无所有》93
  Word for the World is Forest, the《代表世界的词是森林》42
Leinster, Murray 默里 · 莱恩斯特
  First Contact《初次接触》40—41
  Sidewise in Time《侧向时间的一边》99
Lem, Stanisław 斯坦尼斯瓦夫 · 莱姆 15, 127
Lessing, Doris. *Canopus in Argos series* 多丽丝 · 莱辛:"南船座中的老人星"系列 124
Levin, Ira. *This Perfect Day* 艾拉 · 莱文:《这完美的一天》65
Lewis, C. S. *Space Trilogy* C. S. 刘易斯:《空间三部曲》122—123
Lindsay, David. *A Voyage to Arcturus*

大卫·林赛:《大角星之旅》7
Lloyd, John Uri. *Etidorhpa* 约翰·尤里·劳埃德:《爱提多法》9
London 伦敦 52, 55—56, 74, 77—79, 81, 104, 114, 116
London, Jack 杰克·伦敦
Before Adam《亚当之前》101—102
Iron Heel, the《铁蹄》77
Star Rover, the《星际流浪者》101
Los Angeles 洛杉矶 58—59
lost worlds 失落的世界 10—11, 23, 91
Lucas, George 乔治·卢卡斯 14
Luckhurst, Roger 罗杰·勒克赫斯特 47

M

MacLeod, Ken. *Newton's Wake* 肯·麦克劳德:《牛顿的觉醒》72
Madden, Samuel. *Memoirs of the Twentieth Century* 塞缪尔·马登:《20世纪回忆录》97
Maelzel, Johann 约翰·梅尔策尔 59
magazines 杂志 30, 48—49, 120—122
Maine, Charles Eric. *The Tide Went Out* 查尔斯·埃里克·梅因:《潮汐退去》114
Malzberg, Barry. *Beyond Apollo* 巴里·马尔兹伯格:《超越阿波罗》22
Man Abroad《海外来客》12
management and workers 管理和工人 27—28, 54
Mann, Thomas 托马斯·曼 123
Mars and Martian 火星、火星人 21—22, 28—30, 60, 65, 75—76, 95—96, 103—105, 119, 122
Marxism 马克思主义 82, 122, 129
masculinism 男权主义 15, 70
Matheson, Richard. *Bid Time Return* 理查德·马特森:《吩咐时间回来》99
Matrix, the《母体》67—68
Max Headroom《超级麦克斯》58
McCaffrey, Anne. *Helva series* 安妮·麦卡弗里:"海尔法"系列 17—18
McCarthyism 麦卡锡主义 127
mechanization 机械化 61, 65, 83
media and intertexts 媒介与交互文本 118—120
Mehan, Uppinder. *So Long Been Dreaming* 阿品德·米恩:《魂牵梦萦无了时》126—127
Melies, Georges 乔治·梅里爱 15, 118
Mercier, Louis-Sebastien. *The Year 2440* 路易斯–塞巴斯蒂安·默西埃:《2440年》97
Merril, Judith 朱迪斯·梅里尔
England Swings SF《英格兰摇摆科幻》24
Shadow on the Hearth《壁炉上的阴影》107
Metropolis《大都会》54—55, 56, 60, 119
Mieville, China 希纳·米维尔 122, 128
City and the City《城与城》96
militarism 军国主义 15
military service, computers in 军用计算机 66
Miller Jr, Walter M. *A Canticle for Leibowitz* 小沃尔特·M. 米勒:《莱

博维茨的赞歌》109—110, 123
Mitchison, Naomi. *Memoirs of a Spacewoman* 内奥米·米钦森:《女宇航员的回忆录》18
Modern Electrics (magazine)《现代电学》(杂志)48, 120
Moffett, Cleveland. *The Conquest of America* 克利夫兰·莫菲特:《征服美国》103
Moon 月球 6—8, 15—16, 19—22, 67
Moorcock, Michael 迈克尔·摩考克 23, 121
Moore, Ward 沃德·穆尔
Bring the Jubilee《迎禧年》111—112
Greener than You Think《比你想象的更绿》114
More, Thomas. *Utopia* 托马斯·莫尔:《乌托邦》6, 73—74
Morris, Janet and Chris. *The 40-Minute War* 珍妮特·莫里斯、克里斯·莫里斯:《四十分钟的战争》106
Morris, William 威廉·莫里斯 76
News from Nowhere《乌有乡消息》77—78
Morrow, James. *This is the Way the World Ends* 詹姆斯·莫罗:《这就是世界终结的方式》109
Mosley, Walter. *Black to the Future* 沃尔特·莫斯利:《黑人和未来》126
multiverse 多元宇宙 26
Mumford, Lewis 路易斯·芒福德 47
myth of the machine 机器的神话 49

N

NASA (National Aeronautics and Space Administration) 美国国家航空航天局 21
nationalism 民族主义 10, 76, 78—79
Nazis 纳粹 84—85, 112
Nebula awards 星云奖 122
neologisms 新词 48—49
New Worlds (magazine)《新世界》(杂志)22, 121
New York 纽约 54, 56, 57, 94
Niven, Larry 拉里·尼文
Lucifer's Hammer《路西法之锤》115
Oath of Fealty《效忠宣誓》52
Nowlan, Philip Francis. *Armageddon 2419 AD* 菲利普·弗朗西斯·诺兰:《善恶大决战:公元2419年》13—14
nuclear weapons 核武器 34, 35, 66, 89 104—110, 114, 123

O

Oberst, Hermann 赫尔曼·奥伯斯特 17
observation 监控 65, 80
Okrand, Marc 马克·欧克朗 46
Olerich, Henry. *A Cityless and Countryless World* 亨利·奥勒里希:《没有城市和乡村的世界》75—76
O'Neill, James. *Land Under England* 詹姆斯·奥尼尔:《英格兰的地下世界》81

Orwell, George. *Nineteen Eighty Four* 乔治·奥威尔:《1984》 65, 69—70, 84—86, 93—94
Other 他者 27—30
over-population 人口过多 57, 79, 83

P

Pal, George 乔治·帕尔 104—105, 119
pandemics 流行病 114
Panopticon 全景敞视监狱 80
Paris 巴黎 53—54, 58, 101
paranoia 恐惧 39, 89, 122
past 过去 97—99, 101—102, 110—113, 116, 125
Paltock, Robert. *Perkin Warbeck* 罗伯特·帕尔托克:《珀金·沃贝克》 74
Paul, Frank R. 弗兰克·R. 保罗 30—31
Pavlov, Ivan 伊万·巴甫洛夫 86
Person, Lawrence 劳伦斯·珀松 125
Piercy, Marge 玛吉·皮尔西 83
  He, She and It (Body of Glass)《他、她和它》(《玻璃身体》) 63—64
  Woman on the Edge of Time《时代边缘的女性》 88
Poe, Edgar Allen 埃德加·爱伦·坡 7, 59, 120
  Unparalleled Adventure of One Hans Pfaall, the《汉斯·普法尔历险记》 7
Pohl, Frederic and Kornbluth, Cyril. *The Space Merchants* 弗里德里克·波尔、西里尔·科恩布卢特:《太空商人》 83
Polak, Fred. *The Image of the Future* 弗雷德·波拉克:《未来的意象》 116
pollution 污染 57, 95, 113—114
Pope, Gustavus W. *Journey to Mars* 古斯塔夫斯·W. 波普:《火星之旅》 26—27, 103, 117
Possony, Stefan T. 斯特凡·T. 波索尼 51
Pournelle, Jerry 杰里·波奈尔
  Lucifer's Hammer《路西法之锤》 115
  Oath of Fealty《效忠宣誓》 52
  Strategy of Technology《技术的策略》 51—52
prehistoric fiction 史前小说 101—102
primitive races 原始种族 9—10, 29
Pynchon, Thomas 托马斯·品钦 121
  Against the Day《抵抗白昼》 124
  Gravity's Rainbow《万有引力之虹》 17, 124

Q

Quatermass Experiment《夸特马斯实验》 32

R

race and ethnicity 种族和民族性 14, 28—29, 43—46, 52, 61—62, 74, 79, 81, 95, 97, 102—104, 111, 126—129
Reagan, Ronald 罗纳德·里根 52
reality films 仿真电影 25
religion 宗教 20, 61, 82, 94—95, 123
resistance 抵抗 45

Reynolds, Mack 麦克·雷诺兹
Commune 2000 AD《公社：公元 2000 年》77
Computer War《计算机战争》66
Equality: In the Year 2000《平等：2000 年》77
Rider Haggard, H. *King Solomon's Mines* H. 赖德·哈格德:《所罗门王的宝藏》11
Rieder, John 约翰·里德 10
Robida, Albert. *Le Vingtiemev Siecle* 阿尔伯特·罗比达:《20 世纪》53—54
Robinson, Kim Stanley 金·斯坦利·罗宾逊 21, 22
Back in the USSA《美利坚社会主义共和国往事》111
Mars trilogy "火星三部曲" 95—96
Wild Shore《荒蛮海岸》109
RoboCop《机械战警》62—63
robots 机器人 18, 20, 48—49, 59—65, 68
Rogers, Buck 巴克·罗杰斯 13—15
romances 罗曼史 117—118
Roshwald, Mordecai. *Level 7* 莫迪凯·罗什瓦尔德:《第七层》66
Roswell 罗斯韦尔 40
Roth, Philip. *The Plot against America* 菲利普·罗斯:《反美阴谋》111
Rucker, Rudy 鲁迪·拉克 50, 125
Semiotext(e) SF《符号文本：科幻》125
Rupert, G. G. *The Yellow Peril, or, The Orient vs. the Occident* G. G. 鲁伯特:《黄祸，或东西方决战》104
Russ, Joanna 乔安娜·拉斯 63, 93—94
Female Man, the《雌性男人》92
Russell, Mary Doria 玛丽·多里亚·罗素
Children of God《上帝之子》123
Sparrow, the《麻雀》123
Russell, Saxifrage 萨克斯弗莱杰·罗素 95—96
Ryman, Geoff 杰夫·赖曼 126
Air《空气》72

S

Sagan, Carl. *Contact* 卡尔·萨根:《接触》123
Sargent, Pamela 帕梅拉·萨金特 91
Schmidt, Cannon 坎农·施密特 44
Schuyler, George. *Black No More* 乔治·斯凯勒:《不再有黑色》74
Schwarzenegger, Arnold 阿诺德·施瓦辛格 63
Science Fiction Studies (magazine)《科幻研究》(杂志) 127—128
Scott, Ridley 雷德利·斯科特 39, 58—59, 119
Seaborn, Adam. *Symzonia: A Vcyage of Discovery* 亚当·西伯恩:《赛姆佐尼亚：发现之旅》9
Second-World War, alternate history of the 第二次世界大战的或然历史 112
self-parody 自我戏仿 7
semiotics 符号学 129
Serviss, Garrett P. *Edison's Invasion of Mars* 加勒特·P. 瑟维斯:《爱迪生入侵火星》118—119

Shakespeare, William. *The Tempest* 威廉・莎士比亚:《暴风雨》118
Sheldon, Alice B. *The Girl who was Plugged In* 艾丽斯・B. 谢尔顿:《被插入的女孩》91
Shelley, Mary 玛丽・雪莱
Frankenstein《弗兰肯斯坦》63, 64, 71, 122, 125
Last Man, the《最后一个人》113
Shiel, M. P. M. P. 希尔 103—104
Purple Cloud, the《紫云》114
Shute, Nevil. *On the Beach* 内维尔・舒特:《海滨》107
Simak, Clifford D. 克利福德・D. 西马克 57
Simmons, Dan 丹・西蒙斯 12—13
Skinner, B. F. *Walden Two* B. F. 斯金纳:《瓦尔登第二》86, 88
Sladek, John 约翰・斯拉德克 123—124
slavery 奴隶制 41—42, 43, 59—61
'sleeper wakes' convention "沉睡者醒来"传统 76, 90
Smith, E. E. 'Doc'. *The Skylark in Space* E. E. "多克"・史密斯:《太空云雀号》14
Smith, George. H. *The Second War of the Worlds* 乔治・H. 史密斯:《第二次世界之战》119
Sobchack, Vivian 维维安・索布恰克 58, 129
social justice 社会正义 75
'soft' science fiction "软"科幻 50
Sontag, Susan 苏珊・桑塔格 113
Soviet Union 苏联 22, 23—24, 33, 51, 84—85, 106
Soylent Green《绿色豆饼》57
space opera 太空歌剧 12—15, 34
space race 太空竞赛 22
space travel 太空旅行 6—26, 48, 98, 100, 117, 126
spaceships 宇宙飞船 15—18, 22, 57
special effects 特效 118
Spence, Thomas 托马斯・斯宾塞 74
Spielberg, Stephen 史蒂文・斯皮尔伯格 40, 119
spirituality 精神性 20, 72, 122—123
splatterpunk 血腥朋克 125
Squire, J. C. *If It Had Happened Otherwise* J. C. 斯夸尔:《如果事情不是这样》110
Stapledon, Olaf 奥拉夫・斯特尔普顿 123
Last and First Men《最后和最初的人》99—100
Star Maker《星辰制造者》100
Star Trek《星际迷航》15, 45—46
Star Wars《星球大战》14—15
Star Wars (Strategic Defence Initiative) 星球大战(战略防御倡议)52
state control 国家控制 81—84
steampunk 蒸汽朋克 112—113, 125
Stephenson, Neal. *Snow Crash* 尼尔・斯蒂芬森:《雪崩》26, 70—71
Sterling, Bruce 布鲁斯・斯特林
Difference Engine, the《差分机》112—113
Mirrorshades: The Cyberpunk Anthology《水银墨镜:赛博朋克文选》68, 125

Stevens, Francis. *The Heads of Cerberus* 弗朗西斯·史蒂文斯:《刻耳柏洛斯之头》91

Stewart, George R. *Earth Abides* 乔治·R. 斯图尔特:《地球在忍受》114

Stockton, Frank R. *The Great War Syndicate* 弗兰克·R. 斯托克顿:《战争辛迪加》103

Streiber, Whitley 惠特利·斯特里伯 45

Majestic《威仪》40

Warday《战争日》109

Stross, Charles. *Accelerando* 查尔斯·斯特罗斯:《渐速音》72

Sturgeon, Theodore 西奥多·斯特金 15

subversion 颠覆 36

surveillance 监视 65, 80, 86

Suvin, Darko 达科·苏恩文 73, 127—129

Swift, Jonathan. *Gulliver's Travels* 乔纳森·斯威夫特:《格列佛游记》6, 74—75

symbolism 象征主义 20, 80

Symmes Jr, John Cleves 小约翰·克利夫斯·赛姆斯 8—9

sympathetic aliens 富有同情心的异族 41—44

T

Taylor, Frederick Winslow 弗雷德里克·温斯洛·泰勒 80

technology 技术 19—20, 47—72, 75, 95, 125

Telotte, J. P. J. P. 泰洛特 64

Tepper, Sheri S. *The Gate to Women's Country* 谢里·S. 泰珀:《女国之门》93

Terminator《终结者》63

Tevis, Walter. *The Man Who Fell to Earth* 沃尔特·特维斯:《坠落到地球的人》41

Them!《它们!》108

Theroux, Paul. *O-Zone* 保罗·泰鲁:《O 区》95

Things To Come《未来事件》56, 118

Thomas, Sheree R. *Dark Matter* 谢里·R. 托马斯:《暗物质》126

Three Laws of Robotics 机器人学三法则 61

time 时间 97—116

time travel 时间旅行 11, 23, 98—99, 112

Total Recall《全面回忆》64—65, 89

totalitarianism 极权主义 79, 81, 84

Toynbee, Arnold J. *A Study of History* 阿诺德·J. 汤因比:《历史研究》100

Tracey, Louis. *An American Emperor* 路易斯·特雷西:《美国皇帝》103

traditional space stories, criticism of 对传统太空探索故事的批评 22—23

Truffault, Francois 弗朗索瓦·特吕弗 84

Twain, Mark. *A Connecticut Yankee in King Arthur's Court* 马克·吐温:《亚瑟王朝廷里的康涅狄格州美国佬》98

U

UFOs 不明飞行物 35, 40
United States space programme 美国太空计划 21—22
Updike, John. *Toward the End of Time* 约翰·厄普代克:《奔向时间的终点》124
urban-industrial complexes 城市工业建筑群 54—57
utopias 乌托邦 73—81, 88, 90—94, 106, 126, 128

V

Van Vogt, A. E. A. E. 范·沃格特 50
Voyage of the Space Beagle, the《"小猎犬号"太空漫游》17
Venus 金星 21, 22
Verhoeven, Paul 保罗·费尔赫芬 62—64
Verne, Jules 儒尔·凡尔纳 117, 120
From the Earth to the Moon《从地球到月球》8
Round the Moon《环游月球》8
Voyages Extraordinaires "奇异旅行"系列 8
video games 视频游戏 15, 103, 119
Vietnam War 越南战争 42, 51
Vinge, Vernor 弗诺·文奇 50, 72
virtual reality 虚拟现实 25—26, 69, 71
viruses 病毒 32, 39, 70—71, 119
von Harbou, Thea 特娅·冯·哈布 54
Vonnegut, Kurt 库尔特·冯内古特
Player Piano《自动钢琴》65
Slaughterhouse-Five《五号屠场》124
voyages 漫游 6—26, 48, 74—75, 98, 100—101, 117, 126

W

Wanger, Walter 沃尔特·万格 38
war gaming 兵棋 103
War of the Worlds (1953 film)《世界之战》(1953 年的电影) 104—105, 119
War of the Worlds (2005 film)《世界之战》(2005 年的电影) 119
War of the Worlds (radio)《世界之战》(广播剧) 38, 119
War of the Worlds 2 (2008 film)《世界之战 2》(2008 年的电影) 130
War Games《战争游戏》103
wars 战争 40, 66, 102—110
weaponry 武器 14—15
Weinbaum, Stanley. *A Martian Odyssey* 斯坦利·温鲍姆:《火星奥德赛》30
Welles, Orson 奥森·韦尔斯 38, 119
Wells, H. G. H. G. 韦尔斯 7, 19, 64, 76, 101, 105—106, 117—120, 123
A Modern Utopia《现代乌托邦》55—56, 79
Chronic Argonauts《时间中的阿尔戈英雄》98
First Men in the Moon, the《最早登上月球的人》30
Island of Dr Moreau, the《莫罗博士岛》64, 118
Men Like Gods《神一般的人们》

78—79, 81
Metropolis《大都会》27
Shape of Things to Come, the《未来事物的形态》80—81
Time Machine, the《时间机器》27, 98—99
War of the Worlds, the《世界之战》104—105, 118—119
What is Coming?《未来会怎样?》78
When the Sleeper Wakes《当睡者醒来时》56
World Set Free, the《解放的世界》78, 106
Westfahl, Gary 加里·韦斯特法 48
Whitman, Walt 沃尔特·惠特曼 113
Wiener, Norbert 诺伯特·维纳 50
Wolfe, Bernard. *Limbo* 伯纳德·乌尔夫:《地狱边境》66
Woman in the Moon《月球上的女人》15, 16
women 女性 39, 42—45, 75, 76, 78—79, 81, 90—94, 129
workers 工人 27—28, 54
Wright, Sidney Fowler *Automata* 西德尼·福勒·赖特:《自动机》60
Wylie, Philip 菲利普·怀利
Los Angeles: AD 2017《洛杉矶:公元 2017 年》57
Tomorrow!《明日!》106
Triumph《胜利》106—107
When Worlds Collide《星球大冲撞》115
Wyndham, John 约翰·温德姆 32—34
Day of the Triffids, the《三尖树时代》33
Kraken Awakes, the《海妖醒了》33
Midwich Cuckoos, the《密威治的怪人》33

yellow peril narratives “黄祸”叙事 14, 103—104

Z

Zabel, Bryce. *Winter of our Discontent* 布赖斯·扎贝尔:《不满的冬天》111
Zamyatin, Yevgeny. *We* 叶甫盖尼·扎米亚京:《我们》79—80, 86
Zubin, Robert. *First Landing* 罗伯特·祖宾:《首次着陆》21

David Seed

SCIENCE FICTION

A Very Short Introduction

Contents

List of illustrations i

Introduction 1

1 Voyages into space 6

2 Alien encounters 27

3 Science fiction and technology 47

4 Utopias and dystopias 73

5 Fictions of time 97

6 The field of science fiction 117

Further reading 131

List of illustrations

1 Cover for *Buck Rogers in the 25th Century AD* (1933) **13**

2 Poster for Fritz Lang's *Frau im Mond* (1929) **16**
© UFA/The Kobal Collection

3 Still from Stanley Kubrick's *2001: A Space Odyssey* (1968) **19**
© MGM/The Kobal Collection

4 Cover for *Amazing Stories* (May 1928) **31**
Mary Evans Picture Library

5 Sketch illustrating John Wyndham's *The Day of the Triffids* (1951) **33**
© Paul Thompson

6 Poster for Don Siegel's *Invasion of the Body Snatchers* (1956) **37**
© Allied Artists/The Kobal Collection

7 Still from Graham Baker's *Alien Nation* (1988) **43**
© Twentieth Century Fox/The Kobal Collection

8 Aerial rotating house from Albert Robida's *Le Vingtième Siècle* (1890) **53**
Mary Evans Picture Library

9 Still from Fritz Lang's *Metropolis* (1927) **55**
© UFA/The Kobal Collection

10 Illustration to Edward S. Ellis's *The Steam Man of the Prairies* (1865) **60**
Image courtesy of Paul Guinan

11 Still from Paul Verhoeven's *RoboCop* (1987) **62**
© Orion/The Kobal Collection

12 Still from Michael Anderson's *1984* (1956) **85**
Interfoto Agentur/Mary Evans Picture Library

13 Still from Stanley Kubrick's *A Clockwork Orange* (1971) **87**
Warner Bros/The Kobal Collection

14 Original illustration to H. G. Wells's *The War of the Worlds* (1898) **105**
Mary Evans Picture Library

15 Still from Gordon Douglas's *Them!* (1954) **108**
© Warner Bros/The Kobal Collection

The publisher and the author apologise for any errors or omissions in the above list. If contacted they will be happy to rectify these at the earliest opportunity.

Introduction

Science fiction has proved notoriously difficult to define. It has variously been explained as a combination of romance, science, and prophecy (Hugo Gernsback), 'realistic speculation about future events' (Robert Heinlein), and a genre based on an imagined alternative to the reader's environment (Darko Suvin). It has been called a form of fantastic fiction and an historical literature. This volume will not attempt to reduce these explanations to a single, comprehensive definition. That way madness lies. Instead, I shall outline here some of the guiding presumptions which will be used throughout this introduction. Firstly, to call science fiction (SF) a genre causes problems because it does not recognize the hybrid nature of many SF works. It is more helpful to think of it as a mode or field where different genres and subgenres intersect. And then there is the issue of science. In the early decades of the 20th century, a number of writers attempted to tie this fiction to science and even to use it as a means of promoting scientific knowledge, a position which continues into what has become known as 'hard SF'. Applied science – technology – has been much more widely discussed in SF because every technological innovation affects the structure of our society and the nature of our behaviour. Technology has repeatedly been associated with the future by SF, but it does not follow that the fiction is therefore *about* the future. The crudest reading of an SF novel is to ask 'did Arthur C. Clarke get it wrong?' Science fiction is about the writer's present in the sense that any historical moment will include its own set of expectations and perceived tendencies. The futures represented in SF embody its speculative dimension. In that sense, as Joanna Russ has explained, it is a '*What If* Literature'. The writer and critic Samuel Delany has applied the term 'subjunctivity' to SF in a similar spirit to explain how these narratives position themselves between possibility and impossibility. It is helpful to think of an SF narrative as an embodied thought experiment whereby aspects of our familiar reality are transformed or suspended.

The heated debates about the nature of SF are usually conducted by its practitioners, and this can even be seen as one of the defining characteristics of the field. These exchanges often revolve around the status of SF, whether it consists of 'popular' or 'mainstream' fiction, despite the fact that such terms have increasingly lost their meaning in the sheer variety of contemporary published SF. Or the debates might centre on the history and scope of SF. The wave of feminist science fiction from the 1970s onwards also saw the retrospective construction of a tradition which rehabilitated writers like Charlotte Perkins Gilman. It has been a recurring claim among SF writers that they are more and more occupying the position previously occupied by realist fiction and that their narratives are the most engaged, socially relevant, and responsive to the modern technological environment. In a title that plays on Ariel's famous speech in *The Tempest,* Thomas M. Disch's *The Dreams Our Stuff Is Made Of* (1998) has argued that SF permeates every level of society, especially of the entertainment industry.

A *Very Short Introduction* cannot offer a history of SF, nor does it need to, since a number of excellent histories are currently in print. Instead, it will attempt to tie the selected examples to their different historical moments to demonstrate how science fiction has always been an evolving mode. There is extensive debate over when SF began. Some histories have extended their reach back as far as Lucian of Samosata's *A True Story* from the 2nd century

AD, which describes a voyage into space and a form of inter-planetary war. Other historians take their starting points in the Renaissance with works like Thomas More's *Utopia* (1516) and Francis Godwin's *The Man in the Moone* (1638), or in the Industrial Revolution with Mary Shelley's *Frankenstein* (1818). Two other starting points have been mooted: the late 19th century from around 1870, and the early 20th century when labels like 'science fiction' were first used. The latter position confuses descriptive labelling with the set of narrative practices which would necessitate such descriptions. Origination in antiquity raises different problems of cultural practice, and such examples could best be thought of as 'ur-SF'. Works from the Renaissance or early 19th century are clearly much closer to the methods we now identify with SF and could be described as 'proto-SF'. This is not to deny their self-evident importance to the evolution of SF, but it is common practice for literary historians and novelists themselves to seek precursors in their efforts to substantiate generic practice.

This volume will work on the premise that what we now know as science fiction began to emerge in the late 19th century with a great upsurge in utopias, future-war narratives, and representatives of other genres that can be grouped under the SF umbrella. Apart from the expansion in education which established a commercial base for a number of science fiction writers in Britain, the period from around 1870 through to the First World War was one of extraordinarily rapid technological change, with widespread use of electricity for the first time, the coming of aeroplanes, the development of the radio and cinema, and the proliferation of the popular press. It was also a period that saw the emergence of the USA as an imperial player on the world scene, with all the rivalry that carried with the older empires of Europe and Asia. During these years, we see the emergence of a body of writing with distinct preoccupations and characteristics that remains a recognizable, commercially viable, and sometimes very lucrative, feature of the culture industry. This body of work became known as science fiction.

The eagle-eyed reader will have spotted that all my examples so far, except for Lucian, have been British or American, and this volume will focus on Anglophone writing and will include such figures as Jules Verne and Stanisław Lem because they have been circulated around Anglophone cultures in translation. It has become a truism that the USA dominates the field of SF, although throughout this *Introduction* we shall see the recurrence of H. G. Wells as a formative, English figure in the development of science fiction. The majority of the selected examples will be taken from Britain and North America.

A final aspect of this *Introduction* should be noted. The label 'science fiction' actually covers work in a number of media. There is a substantial body of drama and poetry. The Science Fiction Poetry Association was founded in 1978. During the heyday in the 1920s and 1930s of the 'pulps', magazines printed on low-grade paper, science fiction comics made their appearance in the USA, developing rather later in Britain with publications like the *Eagle*. And then there are the SF games. War games were a special case, with their own history stretching back to military rehearsals in 19th-century Prussia, but since the 1980s there has been a boom in role-playing games drawing on newly available computer and virtual reality resources. We shall see in the final chapter that SF works since the 1970s, especially films, have produced a whole range of products under a common franchise. This introduction will focus primarily on print fiction but also on SF's twin medium – the cinema. No sooner had film been invented than experiments began with science fiction subjects, such as Georges Melies's *A Trip to the Moon* of 1902. The evolution of these two media has followed such parallel lines that since the Second World War many SF novels have received film adaptations.

The discussion that follows is broken down into six sections. The first examines voyages into space and other unexplored realms. The voyage embodies SF authors' imaginative outward reach, in the course of which they may encounter aliens, the subject of

Chapter 2. Here, the whole concept of the alien is examined, especially in the construction of alternative social identities. Chapter 3 moves on to the complex role of technology in SF, followed in Chapter 4 by a discussion of utopias and dystopias, which collectively make up one of the main traditions of SF. Chapter 5 addresses the relation of SF to time past as well as future, and Chapter 6 examines science fiction as a community of writers and critics constantly debating and modifying SF practice.

Chapter 1
Voyages into space

One of the first images we associate with science fiction is the spaceship; one of the first plot lines we expect is the journey into space, whose unlimited expanse licensed an outward reach of the novelists' imagination. Historically, there was an easy continuity between sea journeys such as that in Thomas More's *Utopia* or *Gulliver's Travels* and space flights. Both are represented as voyages, and both are innately serial because the action takes place between long periods of transition. Indeed, in early science fiction the use of anti-gravity devices was self-evidently a pretext for rapidly covering the enormous distances of space. Cyrano de Bergerac's twin narratives, *The States and Empires of the Moon* (1657) and *The States and Empires of the Sun* (unfinished at his death), both use a rocket journey from the Earth to set up their narratives, but it is no real concern of theirs to explain the technology of the rocket or the journeys, only the worlds at their destinations.

In these cases and in many subsequent works, the space voyage functions as a device for estranging us from the familiar world, enabling external (and usually ironic) perspectives to be set up on Earth. Thus Bergerac's traveller is forced in both cases to re-examine his presumptions about earthly values, and is considered by the Moon-dwellers to be little more than an ape. A later example shows the continuity between the two kinds of voyage. Joseph Atterley's *A Voyage to the Moon* (1827) describes how the son of an American merchant sets out on a voyage to Canton China, but is shipwrecked on the Burmese coast. Among his local companions, he befriends a Brahmin who reveals to him the secret of space travel and also the fact that the Moon has inhabitants. The two fly to the Moon in a copper cube, and the rest of the novel consists of the narrator's experiences of Moon culture under the guidance of the Brahmin, who points out the many differences from American society.

A last famous example will clarify the effect of transposition in such novels. David Lindsay's *A Voyage to Arcturus* (1920) once again gives only perfunctory attention to the voyage itself, the transit from Scotland to an inhabited star being effected by torpedo-shaped crystals. The action consists of a series of episodes in which the traveller Maskull experiences different kinds of perception on the new planet, such as that produced by growing a third eye. Here and in many other cases, the voyage into space offers convenient transit to other worlds, which offer sites for metaphysical and cultural speculation.

From an early stage in its development, science fiction showed a refreshing tendency to self-parody. Edgar Allen Poe is an important figure in the evolution of proto-SF and his hoax story 'The Unparalleled Adventure of One Hans Pfaall' (1835) draws on an already existing tradition of fabulous voyages beyond the Earth for comic effect. The story presents the 'edited' account by a Dutch scientist of how he flew to the Moon with the help of an air condenser, a kind of air-tight bag enclosing the apparatus. The pseudo-editorial frame to the story was a strategy used by writers to offset the amazing content of their narratives throughout the 19th century right up to H. G. Wells. Poe employs it to give a ludicrous credibility to his story which cleverly mimics scientific descriptions of the diminution of the Earth and increase in size of the Moon during the space voyage.

The supreme 19th-century novelist of travel remains Jules Verne, whose relation to science fiction continues to be a matter of debate. His *Voyages Extraordinaires* stories are not set in the future and cumulatively attempt to map out different areas of the globe. Travel is the key means towards this end. The duo of Verne novels most closely related to science fiction, *From the Earth to the Moon* and its sequel *Round the Moon* (both translated in 1873), pay tribute to Yankee inventiveness. A Gun Club is formed during the Civil War for the development of arms, and this impetus is tied in the novel to the imaginative appeal of getting to the Moon. Citing a medley of writers who blur the difference between fiction and non-fiction including Poe, Flammarion, and even the hoax essays of 1835 attributed to Herschel, the president of the Gun Club, Barbicane, announces the mission to the Moon by means of an enormous cannon. The projectile is named the Columbiad, which was already the name of a cannon in use by the US Army, but also carries epic associations articulated in Joel Barlow's 1807 poem of that name with the discoverer of America. The mission is an American enterprise supported by European capital raised on subscription. Once the launch has taken place from Florida, like the later Apollo missions, the novel hints at the possibility of life on the Moon, but the narrative gives priority to the spectacle of new views of the planets and lunar volcanoes. After the astronauts' successful return to Earth, plans are made to form the National Company of Interstellar Communication to set the commercial seal on subsequent voyages.

Hollow Earth

Imaginary explorations in early SF use three main settings: the Earth itself, near space, and the interior of the Earth. Although the concept had been used earlier for fantasy or satirical purposes, hollow Earth narratives developed in the late 19th century as a separate subgenre partly out of the theories of John Cleves Symmes Jr, who believed that the Earth had openings at the North and South Poles. This theory, popularly known as Symmes' Holes, was expressed in fictional form in Adam Seaborn's *Symzonia: A Voyage of Discovery* (1820), possibly written by Symmes himself. Towards the end of the century, there was a flurry of hollow Earth narratives, including Edward Bulwer-Lytton's *The Coming Race* (1871), in which a young American falls down a mine shaft and finds himself in a world which represents his imminent future. In this culture, women have become far more independent and a force resembling electricity called Vril (virile) is used by a master race.

Etidorhpa (i.e. Aphrodite), published in 1895, by John Uri Lloyd, a Cincinnati pharmacologist, is unique among hollow Earth narratives in not describing a separate civilization. Instead, it offers a surreal sequence of hallucinatory scenes. The story is elaborately framed as being told by a 'white-haired old man', who is kidnapped and transported to the centre of the Earth. One of his first sights is a 'fungus forest' of enormous multi-coloured mushrooms towering over him, and this sets the keynote of the novel, in which the traveller moves constantly between dreamlike states. The transitions are sudden and surreal, unrelated to any conceivable guided tour of this subterranean world. The shifts in dimension, and the attention to smells and sounds, have led some critics to suggest that *Etidorhpa* resembles a sequence of psychedelic visions.

Hollow Earth narratives tend to gloss over many of the physical difficulties of imagining within the Earth a world which would retain many of the characteristics of surface life. For instance, the interior location of Edgar Rice Burroughs' *Pellucidar* series (started in 1914) gives the reader his standard combination of 'primitive' races, tropical landscapes, and primeval creatures. Here, the terrain is used to justify the stream of exotic adventures confronting the protagonist and to embody the fantasy of travelling back into the evolutionary past, whereas other novels tie their action to the possibilities within the writer's present. William R. Bradshaw built his 1892 novel *The Goddess of*

Atvatabar on the publicity surrounding the Arctic exploration voyages of the time to describe the discovery of an inner world with sophisticated cultures. When civil war breaks out, an American-led expedition 'saves' the land for empire and opens up dazzling new vistas of commercial exploitation. The novel includes the exoticism common to most hollow Earth narratives, but makes unusually explicit the notion that this mysterious other world is ripe for conquest.

Science fiction and empire

John Rieder and other SF scholars have tied the emergence of SF towards the end of the 19th century with the heyday of empire. Rieder argues that from 1871 onwards, SF began to develop its own 'family of resemblances' which began to produce its identity as a genre. John Jacob Astor IV's *A Journey in Other Worlds* (1894) offers a clear example of the link between empire and space travel. Set in 2088, by which time the USA has achieved world hegemony, the narrative describes how the space traveller embarking on a voyage of exploration sees himself as continuing the national destiny of technological and territorial triumphs. As the flight progresses, his discoveries become progressively more fantastic: he finds mastodons on Jupiter, dragons and spirits on Saturn. At the end of the voyage, the spaceship flies home to a rapturous welcome. Astor's investment in empire was not confined to fiction. In 1898, he financed a battalion of volunteers to fight in Cuba during the Spanish-American War. Astor's nationalism reflects a general characteristic of turn-of-the-century exploration narratives, namely that they are never disinterested. Whether their ostensible motive is science or adventure, the ultimate desire for imperial appropriation is rarely far away.

Early in the 20th century, a subgenre of exploration emerged dealing with the discovery of lost worlds. Arthur Conan Doyle's *The Lost World* (1912) established the generic label and the pattern in describing how Professor Challenger discovers a plateau in the heart of the Amazon basin which contains living primeval creatures and primitive ape-men. Conan Doyle's narrative was followed in 1916 by Edgar Rice Burroughs' *The Land that Time Forgot*, repeating a similar discovery, this time in Antarctica. His hero encounters a creature resembling a man, but is he?

> I could not say, for it resembled an ape no more than it did a man. Its large toes protruded laterally as do the semiarboreal peoples of Borneo, the Philippines and other remote regions where low types still persist. The countenance might have been a cross between *Pithecanthropus*, the Java ape-man, and a daughter of the Piltdown race of prehistoric Sussex.

The traveller hesitates between past and present, although his uncertainty never shakes the implicit conviction of his evolutionary superiority. Lost-race fiction tends to present imperial exploration and discovery as adventure. The main popularizer of this subgenre was H. Rider Haggard with *King Solomon's Mines* (1885) and its sequels describing fabulous worlds hidden within the African interior. These narratives have been described as 'fantasies of appropriation', where the explorers act on territorial and sexual desire – a beautiful princess is a stock ingredient – and where invasion and conquest are systematically misrepresented as a return to their historical past or a recuperation of Nature's gifts. Lost-race tales could also be seen as stories of time travel in which explorers encounter earlier forms of humanity. In Conrad's *Heart of Darkness* (1902), Marlowe travels simultaneously into the heart of the African interior and back to the beginnings of evolutionary time. One of the most dramatic moments in his narrative occurs when he reluctantly recognizes a kinship with one of the natives. Clearly then, lost-world narratives anticipate a major theme in science fiction which will be dealt with in the following chapter – the alien encounter.

Space opera: star wars

By the logic of empire, the planets offer themselves for conquest, and so it is no coincidence that the first star wars novels in the language should be published during the heyday of empire. Indeed, the adventure paradigm central to space opera has been described as the 'myth-form of exploration and colonial conquest'. The anonymous *Man Abroad* (1887) describes an Earth already conquered by the USA. Settlers have flown in turn to the Moon, Venus, Mars, Jupiter, Saturn, and the asteroids. The novel sets a pattern for much subsequent SF in using the planets as hypothetical nations or colonies, displacing territorial disputes on to the Solar System. A trade dispute breaks out between the planets, but war never actually follows, unlike in Robert William Cole's *The Struggle for Empire* (1900). This novel starts in the year 2236 and evokes a cosmic Pax Britannica, that is, a world dominated by the Anglo-Saxons, who have invented a means of space travel in 'interstellar ships'. War breaks out between Earth and Sirius, whose inhabitants resemble humans in every respect, but who possess a more advanced military technology. The massive Sirian fleet of airships roll back empire to its centre and London is bombarded. It seems that the fate of London and the whole empire is sealed, until a British scientist invents a device for projecting force-waves which suddenly and decisively reverses the course of the war. The Anglo-Saxons re-conquer space and bomb the Sirian capital city, bringing speedy capitulation.

These early projections of empire on to space set the pattern for the 'space opera' stories which began to appear in the pulps between the wars. The phrase 'space opera' was coined in 1941 to label hack science fiction and it kept its negative meaning until the 1980s, when it was redefined to mean SF adventure narratives. In that period, space opera went through a revival, with writers like Iain M. Banks, David Brin, and Dan Simmons modifying the subgenre in more sophisticated narrative forms. Between the world wars, two space opera narratives have a special significance. The first was a pair of linked stories by Philip Francis Nowlan from 1928–9 in which he introduced the character of Anthony Rogers, soon renamed Buck for the comic strip which followed.

The composite volume *Armageddon 2419 AD* describes how our hero falls asleep at a point when the USA is the most powerful

1. Cover for *Buck Rogers in the 25th Century AD* (1933)

nation in the world and wakes in the 25th century to find his country in ruins, ruled by the ruthless race. Nowlan's tale is essentially a Yellow Peril story with futuristic weapons added. What follows is a struggle to restore freedom to the USA and the rest of the world, and to defeat once and for all 'that monstrosity among the races of men'. We shall see in a moment why the Buck Rogers franchise should have been revived and developed in the 1970s. The second formative narrative dates from the same period, E. E. 'Doc' Smith's *The Skylark in Space* (1928). This work helped to establish the stereotypical hero of space opera. Richard Seaton is a scientist, athlete, and a 'born fighter', in short a clean-cut man of action. The novel opens with his discovery of a force making space travel possible, which leads to the construction of a spaceship, the *Skylark* of the title. It is a mark of the modernity of treatment that the craft needs commercial construction rather than individual enthusiasm, as was the case in earlier accounts of space flight. Every hero needs a villain, and this role is played by an unscrupulous representative of the World Steel Corporation who builds a duplicate ship and flies into space carrying with him the hapless Dorothy, Seaton's girlfriend. The first half of the novel describes Seaton's pursuit of this craft and rescue of Dorothy. From then on, the *Skylark* flies to different planets, some inhabited by races themselves possessing sophisticated airships. After a series of adventures following the Burroughs formula of captivity and escape, our hero returns safely to Earth with his companions.

Taken together, these two works helped establish the characteristics of space opera: the idealized male hero; futuristic weaponry like ray-guns; an episodic action full of the exotic and unexpected; and a struggle between starkly opposed forces for good and evil. These were drawn on by George Lucas for his 1977 film *Star Wars*, which combined Buck Rogers with battle scenes from Kurosawa, and which drew on Joseph Campbell's study *The Hero with a Thousand Faces* for its plot line. The *Star Wars* franchise has been one of the biggest commercial successes ever, and in addition to the film sequels and prequels has included other films, some animated; many novels in subseries within the broader narrative, as well as guides to the individual films; comic books; and a whole range of computer and video games. The 1960s television series *Star Trek* was also partly suggested by the Buck Rogers stories, but was constructed as a continuous, open-ended voyage through space by the *US Starship Enterprise*, whose mission was, in the words of one of the series catch-phrases, 'to boldly go where no man has gone before'. SF writers like Harlan Ellison and Theodore Sturgeon were brought in to write episodes, which were usually built around an encounter; the first in the series concerned a meeting in space with an alien craft manned by a childlike being. Like the *Star Wars* series, *Star Trek* too produced several subsequent television series and a large number of novels and novelizations.

Harry Harrison parodies the militarism and masculinism in space opera in *Bill, the Galactic Hero* (1965), a futuristic retelling of Jaroslav Hasek's *The Good Soldier Schweik*. Here, Bill gets inducted into the star troopers purely by chance, though he protests that he is 'not the military type', and embarks on a picaresque series of farcical mishaps, where he demonstrates none of the traditional heroic qualities associated with that fiction. In a similar spirit, the Polish author Stanisław Lem created his cosmonaut Ijon Tichy, who describes his experiences of time loops, galactic administrative gatherings, and adventures on other planets in a dead-pan understated prose which implicitly satirizes the whole desire for heroic action in space opera.

Spaceships

From Georges Melies's 1902 film *A Trip to the Moon* onwards, the spaceship became one of the key icons of SF, with its sleek rocket design, promising freedom and escape. Fritz Lang's *Woman in the Moon* (1929) described a voyage which finally left two lovers stranded on the Moon.

2. Poster for Fritz Lang's *Frau im Mond* (1929)

In the last scene, they embrace in a romantic climax which will signal their imminent death. This film first used the countdown to launch, as noted in Thomas Pynchon's novel about the V-2 rockets *Gravity's Rainbow* (1973), and drew on the services of the rocket engineer Hermann Oberst for technical advice. In Edwin Balmer and Philip Wylie's 1933 novel *When Worlds Collide*, it functions as a saving vessel. Two rogue planets are discovered to be heading towards Earth, and as one approaches the signs of disaster multiply: massive tidal waves, extraordinary winds, and sudden fires. A spaceship is constructed to take a saving remnant out of danger. Once launched, the passengers witness the destruction of Earth, but discover that the second planet is actually inhabitable. Not only that; the new Earth shows traces of habitation and the novel ends on an upbeat note of fresh beginnings, whose optimism blanks out the countless practical questions of how they will survive.

Throughout the first half of the 20th century, the space voyage became one of the staple ingredients of science fiction. One of the most famous novels to use this pattern was A. E. Van Vogt's *The Voyage of Space Beagle* (1950, a 'fix-up' from previous short stories), whose title echoes Charles Darwin's naturalist journal of his travels round the world, *The Voyage of Beagle* (1839). The purpose of Van Vogt's voyage is scientific exploration for the Nexial Foundation, and he applies a Darwinian presumption that contact with other species will produce conflict. The *Space Beagle* undergoes four encounters, of decreasing materiality: first with a cat-like creature, then with telepathic birds, and a creature living in space wanting to implant eggs in a human host, finally with a consciousness at large in space. A number of Van Vogt's episodes feature in narratives of alien encounter. His novel was also one of the first to describe a spaceship crew working together.

An important revision of the traditional image of the spaceship was made in Anne McCaffrey's Helva stories, beginning in 1961 with *The Ship Who Sang*. This series is set in a future when severely disabled children are given the chance to become starships by becoming enclosed in a metal shell connected directly to their brain. This is an enabling procedure involving 'schooling' (not programming) and complex neural and sensory connections being constructed through the titanium shell. In this respect, the 'shell-people' represent an early form of cyborg, and McCaffrey's narrative replaces central technological control with the individual investigations and self-modifications by Helva herself in devising a means of singing. Flight for her is depicted as a coming-of-age adventure rather than an overtly directed scientific voyage. Helva's shell functions as an extension of her consciousness, so that she simultaneously demonstrates technical skill in her flights through space – up to the 1960s the monopoly of male pilots – and at the same time develops her emotional capacity, for example to learn how to mourn. Similarly, Naomi Mitchison's *Memoirs of a Spacewoman* (1962) replaces rapid action with a reflective sequence on the relation of the narrator to other species.

2001: A Space Odyssey

Arthur C. Clarke has consistently championed space exploration, promoting it as a defining activity of the second half of the 20th century. As early as 1946, he was prophesying a new age of exploration, and in 1962 speculated on the possible revival, if not of epic, then at least of something approaching it: 'surely the discoveries and adventures, the triumphs and inevitable tragedies that must accompany man's drive toward the stars will one day inspire a new heroic literature'. Clarke consistently stressed science fiction's unique capacity to evoke wonder and to inspire readers with large visions. Thus when spaceships appear over the world's cities in *Childhood's End* (1953), the story sounds like the script of a B-movie from that decade – until contact begins with the aliens. Clarke minimizes the newcomers' appearance except to stress their size, which is the physical correlative of their mental superiority. The Overlords begin to produce children on Earth who have new telepathic abilities and are clearly being used by

Clarke as a catalyst to help humanity evolve into a more rational phase. In that sense, the novel cleared the ground for Clarke's most famous voyage narrative, *2001: A Space Odyssey* (1968).

Clarke wrote the novel as Stanley Kubrick's film was evolving, unlike many later novelizations of SF movies. The space flight which makes up the majority of novel and film grows out of a preliminary Wellsian narrative of human technological progress. The primitive protagonist at this point is named Moon-Watcher to set up space travel as an instinctive purpose from the very beginning. The brief summary of Darwinian evolution (development of tools and weapons for self-defence in the struggle for existence) shifts into the year 1999, a transition marked imagistically in the film as a bone thrown into the air mutates into a space station. By this year, a ferry service to the Moon has become commonplace, but the drama begins with the excavation of a mysterious black slab which transmits a signal towards Saturn. Jump forward again to 2001, and the main voyage begins with the mission of *Discovery One* to Saturn, manned by two astronauts, Bowman and Poole.

Apart from the obvious epic analogy in the title, Clarke punctuates the novel with references to famous voyages of the past, as if to

3. Still from Stanley Kubrick's *2001: A Space Odyssey* (1968)

suggest that the present one is a culmination of human enterprise. The final title evoked a grander theme than the original one, *Beyond the Stars*. However, the voyage runs into difficulties. A unit apparently malfunctions and HAL, the onboard computer, opens the airlocks, causing the death of Poole. It is then revealed that the real purpose of the mission is to explore Japetus, one of Saturn's moons; in the film, the aim was to reach Jupiter.

The surreal culmination to the voyage comes when *Discovery One* reaches Japetus and Bowman enters a monolith identical to that on the Moon. As he approaches his target, he sees a kind of parking lot of derelict spacecraft, then a phantasmagoria of brilliant light spots, until he suddenly finds himself in a Washington hotel suite. By this time, the action has become more hallucinatory, as if based on the ground of his mind. Objects come in and out of focus, Bowman's consciousness passes through a threshold 'stargate', and the narrative finishes with an image of rebirth full of spiritual associations. Kubrick has stated that 'the concept of God is at the heart of *2001*', a sentiment confirmed by Clarke. For Kubrick, the spiritual symbolism of the film was left deliberately vague to allow viewers to project their different interpretations on to it, and the ending itself has at least three different phases: arrival at destination, regression to the past, and the imminent emergence of a new birth. Clarke was to return to the ambiguous spiritual symbolism of spacecraft in *Rendezvous with Rama* (1973), in which a huge cylindrical spaceship named *Rama* approaches the Earth. Exploratory missions are sent to examine it, but from its sheer size, it has to be mapped as if it were a miniature planet. Despite its evident technological sophistication and the presence within it of cybernetic 'biots', at the end of the novel *Rama* leaves the Solar System without anyone on Earth being clear about its purpose. Clarke underlines this ambiguity through references to Christianity, Hinduism, and Greek mythology. The vessel might be a spiritual visitation; then again, it might not.

The US space programme

The 1969 Apollo 11 landing on the Moon radically altered the tradition of space exploration in science fiction by transforming our sense of possibility. This event, together with the unmanned probes to Mars and Venus, made it no longer possible to ignore science in narratives of space exploration. The National Aeronautics and Space Administration (NASA) now routinely uses SF material in its educational facility on space technology, and a number of its staff are SF authors in their own right. In 2004, NASA held its first debate about terraforming Mars with SF authors including Arthur C. Clarke and Kim Stanly Robinson. Robert Zubin, founder of the Mars Society, has supplemented his campaigning for Mars exploration with a 2001 novel *First Landing*, about the discovery of biological life on that planet. The novelists dealing with the subject of Mars, often themselves trained scientists, make strenuous efforts to harmonize their narratives with known scientific advances. One option used by Ben Bova is to provide a separate 'Data Bank' of information relevant to the story in his novels. The astrophysicist Gregory Benford prefers instead to incorporate the science into the narrative proper. *The Martian Race* (1999) puns on the possibility of life on Mars – central to this fiction – and the new arrangements for financing a voyage following the disastrous explosion on launch of a craft which leads to the withdrawal of congressional support. A consortium offers $30 billion to whoever can first achieve a successful Mars mission. Part of the novel describes the jockeying for publicity and funding on Earth; part describes the conduct of scientific investigation of the Martian landscape and the discovery of organisms by Julia Barth, the biologist protagonist. But there is a third element which prevents the novel from being simply another example of 'hard' SF. During the narrative, Benford's characters reference the antecedents of the novel in earlier treatments of Mars, notably *The Creeping Unknown* (the US title of *The Quatermass Experiment*, 1955), in which an astronaut becomes infected by an organism in space, and *Mars Needs Women* (1968), a joking allusion to Benford's own protagonist. Once the organisms start growing, the action darkens and there is even a suggestion of a humanoid growth taking shape which might threaten the crew. In this way, Benford manages to straddle both the older imagined scenarios of extraterrestrial life and the new scientific discoveries on that planet.

Robinson, Bova, and Benford represent a positive view of the space programme which was in fact the subject of controversy in its early stages. As early as 1956, James Blish had scathingly criticized a government system that both centralizes control and compartmentalizes research workers on such a programme and cuts them off from each other for reasons of national 'security'. A later negative depiction of space exploration is Barry Malzberg's *Beyond Apollo* (1972), the narrated plans for a novel by the sole survivor of a mission to Venus, whose sanity is constantly in doubt.

Inner space

In the SF journal *New Worlds* for 1962, J. G. Ballard made his famous protest against the hegemony of the 'rocket and planet story' in science fiction. Despite, or perhaps because of, the then current space race between the USA and Soviet Union, he argued that SF was in need of a new direction and declared: 'The biggest developments of the immediate future will take place, not on the Moon or Mars, but on Earth, and it is *inner* space, not outer, that needs to be explored.' In place of its traditional emphasis on science, he continued, he would prefer a move towards abstraction: 'instead of treating time like a sort of glorified scenic railway, I'd like to see it used for what it is, one of the perspectives of the personality, and the elaboration of concepts such as the time zone, deep time and archaeopsychic time'. Ballard's rejection of traditional space stories was shared by a number of his contemporaries, though their practice took different directions. Michael Moorcock made extensive use of willed time travel, and Douglas Adams began his Hitchhiker series (originally a science fiction radio comedy) with *The Hitchhiker's Guide to the Galaxy* (1979), reducing space to an area which can be traversed as casually as hitching a lift.

In fact, well before Ballard's declaration, there had been some signs of change. One of the first novels to apply the discovery of atomic structure to fiction was Ray Cummings's *The Girl in the Golden Atom* (1922), published soon after he stopped working as an assistant to Edison. Here, the dimension of space is given a new limit as a scientist reveals to his bemused friends the discovery of a whole world inside a single atom. There is an element of erotic fantasy in this, since, by massively magnifying his mother's wedding ring, he glimpses a beautiful young girl sitting in a cave. Like the bottles from which Alice drinks in Wonderland, the scientist devises a chemical capable of either reducing or magnifying a creature's size. In this narrative, change in size replaces travel, but produces unexpected results in that, as the chemist shrinks, the objects of the real world become huge and threatening. He enters a surreal world of shifting planes and sudden precipices, and finds himself in constant danger from the magnified forms of the objects and beings he has not left behind. Having established these stark differences of dimension, Cummings then moves the narrative on into yet another lost-world story, where the two races within the atom are at loggerheads with each other.

Only four years after Ballard's call for change, Richard Fleischer relocated the voyage paradigm by situating it within a human body. *Fantastic Voyage* (1966) uses the Cold War to motivate its action. When a Soviet scientist who has been experimenting with techniques of miniaturization escapes to the West, an attempted assassination leaves him with a blood clot in the brain. To save his life, a small crew aboard the submarine *Proteus* are reduced to the size of what would now be called a nanobot and sail through the scientist's blood vessels, eventually finding the clot. The action is complicated by a member of the crew being a Communist agent but, in a race against time, the clot is removed and the crew escape from the body through the eyes. Despite the absurdity of the subject, rather less now than when it was released because of subsequent medical miniaturization techniques, the film evoked new surreal 'bodyscapes', internal images of human organs vastly magnified. This film was further developed by the 1987 comedy *Innerspace*, in which an experiment to miniaturize a human subject for an experimental injection into a rabbit goes wrong and the action turns into a struggle between rival agencies for the technology.

Within the context of 1960s drug experimentation, Ballard's statements about inner space harmonized with the convention of descriptions of drug experiences being located 'inside'. Brian Aldiss's *Barefoot in the Head* (1969) remains a powerful application of this concept in its description of a post-war world after bombs have been dropped releasing hallucinogenic substances; the stories in this volume were originally published as the 'Acid Head War' series. The protagonist Colin Charteris, whose name echoes the creator of the fictional Saint, is in fact a Serb travelling through Western Europe into Britain. Once there, the effect of the hallucinogens in the atmosphere makes reality start warping unpredictably so that space and time become destabilized. Aldiss even applies this effect to the text itself, which moves in and out of narrative, and constantly relates Charteris's experiences to a general breakdown in European society.

In Judith Merril's 1968 anthology *England Swings SF*, she combines the metaphors of science fiction and drug-taking by presenting her contributors as going on a 'trip' and sailing a 'scout ship' to unknown destinations. This process could be the result of conscious experimentation, as happens in the early fiction of William Burroughs, who prided himself on his expert knowledge of mind-altering drugs. One of his major concerns was with control, and he repeatedly drew on science fiction to express his conviction that a human being was a 'soft machine', an organism connected to some agency of control which he designates the 'reality studio'. In *The Soft Machine* (1961, 1966), he evokes an attack on this studio as an attempt to wrest back control of inner space. His trope of the 'reality film' implies the already-constructed nature of reality, which we will find recurring in the fiction of Philip K. Dick and others.

In his original call for explorations of inner space, Ballard primarily suggests a turn away from tales of space journeys and not necessarily a move towards psychological exploration. Since his 1962 statement, the very notion of inner space has gone through a series of transformations, including visual mapping, internal microscopic imagery, and of course cyberspace, a term defined in 1982 by the SF novelist William Gibson and famously explained in *Neuromancer* (1984) as a:

> consensual hallucination experienced daily by billions of legitimate operators, in every nation, by children being taught mathematical concepts... A graphic representation of data abstracted from banks of every computer in the human system. Unthinkable complexity. Lines of light ranged in the nonspace of the mind, clusters and constellations of data. Like city lights, receding.

Cyberspace can only be explained paradoxically as simultaneously space and non-space, now closely identified with the Internet and World Wide Web, both expressions carrying embedded metaphors of concretized systems of information transfer. The verb 'to surf' the Web adds an even more quasi-physical dimension to information searching.

However, it is the particular phrase 'virtual reality' (VR) that connects most directly with fictional representations of space. Dating again primarily from the 1980s, VR was promoted as an electronic recreational drug. In 1990, the *Wall Street Journal* described it as 'electronic LSD', an analogy demonstrated in the character Visual Mark in Pad Cadigan's 1991 novel *Synners*. Mark is a VR junkie dreaming of an escape from limits or boundaries so that 'he could fly through the universe if he wanted to'. Cadigan gives brilliantly vivid description of the totally immersive experience of donning a 'video head', an electronic VR helmet and also an obvious pun on addiction. The character Gina dons one of these and promptly begins to experience odd shifts of sensation and time, losing control over what happens and when. The rapid transformation of scenes and their shifts in duration recall the dreamscapes of De Quincey's *Confessions of an English Opium-Eater* (1821). Indeed, when Gina emerges from her VR 'trip', it is described as if she wakes. In Neal Stephenson's *Snow Crash* (1992), by contrast, place is shared as the Street, the avenue of information transactions in what he calls the 'Multiverse', a term originally coined by William James to suggest the variety of Nature, here suggesting the pluralization and malleability of reality itself.

Chapter 2
Alien encounters

Science fiction constantly interrogates the limits of identity and the nature of difference. The latter is frequently described through a quasi-allegorical displacement of the alien on to other countries and planets, following a strategy of encounter whereby readers are encouraged to re-examine their self-conceptions as a result of confrontation with the Other, with beings whose culture is rarely explored in its own right, but rather to highlight the markers of difference.

The concept of the alien in science fiction could be understood in three overlapping senses. It could refer to startlingly different beings, sometimes from other planets; it could refer to social estrangement like the class polarities between the underground workers and the decadent pleasure-seekers of H. G. Wells's *The Time Machine* (1895) or between the managerial elite and the zombified workers in *Metropolis*; or again, it could refer to a quality of the narrative itself, which up to the beginning of the 20th century was often introduced to the reader through a quasi-editorial frame. It is possible to find all these qualities in one volume. The American Pierton W. Dooner's *Last Days of the Republic* (1880), for instance, transforms the use of Chinese immigrant labour into a conspiracy. Inverting the providential confidence of Manifest Destiny, Dooner externalizes the impulse to dominate on to the Chinese, who gradually take over the USA, with the final result that its very name disappears from the map.

The very term 'alien' suggests otherness and difference. The aliens in science fiction are by definition always imagined through reference to familiar human groups, animal species, or machines. Two of the earliest occurrences of the term 'alien' are in Edgar Rice Burroughs's *A Princess of Mars* (1912), in which his hero Captain John Carter of the Confederate army escapes attack by Apaches in Arizona when he is mysteriously transported to Mars. On the Red Planet, he is observing the customs of the green race of humanoids. He gazes at their 'alien incubator', which is a kind of nest where the infant Martians are reared. Here, the adjective marks a difference from human practice in that there are no parents in the green race. The second occurrence is rather different. Carter has become accepted by one of the Martian races, although a leader declares his surprise to the visitor, stating 'You are an alien' but at the same time a chieftain. The very fact that the Martian can speak and even apply the term to Carter reverses its meaning back to the human original. In other words, alien-ness can be a shifting relation dependent upon context and perspective. During the period between the wars, the term 'alien' became attached more and more to extraterrestrial beings, but we should remember that it had earlier roots in 19th-century race theory and politics. Hostility to aliens was institutionalized in the USA by the Chinese Exclusion Act (1882) and Anarchist Exclusion Act (1901).

In this same period, quasi-humans on Mars – the favourite possibility at the turn of the 19th century – tended to be described in terms consistent with the racial hierarchy of the period. In Percy Greg's *Across the Zodiac* (1880), short humans are discovered on Mars who have an Aryan appearance like Swedes or Germans. And Gustavus W. Pope, in his *Journey to Mars* (1894), conveniently colour-codes his own Martians into red, yellow, and blue races. And to return to Burroughs, his Barsoom series provides perhaps the most famous early description of life on Mars. In *A Princess of Mars*, John Carter's first sight is of grotesque creatures hatching that have large heads and atrophied limbs. While he is gazing at these animals, a band of warriors ride up and carry him away with them. Already, the sliding scale of alienness is moving towards the human because, although the green men have two extra limbs, their culture distantly resembles that of the Native Americans, according to perceptions of the time. Burroughs planned his first Mars novel to depict a 'scientific race of dominant Martians', who were to resemble humans. He uses Mars as a fantasy site on which he can assemble creatures nearer or farther from humanity. The first creatures Carter sees form part of the exotic backdrop of the planet. The conflicts between the green and the red people resemble earthly conflicts between 'advanced' and 'primitive' peoples, to use the terms of his period.

In *The Gods of Mars* (1918), Burroughs added another race to his planet, the 'plant people', who are one-eyed, hairless, with displaced mouths in the palms of their hands. Miniature versions of this creature dangle from its armpits. As with the first volume, the most grotesque image of Mars comes first. The subsequent creatures all seem relatively odd rather than monstrous in comparison. The great white apes suggest an earlier evolutionary phase. The 'red men', actually possessing a copper-coloured complexion, suggest the conventional 19th-century colour-coding of the Native Americans. Finally, the 'black pirates' were designed to be the 'primeval' but 'pure' race of Mars, the aristocracy among the other races. In appearance, they present a collective embodiment of the noble savage, differing from Carter's people only in colour. Odd as it might seem for a Southerner, Carter has to admit that their colour adds to their beauty. The textual cues Burroughs gives us in his novels suggest that we read among earthly resemblances and differences, responding to his aliens, whose actions establish a rhythm of captivity and escape that became the hallmark of Burroughs's narratives.

We have so far been considering humanoid figures, but the alien could also be of a different species altogether, as happens in H. G. Wells's *The First Men in the Moon* (1901). The first Selenite that Wells's travellers see is an ant-person, a 'complicated insect' carrying a body case with 'goggles' and 'spikes' on his head. They cannot agree whether they are seeing a kind of man or not because 'he' is a hybrid creature, physically resembling a large ant, but possessing intelligence and technology, as they realize when taken captive. The two escape but only one manages to make his way back to Earth. Wells strikes a careful balance between not over-emphasizing the Selenites' appearance and evoking their social organization. This care tends to lapse in the SF stories in the pulp magazines, where bug-eyed monsters became common. This phrase has passed into cliché, usually suggesting threatening creatures of other or indeterminate species characterized by aggression, or lust for the hapless female characters unfortunate enough to encounter them. The art work of the prolific SF illustrator Frank R. Paul on the covers of these magazines played its part. We can see a clear example in Figure 4, where dwarfed humans flee before a monstrous creature with multiple limbs and a head indistinct from its torso.

In Stanley Weinbaum's *A Martian Odyssey* (1934), a new possibility for the alien emerges, where 'he' is simultaneously different and similar. On a first expedition to Mars, travellers meet anthropoids and a 'freak ostrich'. This creature is introduced by stressing its otherness, then its appearance is progressively reduced in oddity so that it might conceivably belong in the same species as the humans. Finally, it is not really a bird, just a creature with a small round body and long neck. More importantly, it demonstrates clear signs of intelligence: it can understand maths diagrams and gradually learns English. It is named as Tweel and becomes a companion, sharing the sights of Mars together with the humans. The more Tweel becomes humanized, the less his appearance is remarked upon.

4. Cover for *Amazing Stories* (May 1928)

Alien invasions

In the decades following the Second World War, the crude monsters of the pulps became transformed into a whole range of creatures whose actions were presented as invasive and threatening. Alien invasion narratives tend to raise one stark issue:

conquer or be conquered. But their subtleties often lay in the strategies used to delay their revelation of the aliens, for they have to be seen and identified before they can be resisted. In evoking such diverse threats to humans, these narratives overlap constantly with the Gothic.

Among British examples, the television series *The Quatermass Experiment* (1955) dramatized contact with aliens as an infection. A rocket crashes on Wimbledon Common bearing a sole astronaut who is carrying an absorptive virus. Carroon, the astronaut, is traumatized and has great difficulty remembering what happened, which remains a mystery. A sequence of images begins with 'some sort of jelly' found in the rocket, through a grey inhuman hand as Carroon begins to mutate, culminating in a whole creature which materializes in Westminster Abbey, where it is finally destroyed. The second Quatermass series and the film *Quatermass 2* (1957) describe more of an invasion than the first. Mysterious objects are picked up on radar falling to Earth. When some of the objects are examined, they prove to be hollow vessels, presumably carriers of some sort. Investigating the area where they fell, Quatermass, the central scientist, comes across a mysterious industrial plant, apparently built by the government and barred to visitors as top secret. As author Nigel Kneale later recalled, he was playing here to fears in the mid-1950s of official bureaucracy and secret installations. As in the first series, suspense is built up by reports of a strange illness affecting people living near the plant, whose guards are called 'zombies' by the locals because of their masked, insect-like appearance. It is finally revealed that the plant is manufacturing synthetic food for the organisms that have dropped from the sky. Quatermass pursues them back to their home asteroid and destroys them. The US title for the film, significantly, was *Enemy from Space.*

The most powerful British narratives of alien invasion in the 1950s came from John Wyndham, who followed a strategy of embedding his science fiction subjects in the circumstantial detail of daily life. *The Day of the Triffids* (1951) presents two simultaneous threats to humanity: one extraterrestrial, the other organic. The triffids originate from a biological experiment conducted in the Soviet Union, their spores being dropped on Britain in an apparent air accident. It is no coincidence that contemporary fears had been expressed in the news of satellites dropping biological weapons on Britain. The second 'attack' comes from green shooting stars which blind all those who have been watching them. The nation has thus been collectively disabled and displaced from its position of species superiority, and as a result laid open to the assault of the triffids which gathers head in the second part of the novel.

5. Sketch illustrating John Wyndham's *The Day of the Triffids* (1951)

Brian Aldiss has accused Wyndham of creating 'cosy catastrophes', but this charge does no justice to Wyndham's understated method, no doubt partly aimed at avoiding the melodramatics of space opera narratives. The narrator interprets both assaults retrospectively as revealing the complacency of the British, hence the gloom of his account, which is peppered with numerous references to death and endings. *The Kraken Wakes* (1953) repeats the invasion motif, this time by strange organisms that have dropped in the oceans from the sky. In a bid to kill some of them off, the British detonate a nuclear device which has the reverse effect of bringing them to life. In other words, the invasion of sea creatures results directly from the failure of the British nuclear device.

The 'mentality' of the triffids or the sea creatures is never known. In *The Midwich Cuckoos* (1957), however, we have a quasi-human invasion of a village representative of middle England. Reports of an unidentified flying object over the village of the title are followed by a mysterious blank-out of the village, during which time all women of child-bearing age are impregnated. The resulting children all bear an uncanny resemblance to each other, having identical composite features, which leads the narrator to describe them as abstractly 'foreign', without any similarity to another race. An unusual moment of self-reflexive commentary occurs in this novel when a character spells out the American paradigm of invasion fiction in order to suggest differences from British accounts, stressing the speed of the action and the last-minute reprieve ending.

The pattern of US alien invasion movies of the 1950s was rather more complex than Wyndham's character suggests, however. Typically, an object, mistakenly thought to be a meteor, crashes near a small town. The beings inside it use the site of the crash (an old mine, sandpit, or other location) as a base from which to take over their human subjects. This might be through substitution (*I Married a Monster from Outer Space*, 1958); infection (*The*

Brain Eaters, also 1958); or take-over. In *Invaders from Mars* (1953), the victims receive a small implant in their neck which is used by their 'director' to sabotage nearby military installations. In the last, it is only a little boy who senses what is taking place, and the film makes extensive use of upward shots from his point of view. The threat is presented most crudely in *The Blob* (1958), in which a growing amoeba-like organism simply absorbs its human subjects; or in an unexpected way, as happens in *It Came from Outer Space* (1953, based on a script by Ray Bradbury). Here, the film follows the pattern of invasion, with the locals of an Arizona town being absorbed by a kind of large mobile bubble, and then it is revealed that the aliens are after all benign, only there to repair their spaceship. In most cases, the aliens land near a small town, whose fate by implication reflects that of the nation at large.

In Robert Heinlein's *The Puppet Masters* (1951), the national scale to the action is explicit from the very beginning. In the year 2007, a mysterious spacecraft lands near Grinnell, Iowa. So far it sounds like a conventional UFO story, but that pays no attention to the role of the narrator. Sam is a member of a secret government agency working under someone simply referred to as the 'Old Man', who is so important that he has a direct line to the President. That fact in itself forewarns us that no ordinary action is taking place. As happens in invasion movies, local communications are broken, and then reports start leaking out of altered behaviour. In addition, Sam fills in the historical context of UFO sightings dating from the 1940s – the first publicized viewings of a UFO took place near Washington in 1947 – and a nuclear war which has already taken place between the USA and Russia. The twinned themes of war and national threat inflate the action of the novel as soon as it gets under way. It emerges that the alien agency is a multiplying number of slug-like creatures who attach themselves to the backs of their victims and from that point on control them. Heinlein combines ancient fears of possession, revulsion, and political threat in these creatures, who even take over Sam for a brief period. He is reduced to a mechanism, the passive instrument of an anonymous director guiding him how to make contacts and 'secure' a building. The military term appropriately reflects what is in effect a subversion of the USA from within. Sam mentions posthypnotic suggestion as an analogue of what is happening to him, and the novel was published just when the first reports of brainwashing were coming back from the Korean War. If the slugs begin to resemble popular fears of infiltration, Heinlein draws explicit parallels with the Soviet Union as the action expands across the nation and awkwardly designates the slugs 'titans' despite their size. Military combat proves useless against them, and so a virus is spread through infected slugs which ultimately saves the nation.

This pattern was not followed at all in the most famous alien invasion movie of the decade, *Invasion of the Body Snatchers* (1956), based on Jack Finney's 1955 novel *The Body Snatchers*. Despite being a low-budget production, the film powerfully dramatized the changes taking place in a small California town after mysterious pods start producing human duplicates which replace their originals. As is the case with similar films of the period, the means of the invasion (spores drifting though space) is far less important than its result, which is the gradual estrangement of the point-of-view character, Miles Bennell, the town doctor, from people he has known for years. The pods function as an agency of disruption, producing humanoid 'blanks' who then take on the detailed form of town members. Once the change has taken place, it is very difficult to recognize that they are not the characters they simulate. In this respect, *The Invasion* makes a striking positive contrast with other invasion narratives of the period in which the quality of the alien is usually observable in a zombification of the victims. In *The Invasion*, the transformation of more and more familiar figures is presented as a process inducing the paranoid fear in Miles that he can no longer recognize anyone. Jack Finney's original novel paces the revelation of this process as one of gradually mounting drama,

6. Poster for Don Siegel's *Invasion of the Body Snatchers* (1956)

whereas in the film Don Siegel added a frame which introduces urgency right from the very beginning when Miles is admitted to the emergency ward of the local hospital. It is the difference between the gradual discovery of crisis in the novel, and its immediate introduction and substantiation in the film.

The producer Walter Wanger originally planned to open the film with a calculated echo of the 1938 radio broadcast of *The War of the Worlds*. Orson Welles was to speak in his own voice as if reporting on events in the town. He was to have delivered lines like 'this is no ordinary world we are living in', as if cuing in the audience's acceptance of paranormal events. In the event, this plan was dropped, perhaps because it introduced the science fiction dimension of the action too explicitly. Instead, the film shows the relentless isolation of Miles and his girlfriend Becky as the police and local telephone exchange are taken over, culminating in their pursuit by the rest of the townsfolk towards the end of the film. The added frame reverses the position of Miles from doctor to patient, suggesting right up to the last scene that maybe the action was a hallucination. When a traffic accident verifies his story, the film closes with the hospital authorities calling the FBI. Each of the film's subsequent remakes alters the location of the action: the 1978 version is set in San Francisco, starting with urban alienation even before the pods get into action; the 1993 *Body Snatchers* uses an Alabama army base; and *The Invasion* (2007) shows the alien life form entering the Earth on a space shuttle and starting an epidemic of DNA transformations. Opinions continue to divide over what the original pods represent. Some see the action as an encoded expression of fear of Communism, repeatedly demonized in the period as producing mindless obedience to authority. Others have seen the narrative as a parable of social conformity in general.

A recurring analogy in alien invasions is with disease, as if the new life form was somehow corrupting or infecting its human host. William Burroughs, whose fiction draws on many SF tropes, has constructed his own grand narrative, a new mythology for the space age, that language itself carries a virus which 'would infect the entire population and turn them into our replicas', as a speaker for this non-human agency puts it. In this scenario, every individual is a potential carrier of this virus from outer space and the very medium for communicating infection – words – are themselves carriers. This must be the ultimate in paranoia, where the very medium for examining and confronting the virus is itself already infected.

Unlike Burroughs's alien, which is imperceptible and shapeless, Ridley Scott's 1979 film *Alien* draws together many motifs from this area but made a new departure in giving the active lead role to a female character, Ripley, played by Sigourney Weaver. Here the commercial spaceship *Nostromo* encounters a derelict alien craft floating in space. One of the crew explores the vessel and discovers a chamber full of eggs, one of which opens, releasing an organism which attaches itself to his face. Throughout the film, the alien life form is represented in visceral forms, as if it is an organism with intestines, and in a climactic scene a creature bursts from Kane's chest in a travesty birth sequence, where the human host is killed. The alien then escapes into the *Nostromo* and the film builds up a powerful claustrophobia as the crew attempt to track it down. Scott introduced a subsidiary alien theme in revealing that one of the crew members was an android under orders from the 'company' (never named) to bring the alien home. Also, Scott mostly showed the alien organism in part-shots or brief glimpses, keeping its overall appearance a mystery until late into the film. As usual in alien narratives, survival is the paramount issue. Scott originally planned to have Ripley killed, but the studio insisted that she should survive and the alien be killed. The film was released to much acclaim and produced three sequels: *Aliens* (1986), an action adventure on the aliens' home planet; *Alien 3* (1992), describing how an alien egg is unwittingly brought to Earth in a spacecraft which crashes and how Ripley discovers an alien inside her; and *Alien Resurrection* (1997), set in a future when the US Army is planning a programme of cloning starting with Ripley.

By the time Heinlein's *The Puppet Masters* was published, the twin motifs of UFOs and extraterrestrial visitors had been established in SF, although the expression 'Unidentified Flying Object' was not coined until 1952. The supposed crash of a UFO in 1947 near Roswell, New Mexico, followed by an autopsy on an extraterrestrial, has entered popular mythology partly because of the rapid cover-up by the US Army. Whitley Strieber's reportage novel about the incident, *Majestic* (1989), leaves the subject ultimately unproven. The 1950s saw a proliferation of visits by extraterrestrials, usually by means of flying saucers. In *The Day the Earth Stood Still* (1951), an alien, in all respects identical with contemporary humanity except for his unusual dress and technological sophistication, visits the Earth to warn scientists against extending violence into space as they will be stopped by invincible robots. This cautionary tale warns against military escalation in the depths of the Cold War. *Earth vs. the Flying Saucers* (1956) actually showed that escalation when a saucer lands at a US base and an exchange of fire follows, which rapidly grows to a full-scale invasion by the aliens. This film was based on a book on UFOs by Donald Keyhoe, a marine who had been publishing SF stories in the pulps for years.

Steven Spielberg's *Close Encounters of the Third Kind* (1977) revives the motif through lavish and spectacular flying saucers and the representation of the aliens as shorter humanoids. The latter, as a result, do not come across as threatening, especially once communication is established using light effects, tonal musical phrases, and hand signs. The film's title positions its action in the third phase of alien encounter: visual sighting, physical traces, and finally contact. The separation of this process into phases marks how far the motif had come since Murray Leinster's 1945 novella *First Contact*, in which two spaceships meet in space but get caught in an impasse of mutual suspicion, a reaction that was criticized by the Soviet SF novelist Ivan Efremov.

Sympathetic aliens

Signs of the transformation of the alien away from threat can be seen in the 1951 film *The Day the Earth Stood Still*, in which a single humanoid and an accompanying robot come on a mission of goodwill, or in Arthur C. Clarke's 1953 novel *Childhood's End*, in which benign extraterrestrial Overlords take over humanity. Zenna Henderson's People stories, begun in the 1950s, explicitly reject the bug-eyed monster stereotype to explore subtler forms of difference, and treatment of newcomers by local communities. In her stories, alienness is not physically evident, as is the case in Walter Tevis's *The Man Who Fell to Earth* (1963). In the latter, the newcomer is an extraterrestrial, but more a human outsider than an alien being, and as a result subject to interrogation by the CIA and FBI. The absence of hostile intent is explained by his need for help from Earth for his people on another planet. The 1976 film adaptation had David Bowie play the humanoid, but with orange hair, giving a more theatrical dimension to the action.

Clearly, in these examples writers are using the concept of the alien to explore human characteristics, as does the African American novelist Octavia Butler in her Patternist novels, begun in 1976. *Patternmaster* is set in a future when humans are dominated by a network of telepaths. The Patternist sequence presents a secret history of how this group is formed from two prototype immortal characters from late 17th century onwards. *Wild Seed* (1980) describes these beginnings in Africa against a background of slavery and follows Doro (the telepathic male) and Anyanwa (the female shapeshifter and personification of fertility) to the USA, where these characters learn that civilization involves institutionalized suppression of differences. Butler's *Xenogenesis* trilogy (1987–9) focuses on the alien Oankali (with three sexes, permanently exiled from their 'homeworld') attempting to take over humans through gene substitution. The protagonist Lilith comes to consciousness from an artificially induced long sleep to confront a member of the Oankali – grey in colour with ear hair and no nose – who speaks fluently to her. Butler was always conscious of the physicality of her characters, but paces her narrative carefully so that our sense of alien appearance and therefore difference shifts constantly. Butler herself has stated that her books are 'stories of power [. . .] I bring together multi-racial groups of men and women who must cope with one another's differences as well as with new, not necessarily controllable abilities within themselves'.

Where Butler uses SF to trace out an alternative history of slavery, Orson Scott Card presents a re-imagined version of the colonization of South America in his 1986 novel *Speaker for the Dead*, which is set on the colony of Lusitania in the distant future. The Pequeninos ('little ones' in Spanish) are a native race studied and confined within a fence by their human overlords, and the novel explores the complex difficulties of communication between the two groups. Like Ursula Le Guin's 1976 novel *The Word for World is Forest*, which presents a critique of the Vietnam War through the medium of SF, Card's narrative dramatizes the misunderstandings which arise in power relations between Western and non-literate cultures.

Similarly, Gwyneth Jones's decision to name her own aliens 'Aleutian' shrewdly retains a sense of human remoteness and marginality (the Aleuts have suffered at the hands of both Russians and Americans). She describes the genesis of her *Aleutian Trilogy* (1991–7) as involving a rejection of the Darwinian paradigm of conquer or be conquered. Their own contacts with humans were to be gradual, and they themselves were to embody characteristics of African and Asian cultures while at the same time being sexless humanoids. In her own terms, the Aleutians were modelled as 'women' and 'native peoples', and displayed a scepticism towards spoken language. She chose the latter because 'words divide', but of necessity had to represent the Aleutians' silent empathetic communication on the page as similar to human speech within non-standard speech marks. The result was that she realized she had 'made the Aleutians very like feminist women in all this: creatures dead set on *having it all*, determined to be self-aware and articulate public people, without giving up their place in the natural world'.

The 1988 film *Alien Nation* returns the alien theme to the US domestic question of race. After a pastiche opening sequence of a huge saucer landing in the Mohave Desert, we are told by a newsreader that it brought thousands of humanoids, who were genetically designed for slave labour. The Newcomers, as they become known, settle in Los Angeles and San Francisco. Unusually for this subgenre, the film shows how the Newcomers are being treated three years after their arrival. Through the pattern of a cop-and-partner crime investigation, they are shown to be the new underclass, derided and shunned by Chinese American, African American, and Latino characters alike.

7. Still from Graham Baker's *Alien Nation* (1988)

In other words, the alien invasion is used to make a comment on racism and assimilation through the developing relationship between the alienated white cop Sykes and his partner the Newcomer Francisco. The theme is handled with relative ease because the Newcomers have altered heads, which tempts the viewer to think they are all the same, but otherwise visually similar to humans. The film's title has been used in two later publications, both called *Alien Nation*. Peter Brimelow's 1995 volume attacks US immigration policy for encouraging migration from the developing world, and Cannon Schmidt's study of 1997 discusses the ethnic subtext to 19th-century Gothic fiction.

Language

The clichéd image of an alien emerging from a flying saucer and declaring 'Take me to your leader' highlights one problem in alien narratives. As soon as aliens speak, their otherness becomes compromised, because we associate language with a way of life and view it as one of the defining characteristics of humanity. One way out of this impasse in early SF was to use the convenience of an instant translation device. Or telepathy might come into play. In Edwin Lester Arnold's *Lieutenant Gulliver Jones* (1905), the hero learns Martian by telepathic projection.

When novelists began to address the problem of other languages, they tended to draw on the Sapir-Whorf hypothesis that our worldview is shaped by our language and also to show how language could be caught up in power play. Suzette Haden Elgin's *Native Tongue* series (1984) presents a future world where Linguists (male) reign over an inter-planetary empire in a regime within which women are reduced to total subservience. The title refers to a communal composition of their own language by the women of a particular household. Since this is forbidden, the composition becomes an act of collective enabling as well as resistance. The resulting language of Laadan, which Elgin hoped to promote, is given in a sampler appendix. A professional linguist herself, Elgin insists in *The Language Imperative* (2000) that language can't be owned, simply practised.

Michael Bishop has taken a more anthropological approach in his *Transfigurations* (1979), which contains 'Death and Designation Among the Asadi' and 'Sundry Notes for an Abortive Ethnography'. There is a strong analogy in the novel between Kenya and the planet of BoskVelt (Bosky Veldt), where the protagonist goes to study the Asadi. He keeps a journal, but data are always outstripping his hypotheses, so that ultimately any rational report is impossible. Bishop's novel thus contrasts strongly with Ursula Le Guin's *Always Coming Home* (1985), which clearly grows out of her family grounding in anthropology. Indeed, the novel is partly modelled on an anthropological report, complete with appendices and glossary. It opens with the narrator investigating the 'archaeology of the future', when Pandora is trying to open the 'box' of Kesh culture in northern California. Through graphics, recorded oral tales, and so on we are constantly reminded of the text's mediation of a hybrid culture, which takes forms and values from pre-industrial Nature but also uses electronic connections with the outside world which collectively constitute a cybernetic 'City of the Mind'.

Since the 1970s, the concept of the alien has become assimilated increasingly into cultural debates about gender and ethnicity, with the result that the old-style invader from space has tended to recede from SF, except for works like Whitley Strieber's non-fictional accounts of perceived extraterrestrial visitations. The appearance of aliens has constantly shifted too according to different perceptions of race and species. The famous Klingons from the *Star Trek* series were originally shown as possessing darker complexions, then later given more elaborate physical differences. An extensive Klingon language was even devised by Marc Okrand which subsequently has attracted its own cult following. A further reason for the attenuation of the alien may be that its treatment has become increasingly caught up in technological systems, to which we now turn.

Chapter 3
Science fiction and technology

Partly for historical reasons to do with its self-promotion in the early 20th century, science fiction is popularly associated with the evolution of technology, by which is usually meant tools or implements. However, the American cultural historian Lewis Mumford's notion of 'technics' is more helpful because it is broader and includes information transfer. One of the most recurrent themes in science fiction is its examination of humanity's relation to its own material constructions, sometimes to celebrate progress, sometimes in a more negative spirit of what Isaac Asimov has repeatedly described as technophobia, through fictions articulating fears of human displacement. As we shall see later in this chapter, the city becomes a key embodiment of futuristic technology and, as the German sociologist Walter Benjamin showed, a labyrinthine, fragmented space, which encouraged characteristically urban processes of cognition on its inhabitants.

Technology is a central indicator of change in science fiction. Indeed, in his history of SF, Roger Luckhurst defines the fiction as a 'literature of technologically saturated societies', and he proceeds to trace out this tradition from the late 19th century up to the present. The pioneering efforts by the Luxembourg-born SF writer and editor Hugo Gernsback to make technology central to this fiction were partly systematizing the myriad references to technological innovations which filled science fiction at the turn of the century: references to the telegraph and visual means of information transfer, the first applications of electricity, flying machines, new military weapons, and anti-gravity devices. The latter began to appear in narratives of space flight, usually in a perfunctory form, but at least the writers realized the need to provide a token explanation of how travel through space was possible.

Gernsback, Campbell, and 'hard' science fiction

The very phrase 'science fiction' suggests a combination of non-fiction and fiction such as we find in the writings of Hugo Gernsback. His most famous novel *Ralph 124C 41+* ('one to foresee for one'), serialized in 1911, published as a book in 1925, articulates his conviction that the new fiction should contain instruction in science as well as entertainment. Ralph himself is introduced through his laboratory, the place of invention, and the world of 2660 emerges as one characterized by its new technological wonders: devices like the 'telephot' (a form of television), ultra-short radio waves, and the 'hypnobioscope', a device for transmitting information directly to the brain, later satirized in *Brave New World.* As Gary Westfahl has shown, Gernsback lacked skill in combining science and fiction, as a result sometimes showing these elements serially and describing Ralph in double terms as the inventive scientist *and* the melodramatic hero who could protect the heroine from the unscrupulous villain. Nevertheless, Gernsback pioneered the presentation of the modern technologized environment. As Ralph and the heroine skate down Broadway one evening on their 'tele-motor-coasters', New York seems to be the ultimate city of light, the ultimate electrified city, for the novel celebrates electricity throughout, as had the Chicago World's Fair in 1893. It is no coincidence that in 1908 Gernsback founded the magazine *Modern Electrics*, the first of its kind.

His use of neologisms also set a trend which was to be developed in later SF. Two of the most famous are 'robot', coined by the Czech writer Karel Capek in 1920, or 'cyberspace' from the American writer William Gibson in 1982, the latter used to describe the virtual space of cumulative computer networks. In these cases, the terms have taken on a broader currency beyond literature, but the use of neologisms has been explained by the critic Marc Angenot. Marc Angenot has shown that such neologisms cue in a conjectural reading of SF texts where we construct a context for such terms and thereby also the virtual world of such narratives.

Gernsback placed technical innovation in the foreground of his novel because he closely identified technology with the general progress of humanity. This meant that in his SF magazines he favoured those stories which celebrated science. In an editorial for 1931, 'Wonders of the Machine Age', he stated his avowed policy of not accepting stories which attributed the evils of the time to technology and which foresaw great concentrations of wealth where an oligarchy would use their industrial might to enslave humanity. He vowed to reject 'propaganda of this sort which tends to inflame an unreasoning public against scientific progress, against useful machines, and against inventions in general'. By playing down the industrial organization needed to produce and distribute the inventions he describes, Gernsback here set his face against an increasing current of suspicion towards technology which was gathering head in the 1930s. Later in the century, in 1978, another SF writer heavily committed to the cause of science education, Isaac Asimov, surveyed the treatment of technology in science fiction, identifying two strands of development – one optimistic (with which he identified) and one expressing the fear that machines may get out of control. The 'Myth of the Machine', as he called it, was a double-edged concept reflected in the frequent suspicions of the applications of technology in much subsequent science fiction.

The fiction following in the tradition of Gernsback and John W. Campbell, the editor of *Astounding Science Fiction* from 1937 onwards, became known from the 1950s as 'hard' science fiction, as distinct from 'soft' SF, which deals with social issues. Campbell's trenchant editorial policy promoted the incorporation of technology into the fiction of his discoveries, figures like Robert Heinlein, A. E. Van Vogt, and Isaac Asimov, whose collective writing around the period of the Second World War is sometimes referred to as the golden age of science fiction. Campbell's powerful influence, however, should not be seen as prescriptive or restrictive, more of a steady pressure on his authors to produce professional narratives, a pressure particularly evident in US science fiction from the 1950s onwards, from the decade which saw the development of cybernetics pioneered by Norbert Wiener. A key concept in this emerging discipline was the analogy with, not opposition between, humans and machines.

In the introduction to his 1994 anthology of hard science fiction, David G. Hartwell spells out some of the characteristics of these novels. For him, they combine a concern with scientific truth with a conservatism of method and a general suspicion of the literary. Nevertheless, they have their own tensions, especially between the distance of the narratives from the real world and their simultaneous appeal to real-world scientific principles. Although he doesn't spell it out as such, he implies a certain optimism of vision in these works, which embody the 'fantasies of empowerment of the scientific and technological culture of the modern era'. Key practitioners of science fiction tied closely to scientific concepts are the Australian Greg Egan, Stephen Baxter in Britain, and in the USA Vernor Vinge and Rudy Rucker, both academic mathematicians.

The novel which is often presented as the supreme example of hard SF is Hal Clement's *Mission of Gravity* (1954), which describes the exploration of an obloid planet named Mesklin. The novel presents an impressive example of world-building in which every aspect of the new planet is rendered as scientifically self-consistent. The narrative describes a series of essentially practical problems, such as that of navigation, with their equally practical solutions. When he turns his attention to the planet-dwellers, Clement is more cautious. Despite some physical differences, the Mesklinites come across as proxy humans with their own point of view, not least because they converse with the Earthlings in faultless English.

In contrast, a novel which would question the nature of empowerment is Joe Haldeman's *The Forever War* (1974), a military *Bildungsroman* in which the author transposes his experiences in Vietnam on to outer space. The novel powerfully dramatizes the ambivalence of the narrator Mandella towards the interstellar war against the 'Taurans', creatures hardly ever seen, of puzzling appearance, sometimes even mistaken for animals. Mandella receives training in sophisticated weaponry which includes post-hypnotic suggestion before battle. As a result of this conditioning, he develops a nightmare sense of himself dehumanized into a fighting machine. Haldeman evokes danger, but more from the extraterrestrial situation and the unreliability of the soldiers' equipment than from the supposed enemy. The novel makes ironic use of the conventions of star wars to evoke the timelessness of a war without obvious goals, the self-contradictions of the military training, and to present the whole enterprise as a form of latter-day colonialism.

One of the leading current practitioners of hard SF is Jerry Pournelle, who has written a number of military narratives and who could be seen as the heir to Robert Heinlein's patriotism, with the difference that Pournelle has been closely involved with the US military establishment over the years. In contrast with Haldeman, he has represented the colonization of space as a logical continuation of the American frontier, and in his 1970 political study *The Strategy of Technology* (written with Stefan T. Possony) argues that since at least 1945 the USA has been engaged in a technological war against the Soviet Union. This political imperative informs Pournelle's treatment of fictional themes relating to space, and in 1981 he became chair of the Citizens'

Advisory Council on National Space Policy, whose membership included Robert Heinlein and Gregory Benford. This Council helped formulate President Reagan's Strategic Defence Initiative (SDI), popularly known as Star Wars.

Even here, however, it would be a gross simplification to suggest that Pournelle celebrates technological progress. One of his most powerful novels, co-written with Larry Niven, *Oath of Fealty* (1982), examines the working of an 'arcology', a term coined by the architect Paolo Soleri by combining 'architecture' with 'ecology'. Although a neologism, the term suggests the massive residential complexes we find in Wells and other authors. In *Oath of Fealty*, following a race riot on the edge of near-future Los Angeles, a huge self-supporting community has been built named Todos Santos ('All Saints') which houses a quarter of a million residents. The complex has been built with private capital and appears to be self-sufficient, with its own security system, but the deaths of two youngsters who infiltrate an accessway demonstrate that Todos Santos actually depends on the nearby city, and here one of the strengths of the novel comes out. It not only depicts an arcology but characters argue over its social value; one unflattering analogy is with a termite hill. Similarly, the novel contains many references to science fiction as embodying the pool of ideas which produced the complex. The shopping mall contains moving walkways, whose prototype is acknowledged in the text to belong to Heinlein. In short, *Oath of Fealty* simultaneously presents a technological innovation and debates it throughout.

The city

The city is the supreme embodiment of technological construction, and for this reason science fiction has been a heavily urban literary mode. Even Richard Jefferies' *After London* (1885), which is a post-urban narrative describing the restoration of Nature after London has sunk into a fetid bog, could be read as a protest against 19th-century developments of the city. The different

MAISON TOURNANTE AÉRIENNE

8. **Aerial rotating house from Albert Robida's *Le Vingtième Siècle* (1890)**

renderings of the city in science fiction use it as a laboratory for technological change. Albert Robida's *Le Vingtième Siècle* (*The Twentieth Century*, 1890), for example, describes the transformation of Paris in the near future. It is a comic vision of commercialism run rampant. One illustration shows the Arc de Triomphe after it has been bought by speculators, where a massive iron platform dwarfs the arch and supports the new International Hotel, built in a hybrid style to be as imposing as possible. The visual imbalance comments comically on the new priorities of the 20th century, reflected also in the proliferation of advertising signs and the preoccupation with rapid transport. There is even an electric tramway in the Louvre to speed visitors past the exhibits without fatigue. The 'aerial rotating house' shows the elevated position of new inventions above the conventional city. Robida's is a city of metal, of ubiquitous ironwork.

Fritz Lang's *Metropolis* (1927, reissued 2002) supplied the prototype image of the city in science fiction film. It was strictly speaking two images: Metropolis above ground, the level for the managing elite and their families, and the Workers' City underground. The opening title sequence gives complete priority to setting, to the stepped complex of the master, modelled partly on Brueghel's *Tower of Babel* and partly on Lang's impressions of Manhattan, which dissolves into shots of huge machines in operation.

It is these machines which define Metropolis as an urban-industrial complex with a monstrous life of its own. In her original 1927 novel, Thea von Harbou describes the uniform dress and movement of the workers in this 'New Tower of Babel', an effect repeated in the film through the structural hierarchy of Metropolis, which places the workers even under the machines. *Metropolis* set a pattern of imagery for subsequent science fiction portrayals of the city, a pattern that relates closely to urban planning of the 1920s, such as the architect Hugh Ferriss's *The*

9. Still from Fritz Lang's *Metropolis* (1927)

Metropolis of Tomorrow (1929) which applies modernist, geometrical shapes to city planning.

At the end of *A Modern Utopia* (1905), H. G. Wells describes the shock of his protagonist returning to London from the wholesome spaces and cleanliness of his Swiss-type utopia. Suddenly his surroundings are packed with jostling, often misshapen townsfolk. He suffers from a kind of sensory overload through sight, hearing, and smell. It is exactly this sort of disorder which Wells tries to avoid in his futuristic cities, not always for the better. In *When the Sleeper Wakes* (1899), Graham finds himself totally estranged from London some two centuries into the future. He is told that 'today is the day of wealth' and the physical expression of this wealth is the city's 'Titanic buildings'. Although the city where he finds himself is still London, it is so radically transformed that it has become unrecognizable, and Wells increases this effect of urban estrangement by including only a minimum of place names. In the film *Things To Come* (1936), made by Alexander Korda with Wells's collaboration, the transition from imminent present into the 21st century is made through changes to Everytown, Wells's representative city, through war to reconstruction. The opening of the film makes it clear that Everytown initially is based on London, as the 1930 film of an urban future, *Just Imagine*, uses New York. In the latter, the city of 1980 has become a spectacular metropolis of huge high-rise buildings and air and road traffic at different levels. Similarly, *Things To Come* shows a streamlined underground city whose architectural lines, as Wells intended, are 'bold and colossal'. The overwhelming impression of size is achieved by dwarfing the human figures at the bottom of frames, which has the effect of making them seem anonymous functionaries, there to reveal the new sublime architecture of the industrial city. Indeed, the first signs of life in the city are industrial activities.

The city in Wells and in *Metropolis* is an emblem of industrial order. In the same way, *The City of Endless Night* (1920), by the American nutritionist Milo Hastings, describes a world of the future where Germany rules thanks to its invention of a death ray. The control centre of this regime is a new underground Berlin, a massive urban-industrial complex housing millions which represents the culmination for the American narrator of the application of science to society. Its enormous mess halls and factories present him with an 'atmosphere of perfect order, perfect system, perfect discipline', whose excessive order makes the city inhuman.

Cities have regularly been used to embody dystopian futures. Clifford D. Simak's *City* (a 1952 'fix-up' of stories linked by an editorial commentary), situates its present in the future when both cities and humanity itself have died out. The tales are narrated as legends by dogs who give an ironic external perspective on whether humans or cities ever existed at all. In the preamble, we are told that a city seems to be an 'impossible structure', unbelievably confining for a supposedly rational creature to live in. James Blish's *Cities in Flight* weaves one of the most unusual variations on this theme by showing cities as spaceships. *A Life for the Stars* (1962) describes the situation which make these urban space rovers necessary. As raw materials have become exhausted, people 'go Okie' (the slang name of the migrants in *The Grapes of Wrath*), leaving their land to hunt for work. Blish presents a latter-day Depression where the cities in space embody different social possibilities. John Brunner's *The Squares of the City* (1965) explores the connections between a rectangular layout, open spaces, and political control in his South American capital city Vados. Harry Harrison's *Make Room! Make Room!* (1966) is set in New York of 1999, a symptomatic representation of the world's over-population where the food supply has become critical. The 1973 movie adaptation took as its title *Soylent Green*, the name of a synthetic food wafer. Finally, Philip Wylie's *Los Angeles: AD 2017* (1971) describes a future city where severe pollution has driven life underground. In these and similar novels, crisis brings about a fascistic administration.

One of the most complex and surreal depictions of a city is given in Samuel Delany's *Dhalgren* (1975), in which disaster has struck the city of Bellona (named after the Roman goddess of war). The protagonist drifts into the city, has brief sexual encounters, meets gangs and other survivors, but never develops any overall sense of the city layout. Delany manages this effect by keeping the narrative perspective close to the protagonist's perceptions. So, however many blocks he crosses, however many derelict buildings he clambers through, he never develops any sense of distance. Space and time shift constantly, as does his visual perception of the city, which is obscured by the smoke from random fires. Delany maintains an austerely consistent perspective which never allows the reader to understand more than his protagonist 'Kid', although the narrative intermittently shifts into the third person. The result is a surreal stream of locally vivid episodes within an urban space of uncertain extent. Delany's city is fragmented and ultimately unknowable.

As Vivian Sobchack has argued, post-war SF films tended to show negative images of the city, presenting scenarios either of destruction or of emptying. One sign of this emphasis is the evocation of the city as a control network. So the British television film *Max Headroom* describes the promotion of subliminal programming and *Brazil* (both 1985) shows an Orwellian regime of bureaucratic regulation. Jean-Luc Godard's *Alphaville* (1965) combines three genres: the American private eye story, the spy thriller, and science fiction. The agent Lemmy Caution has come from 'Nueva York' on a mission to capture or kill Professor Von Braun, not the rocket technician we would expect but the designer of a set of computers which include Alpha 60 at the centre of the city in the film, a sort of futuristic Paris. Described as the 'capital city of a distant galaxy', it is the computer itself which interrogates Lemmy once he is arrested.

Ridley Scott's *Blade Runner* (1982) still presents one of the most complex and textured visual renderings of the city of the future. Moving the location from Philip K. Dick's original San Francisco to Los Angeles was strategic because LA has always represented in the American imagination the ultimate city of change. Although the film was set 40 years into the future, the décor also contained countless details of the USA 40 years earlier, that is, of the period of Raymond Chandler and film noir. Scott's habit of 'pictorial referencing' resulted in a unique blend of futuristic and period detail. One moment we see flying cars; the next a series of bicycles run past. The result is that, unusually, we see a future city with a history. Although he didn't live to see the final film, Dick did visit the studios and saw a television report of one shooting session, being impressed by the concrete detail of the method, and declaring: 'It's a world that people actually live in.' The film embodies power in the huge pyramid of the Tyrell Corporation and in the opening sequences uses the central image of an enlarged eye, suggesting at once surveillance, the activities of the blade runner himself as a latter-day private eye, and the only organ which can supposedly distinguish human from replicant.

Robots and cyborgs

The term 'robot' entered the language in 1920 from the Czech writer Karel Capek's play *R.U.R.: Rossum's Universal Robots*, in which the word carried suggestions of heavy labour, even of slavery. As the application of the term developed, it came to mean a self-contained, maybe remote-controlled 'artificial device that mimics the actions and, possibly, the appearance of a human being'. Prior to 1920, the existence of robot-like constructions stretches back to antiquity, devices known as automata or androids (literally, 'man-like'). They begin to appear in 19th-century literature with the dancing automaton in E. T. A. Hoffmann's story 'The Sandman', in Edgar Allen Poe's fascinated comments on Johann Maelzel's chess-playing device, and in Edward Bulwer-Lytton's *The Coming Race* (1871), in which the household of the future includes domestic automata. The first detailed account of such a construction occurs in Edward S. Ellis's *The Huge Hunter or, The Steam Man of the Prairies* (1865), in which the machine is ten feet tall and constructed entirely of iron, and a boiler is housed in its body. By modern standards, it is a crude enough figure, even wearing the 'stove-pipe hat' of the Victorian gentleman. Ellis's machine was steam-driven and combined

10. Illustration to Edward S. Ellis's *The Steam Man of the Prairies* (1865)

elements of locomotion (motive power), humanity (shape), and horse (it was directed by reins).

Once robots begin to appear in 20th-century writing, a number of central issues become apparent. Sidney Fowler Wright's 1929 story 'Automata' evokes a grim future when the automata have superseded humans in a 'triumph' of evolution. In *Metropolis*, the inventor Rotwang constructs a replicant of the character Maria. And in *R.U.R.*, the robots take over the world economy. Displacement and replication become two of the main fears in robot narratives, fears of humans losing their centrality. Philip K. Dick's *Do Androids Dream of Electric Sheep?* (1968), the original novel on which *Blade Runner* was based, makes the second of these fears into its central subject. Organic androids have been designed to work in the Martian colonies but have fled that chattel slavery to come to a ruined Earth following World War

Terminus. In his pursuit of these for the San Francisco Police Department, Rick Deckard constantly questions the nature of identity. The novel shows from the very first page a world already mechanized in many respects, and even the state religion, Mercerism, is named after an industrial method for treating fabrics. How then to distinguish replicants from human originals? Deckard has no answer to this and even demonstrates a reluctance to believe that all replicants are non-human. Similarly, in the third act of *R.U. R.* two robots begin to demonstrate human feelings, and so perhaps we should add a third fear to robots: that they might make it ultimately impossible to identify humans.

The writer who has promoted a consistently positive vision of robots is Isaac Asimov, who began publishing his robot stories in the 1940s and who, in a bid to combat technophobia – what he called the 'Frankenstein complex' – formulated his famous Three Laws of Robotics:

1) A robot may not injure a human being or, through inaction, allow a human being to come to harm.
2) A robot must obey any orders given to it by human beings, except where such orders would conflict with the First Law.
3) A robot must protect its own existence as long as such protection does not conflict with the First or Second Law.

Asimov's simple strategy of describing robots rationally and 'as machines rather than metaphors' transformed their representation in science fiction. Apart from his commitment to technological representation, Asimov also extends the trope of robots as workers. 'The Bicentennial Man' (1976) is a particularly interesting example for its implicit treatment of race. In common with many of Asimov's later robot stories, the opening humanizes the subject as Andrew Martin, delaying the reader's recognition that he is a robot. Only the 'smooth blankness' of his face gives us a hint. Throughout this story, there is a running analogy between the robot and an African American; thus the ending, when Andrew strives for recognition as a man, is loaded with racial as well as humanistic significance, especially given the circumstances of the story's publication during the national Bicentennial year.

Although the dividing line between the two is not hard and fast, the cyborg is different from a robot in being a hybrid creation. Coined in 1960 in relation to survival in outer space, a cyborg is a cybernetic organism, crudely a combination of human and machine. Martin Caidin's 1972 novel *Cyborg* describes how a pilot, grotesquely injured in a crash, has his body reconstructed by the secret government Office of Strategic Operations on condition that he works for them. The narrative extrapolates one of the most common applications of cybernetic organisms, namely in the field of medicine, and applies it to contemporary power structures. Similarly and more famously, in the 1987 film *RoboCop* a Detroit policeman is reconstructed by Omni Consumer Products, who have taken over the control of the city police force, and released on to the streets as a RoboCop, the ultimate irresistible law-enforcement officer imaged as a kind of armoured cowboy.

11. Still from Paul Verhoeven's *RoboCop* (1987)

Here, however, the experiment goes wrong. Although it doesn't produce a cyborg, *Frankenstein* sets the narrative paradigm. The RoboCop's original memory has not been erased, and the second half of the film follows his attempts to get revenge on his 'killers'.

The best-known film treatment of the cyborg is the *Terminator* series starring Arnold Schwarzenegger. In the launch film, the action is set in the present (1984) with two irruptions from the future of 2029: the Terminator and his antagonist. The Terminator is an armoured killing machine on the inside covered by a layer of living human tissue. He is, in other words, a cybernetic assassin, who for Donna Haraway, because of his capacity to repair himself, represents the 'self-sufficient, self-generated Tool in all of its infinite but self-identical variations'. It also breaks a mould for action movies in showing the Terminator's defeat at the hands of his intended female victim.

Donna Haraway has produced the major theorization of the cyborg in her 1985 essay 'A Cyborg Manifesto', in which she deploys the concept as a polemical tool for breaking down spuriously sharp distinctions like that between human and machine. Drawing on feminist SF by Joanna Russ and others, she gives the cyborg a cultural centrality as representing the hybrid nature of our contemporary existence and argues that Rachel, the replicant in *Blade Runner* simultaneously desired and feared by Rick Deckard, is the 'image of a cyborg culture's fear, love, and confusion'.

Haraway's use of the cyborg to examine social and sexual issues was followed in Marge Piercy's 1991 novel *He, She and It* (*Body of Glass* outside the USA), set in a Jewish enclave within the America of 2059. An illegal cyborg named Yod (the tenth letter of the Hebrew alphabet) has been created to protect the settlement just as, according to legend, the Golem was created out of clay in the 16th century to protect the Jewish community of Prague. Piercy alternates chapters recapitulating the Golem story with those tracing the evolving relationship between Yod and the protagonist Shira. The alienness of the cyborg is radically reduced by 'his' capacity to engage in reflection, register pleasure, and even identify his own tradition as a 'monster'. Yod's allusion to *Frankenstein* implies that his creation is a kind of birthing. In fact, he comes across less as a hybrid creature, since his mechanism is largely unseen, than an ideally rational being who does not possess taboos.

The construction of robots and cyborgs in the human image suggests that technology frequently operates in science fiction to dissect or disassemble the body for purposes of reconstruction and modification. Critics like J. P. Telotte argue that this is *the* technological theme in SF, dating back of course to *Frankenstein*, which Brian Aldiss and others have taken as the proto-text of science fiction. The ambivalence of this text towards experimentation is suggested in the way Frankenstein violates taboos of respect to construct a person out of dead parts and in the fact that the 'monster' (or 'daemon' as he is called) has no name and therefore cannot be perceived in separation from Frankenstein. The switches of perspective between creator and created only reinforce this effect. In early SF narratives of biological engineering, this duality between experimenter and subject recurs, ultimately with fatal results for the former: Jekyll and Hyde, Wells's Dr Moreau and his Beast People, the surgeons and Harry Benson in Michael Crichton's *The Terminal Man* (1972). In the last of these, implanted electrodes are controlled by a nearby computer, implying that Benson can only receive therapy by sacrificing his autonomy. As implants increased in sophistication, so did the imagination of how the self could be modified. One of the most paranoid possibilities is shown in the 1990 film *Total Recall* (based on a story by Philip K. Dick), in which implanted memories have become commodified as a kind of virtual tourism. However, when Douglas Quaid visits the Rekall company for 'treatment', it is discovered that he has already had his memory erased. From that point on, his identity splinters into two when he receives a video image from Hauser, his other self, and when he enters Mars disguised as a woman. Right to the very end, he proves unable to find any definite verification of his self.

Computers

The very term 'computer' carries a double meaning which is reflected in its presentations in science fiction. The word could denote a person who makes calculations or a machine doing similar operations, and the question that has recurred throughout post-war SF on computers is: do they facilitate or entrap? Do they help or displace human activity? The prevalence of fictional views seems to come out on the second of these possibilities. Kurt Vonnegut's first novel *Player Piano* (1952) describes the use by the US government of EPICAC XIV, a giant computer which predicts how many commodities will be needed by the citizens. Prediction, however, has become prescription, and the computer determines the most efficient way for work to be performed, regardless of how many people lose employment as a result. For Vonnegut, the computer reflects and reinforces a mechanization of behaviour, speech, and even thought.

Philip K. Dick's 1960 novel *Vulcan's Hammer* raises the more paranoid possibility of surveillance by his own super-computer named Vulcan. This is housed beneath Geneva, at the heart of the world government, and generates mobile electronic units which circulate, gathering information about their subjects. Ira Levin's *This Perfect Day* (1970) elaborates on these themes in a more explicitly dystopian way. Once again, we have a world state, this time presided over by the computer UniComp, which assigns names to children and dispatches 'advisers' who are called in whenever an individual displays unorthodox behaviour. Behind the computer there lies a hidden elite of programmers, who are dedicated, like the bureaucrats in *Nineteen Eighty-Four*, to maintaining the status quo indefinitely.

Computers have been related to the military since Bernard Wolfe's *Limbo* (1952), which explores the perverse roots of aggression during the Cold War. The military establishments of East and West have both become computerized, with the result that both sides now possess 'cyberneticized militaries'. Once again, displacement occurs and the two computers mirror each other's activities in sending personnel to different confrontation points around the world. A similar mirroring operates in Mordecai Roshwald's *Level 7* (1959), in which the narrator is an operative in a mechanized underground defence bunker and nuclear war is triggered by the automatic instruction for him to push the button. Wolfe's is a very early treatment of essentially the same scenario described in Mack Reynolds's *Computer War* (1967), where the world is divided into two states, Alphaland and Betastan. Only Alphaland possesses a computer, which predicts the economic superiority of that regime over its rival and the inevitability of world rule. However, the second country's behaviour repeatedly contradicts these predictions, which remain unfulfilled. The symbolic presence of computers in the political oppositions of the Cold War is also demonstrated in *Giles Goat-Boy* (1966) by John Barth, not known primarily as a writer of SF. Here, the West is shown as an enormous university campus presided over by a computer called WESCAC, which has gradually taken over all areas of decision-making and which demonstrates that the new political currency is information. WESCAC is paralleled in the other campus (i.e. in the East) by EASCAC, and in a confrontation which reads like an allegory of East and West Berlin, it is suggested hypothetically that the boundaries drawn by the computers are completely arbitrary.

The predominant emphasis in these novels is to show how computers are used to support a corrupt power system. As they approach sentience or as they are anthropomorphized, this identification with autocracy becomes all the easier. Robert Heinlein's *The Moon is a Harsh Mistress* (1966) seems to fit this pattern, though developments in the novel suggest a more complex situation is evolving. Heinlein gives us a parable on colonialism where the Moon has become a convenient dumping ground for criminals and other 'undesirables'. The authorities use a computer, HOLMES IV, to administer these colonies, and the plot begins with the computer beginning to behave anomalously. The narrator is Manuel, or 'Man', a computer programmer, who refers to the computer as 'Mike', not only a humanizing move but one which associates the computer with rational analysis through references to Mycroft, Sherlock Holmes's brother. As the novel develops, 'Mike' seems to come progressively alive, devising a pseudonym and facial appearance for itself, and using an increasingly sophisticated idiom of 'speech'. Far from supporting the commercial/imperial regime, 'Mike' becomes a leading player in the Moon's revolution against its brutal masters.

Up to the 1970s, computers were shown to be large console banks with a definite location. In the wake of miniaturization and the proliferation of electronic systems, computers tend to recede from SF as objects and to be assimilated into complex systems for the circulation of information. As they took on increasing sophistication, computers tended to become assimilated into a totalizing electronic environment. The 1999 film *The Matrix* embodies this transition in its presentation of reality as an elaborate electronic simulation to blind individuals to the 'truth'. The protagonist Thomas Anderson is described as an official computer programmer but also a secret hacker. He learns that an extended struggle is taking place between humans and machines some time in the future. In fact, much of the film's power grows out of the ways in which it destabilizes these polarities of truth/illusion, public/private, and human/machine. The repeated breaking of frames makes it impossible for the viewer to locate any unmediated reality, and in this respect we are well on the way to a contemporary presentation of the Internet as an electronic expanse with no centre and no controlling intelligence. *The Matrix* and its sequels also demonstrate the interpenetration of information technology and the body signalled in the double meaning of the title which indicates an electronic network and draws on its etymological meaning of 'womb'. Thus the protagonist's body moves with the dictates of plot and intermittently becomes the site of that plot, in short becomes itself technologized.

Cyberpunk and after

Cyberpunk fiction emerged in the 1980s, partly in response to the 'tools of global integration', as Bruce Sterling puts it in his introduction to *Mirrorshades: The Cyberpunk Anthology* (1986). For Sterling, it was a fiction of globalization: 'Cyberpunk has little patience with borders', he declares. Valuable as his emphasis is, the complex incorporation of technology was one of the hallmarks of this fiction, as can be seen in William Gibson's *Neuromancer* (1984), in which the term 'cyberspace' was coined. Later applications interpret it as denoting the data in a network imaged through a three-dimensional model or more loosely as a body of information within a set of systems represented as an open environment without limit. The second of these gives us the more helpful access to *Neuromancer*, which combines aspects of noir crime fiction with new images of computing activity. The novel combines two plot lines: the relation between Case, the protagonist, and Molly (the 'new romance' in the title), and Case's search for a means to remove toxins from his system. This last term is used deliberately because what gives the novel its complexity of plot is the sheer proliferation of systems at every level, from the body through criminal networks to the matrix. The opening scene takes place in a bar where the barman has a prosthetic arm and steel teeth. This sets a keynote for the novel in that every character seems to be in some sense either a cyborg or the recipient of invasive measures like the corruption of Case's nervous system with toxins. The latter almost immobilize him and reduce him to dreaming of the matrix, remembering his days as a computer hacker. He forms a relationship with Molly, a streetwise character with surgically inset glasses and with retractable deadly blades at the ends of her fingers. These and other characters move through the Sprawl, a composite term for a conurbation, whether in Japan, the USA, or Turkey. Despite the nominal differences between these locations, Gibson's globalism emerges in his evocation of a worldwide system of corporate power which represents the working of late capitalism. Just as characters have been 'invaded' by prosthetics, drugs, or electronic data, so they act within a world where every aspect of the environment seems to have suffered imaging through the matrix, holograms, or genetic engineering. In that sense, Gibson evokes a totally technologized world figured through tropes like that of the lattice, whereby everything becomes flattened out as data to be processed.

This same impetus is central to *Pattern Recognition* (2003), a novel in which Gibson situates the action in the present – not a major change since he has repeatedly insisted that SF interprets the present, not the future. As the title suggests, the novel describes attempts by Cayce (a female revision of Case) to locate the origins of mysterious video clips posted on the Internet. The very notion of origin is problematic in a global network which can be accessed anywhere, and interpretation itself – the novel's central subject – is complicated by processes of steganography and encryption.

Whereas Gibson hints in *Pattern Recognition* that the Russian Mafia might be involved in the videos, his emphasis falls mainly on hermeneutics, on the problem of interpreting data. In contrast, Pat Cadigan's fiction projects a sharper sense of the ownership and regulation of cyber-technology. Her first novel, *Mindplayers* (1987), shows the protagonist Allie finding herself on the wrong side of the law by stealing a 'madcap' (a virtual-reality, or VR, helmet), after which she is exhaustively photographed ('everything inside and out') by the Brain Police. This Orwellian organization gives 'dry-cleaning' the sinister connotations of brainwashing, but marks a development beyond *Nineteen Eighty-Four* in the sophistication of the enforcement technology. Now physical acts like strip-searching are internal, suggesting that minds are state property. *Synners* (1991) accesses Los Angeles through its media, not only film and video systems but an automated traffic-control network called GridLid. Haunting the city is the fearful expectation of disaster, the 'big one' which might be an earthquake but which in the novel is actually electronic. A general blackout freezes the city in a massive gridlock, which, like everything else there, becomes converted into a media spectacle. Cadigan shares the vision of *Blade Runner* and other works that the city is presided over by a massive, computer-driven entertainment colossus called Diversifications Inc. The image of wiring becomes a powerful articulation not only of individuals' VR experiences but also of a self-expanding network of connections. The 'syn' in the novel's title suggests exactly this connectedness and synthetic dimension to Angelenos' collective experience. Expansion is a commercial fact of life in *Synners*, whereas in Cadigan's 2000 novel *Dervish Is Digital* regulation has become institutionalized. Here, the protagonist is chief officer for the Artificial Reality Division of TechnoCrime, pursuing a VR investigation. Cadigan's narratives significantly revise what some feminist critics found to be a weakness in cyberpunk fiction, namely that it powerfully dramatized the technological penetration of everyday life while leaving unexamined masculinist presumptions of action and style.

Another formative figure in cyberpunk, Neal Stephenson, has explained the title of his 1992 novel *Snow Crash* to mean electron collapse like the loss of image on a TV screen, but it also carries connotations of a come-down after taking cocaine. Snow Crash within the novel thus straddles a metaphor in being at one and the same time a drug and a computer virus. The novel is set in a post-national future where the USA has collapsed into small self-contained enclaves called 'burbclaves'. Hiro, the protagonist, is a computer hacker and pizza delivery boy, in other words, a deliverer of one sort of commodity or another, similar to the courier protagonist of Gibson's *Virtual Light* (1993). Stephenson presents Americans as in collective flight from the real America, seeking refuge in identical urban residential complexes. The only ones to keep in touch with America as it is are the street people 'feeding off debris'. Hiro is typical of these in manoeuvring his way through the rackets and negotiating his way through the virus which, as in William Burroughs, is a catch-all term covering computing, disease, and even language. Throughout the novel, Stephenson distinguishes VR from concrete reality, using the Street in much the same way as Gibson evoked the Sprawl, namely as a virtual highway peopled by countless 'avatars', another term which Stephenson appropriated from Hinduism to mean computerized versions of the self. In *Snow Crash*, avatars gather at a virtual nightclub called the Black Sun, a name suggesting an occult, secret interior, but in fact emerging simply as a conflation of real-world meeting places.

Scott Bukatman has argued that cyberpunk and other 'terminal identity fictions' offer the most reliable reports on contemporary culture by embodying the feel of the electronic systems which dominate the modern world. They offer visions of the post-mechanical, which is by definition the most difficult form of technology to visualize, and yet it is their strategies of visualization which link much contemporary SF film and fiction. In the last works discussed, the major single theme is one of connection so varied that the separation of the self from technology becomes impossible. The Australian SF writer Greg Egan has made the relation between electronic technology and human identity a central issue in his novels. *Permutation City* (1994), for example, depicts complex virtual-reality constructions and describes a process of 'copying' from human brains. Shelley Jackson has drawn on *Frankenstein* and the Oz stories for her electronic collage novel *Patchwork Girl*. And Mark Amerika created a 'virtual writing machine' in *GRAMMATRON* (1997). More recently, J. C. Hutchins's SF thriller about a secret government project, *7th Son* (2009), has been released as a podcast novel as well as in print form. Lastly, Geoff Ryman powerfully evokes the coming of information technology to a central Asian republic in *Air* (2004), whose title refers to a form of the Internet. The transformation of that culture is reflected in the gradual 'electrification' of the text which progressively includes more and more email messages and audio-file transcripts.

The perceived acceleration of technological change has resulted in the formulation of the concept of the Singularity primarily by the futurist Raymond Kurzweil and the SF author Vernor Vinge. Applying an evolutionary model of change, they predict a new era of superhuman or human/machine intelligence, which sounds millenarian in its optimism, spiritual in its promise of transcendence, and somewhat like a science fiction narrative in itself. This climax to technological development has already received SF treatment in Ken MacLeod's *Newton's Wake* (2004) and in Charles Stross's *Accelerando* (2005), among other novels.

Chapter 4
Utopias and dystopias

Darko Suvin has defined the literary utopia as a '*historically alternative* wishful construct' (his emphasis) which is closely related to science fiction as a kindred genre and which should be addressed as a verbal construction and not as some kind of transparent account of another place. His linking of utopias with SF is helpful since they constantly overlap and their separation has less to do with conceptual rigour than with academic reluctance to devote serious critical attention to science fiction, now happily a prejudice of the past. Suvin enumerates the general characteristics of utopias as including an isolated location, a panoramic sweep to its depiction, a formal system, and dramatic strategies conflicting with the reader's presumption of normality.

The term 'utopia' is a hybrid, as many critics have pointed out, meaning 'eu-topia' (good place) or 'ou-topia' (no place). The word entered the language in 1516 as the title of Thomas More's famous work describing an ideally ordered island state somewhere in the New World, that is, somewhere in that part of the world then being opened up to imperial trade and conquest. More sets a pattern for future utopian narratives in presenting it as a report from a traveller, Ralph Hythloday, who functions as the intermediary between the reader's familiar world and the new realm. More also demonstrated the liability of the utopian form, namely its tendency to exposition and the striving of the new society towards order.

This last is an ultimate goal rather than a fact in More's *Utopia*, since the state exists within a geographical context of war (POWs supply the state with many of their slaves) and contains crime and dissent. More opposed material and sexual desire beyond state limits and sets the death penalty only as a punishment for second-time adultery. One last external factor might be noted. At the time of writing *Utopia*, More was serving as an under-sheriff to the City of London, and London has served as a unique stimulus to British utopian writing in being an unplanned city growing by accretion. The resultant pollution and social inequality had reached crisis proportions by the late 19th century.

Especially in the 20th century, utopias have tended to be replaced with 'dystopias', a term suggesting a mis-functioning utopia. These might have a satirical dimension, as in the African American George Schuyler's *Black No More* (1931), in which a scientist discovers a way of altering skin pigmentation so as to make it impossible to distinguish between the black and white races. As the treatments multiply, American society begins to break down. Far from bringing liberation – one of the main purposes of utopias – the new science brings chaos.

Utopian elements became central to 18th-century writers such as Daniel Defoe, Jonathan Swift, Thomas Spence, and Robert Paltock; the latter's *Perkin Warbeck* (1751) was one of the first utopian novels to situate its other society within a hollow Earth. *Gulliver's Travels* (1726) is one of the most famous examples of this period to use the convention of fantastic voyages to other lands to examine human nature. Apart from the comparative discussions of institutions in Books 1 and 2 through dialogue – a crucial medium for utopias – the narrative actualizes metaphors of size and makes a complex interplay of perspectives. Lilliput impresses Gulliver initially as a utopian garden state, but the diminutive size of the Lilliputians feeds his assumption of superiority. In Brobdingnag, this is rudely reversed and Gulliver's stature is reduced to that of a plaything. The effect is as if Gulliver's vision has shifted in focus from distance to close-up. The changes in perspective and the many references to optical instruments all suggest that Gulliver's perception of the human body is dependent on maintaining a certain distance and therefore a certain delusion. Each book of *Gulliver's Travels* mounts different assaults on human pride, pride in experimentation in Book 3 and in being a superior species in Book 4, where reason separates from human resemblance. Estrangement has again and again been proposed as a defining characteristic of science fiction, and if this is so *Gulliver's Travels* meets this requirement directly in its complex shifts in perspective whereby Gulliver becomes more and more the victim, or 'gull', of his own experiences.

The golden age of utopias

From the late 19th century up to the outbreak of the First World War, over 200 utopias were published, the majority of which, with a few famous exceptions, are still unavailable to the general reader. The reasons for this surge in production must have included the rapid pace of technological change, the concentration in the USA of capital in a small number of private hands, and an intensifying debate about social justice. The strategies used to establish these narratives vary from work to work. Samuel Butler, for example, draws on the older tradition of territorial exploration to take his traveller into a world which bizarrely inverts many values of Victorian Britain. *Erewhon* (1872) describes a society in which it is a crime to fall ill and where machines have been abolished because humans feared they would take over. The Canadian James De Mille combines shipwreck with the found manuscript convention in his 1888 novel *A Strange Manuscript Found in a Copper Cylinder*, describing a world near the South Pole where gender equality has been achieved. Alfred D. Cridge takes us to another planet embodying the best of the Earth in *Utopia* (1884), whereas Henry Olerich presents his report on society through the eyes of a visitor from Mars in *A Cityless and Countryless World* (1893).

While the latter were celebratory, negative voices were heard. The American Anna Bowman Todd's *The Republic of the Future or, Socialism a Reality* (1887) purports to be a series of letters from a Swedish nobleman visiting the USA in the 21st century. Although he is impressed by his speedy journey under the Atlantic by way of pneumatic subway, reservations begin to appear about automation when he stays for days in a New York hotel without meeting a soul. But the main thing to strike him is the physical flattening out of the city into the 'very acme of dreariness', a physical correlate of the political equality enjoyed in the republic. Monotony is the main theme of Dodd's portrait, monotony of dress and monotony of life, since the state has taken over so many functions. This aroused no misgivings in the narrator of Edward Bellamy's famous utopian novel.

Looking Backward, 2000–1887 (1888) was one of the most widely read utopias of the late 19th century. Its readership extended worldwide and an unintended tribute was paid when Czarist Russia banned the volume. Bellamy helped trigger the utopias of William Morris and H. G. Wells, and played an important part in the rise of the Nationalist movement in the USA, which was devoted to nationalizing industry. Bellamy's volume also helped to popularize the 'sleeper wakes' convention of having the protagonist sink into a prolonged sleep long enough to take him into the utopian future. Bellamy uses Boston as his key location to demonstrate the coming of utopia in 2000. Julian West wakes to find a spacious, sanitized city of broad streets and open squares. Social conflict has disappeared, as has the profit motive, since all industry has been taken over by the state and the army embodies an ideal of social coherence and organization. Production and consumption still seem to be separate and, although Bellamy gestures towards more liberated roles for women, an emphasis on their 'beauty and grace' suggests his state is still androcentric. Most surprising of all is the transition from private to state capital in *Looking Backward* and in its 1897 sequel *Equality*, where the change seems to have come about by peaceful revolution. It is a millenarian transformation apparently independent of any deliberate human actions.

Nothing could contrast more starkly with Bellamy's evolutionary gradualism than Ignatius Donnelly's 1890 novel *Caesar's Column*, which describes a cataclysmic uprising of American workers against the rule of an industrial oligarchy, with massive loss of blood; or Jack London's *The Iron Heel* (1908), describing the seizure of power in America of a proto-fascist oligarchy (the eponymous Iron Heel) by the 1930s. *Looking Backward* was followed by a series of sequels and homage novels by Bellamy's contemporaries and his influence has continued, notably in the fiction of Mack Reynolds, who was an active member of the American Socialist Labor Party and who specialized in what he called 'social science fiction'. Through the 1970s, in response to Bellamy's two utopias, Reynolds produced a series of novels which express far stronger doubts about millenarian hopes. In *Commune 2000 AD* (1974), he shows mobile communities in flight from an over-regulated urban society; *Equality: In the Year 2000* (1977) surveys the different social and sexual failings of the 20th century; and in *Looking Backward, From the Year 2000* (1973), Julian West is told categorically: 'There is no such thing as Utopia [. . .] It's an unattainable goal. It recedes as you approach it.' Reynolds's scepticism increased as his series developed.

In his review of *Looking Backward*, William Morris took Bellamy severely to task for overstating the ease with which his utopia came into being without challenging the monopolies of his time, in short for idealizing the urban middle class and prolonging what Morris saw as the 'machine-life' of the cities under central state control. His own *News from Nowhere* (1892) is equally vulnerable to the charge of idealization, but this time to the medieval guild system. Morris's narrative has an immediate visual impact in that his own sleeper wakes to a London transformed. The image of the city has become beautified by the erasure of all traces of Victorian industry and its attendant smogs, and their replacement by small, brightly coloured buildings. When the sleeper William Guest notes in passing that the scene reminded him of an 'illuminated manuscript', the analogy gives us a clue to Morris's transformation which is essentially a return to a neo-medieval city, in other words to a pre-modern state. One sign of this return is that there is no longer a sharp distinction between city and country, and the suburbs of Morris's day are once again villages. *News from Nowhere* describes craft guilds, a communitarian society in which crime has died out (presumably because the profit motive is extinct), but where women have a familiar conservative role as child-bearers. Exposition of the new society to Guest takes place as he is guided round London and later as he takes an excursion up the Thames. One of the most crucial sections concerns the change by which society was transformed, a change tied partly to historical fact. At one point in London, Guest experiences what in film terms would be a 'dissolve' from the Trafalgar Square before his eyes and the same square in 1887, when it was the site of a pitched battle between demonstrating workers and the police and army. According to Morris's utopian history, this acts as the trigger to a general strike and then a major social revolution.

The Wellsian utopia

In his reflections on the First World War, *What is Coming?* (1916), Wells admits to a 'forecasting disposition'. His utopian speculations about the future take a variety of literary forms. The very title of *The World Set Free* (1914) announces its purpose, since Wells found the desire for emancipation a universal factor in literary utopias, although the means of bringing it about sounds startlingly modern. Here, atomic bombs are deployed to wipe out the last traces of narrow nationalism. They also wipe out large numbers of the citizens living in the poorer parts of European cities, but the end evidently justifies the means since atomic war ushers in a new era of enlightened world government. *Men Like Gods* (1923) takes a group of Englishmen to another planet where they encounter a world of their own possible future, in which class and government have disappeared. As the century progressed, Wells, like Aldous Huxley, came to associate the future of the world with that of the USA.

In *A Modern Utopia* (1905), Wells adopts a hybrid method combining narrative with theoretical discussion and even figures the work as a cinematic production. He uses two voices, but here again he breaks with the pattern of a companion functioning as stooge. From the Socratic dialogues onwards, the second speaker's role is to feed the expositor the relevant cues, but Wells's botanist is there as an actively oppositional voice to the narrator's lofty theorizing. His presence helps Wells to comment on the whole tradition of literary utopias, to admit their speculative dimension, and, most important of all, to recognize the lure of attempting to correct the perceived messiness of the world. He insists that the literary utopia should be 'kinetic' to match the continuous change of the modern era, applying Darwin's notion of evolution, which Wells rephrases here as a 'universal becoming'. It is easy for the modern reader, with the benefit of hindsight from the 1930s dictatorships, to identify the totalitarian implications of Wells's utopia. His Darwinian horror of overpopulation producing species conflict motivates a proposal to get rid of 'weaklings'. With amazing nonchalance, he writes that the state will dispose of all deformed children and, although there are prisons, dissidents will be sent into exile to a convenient island. Far from disappearing, nationalism will simply be extended globally so that London will become the centre of a worldwide empire. In considering the role of women, Wells remained an essentialist, continuing to privilege their function as child-bearers, and he is equally conservative over race, drawing on evolutionary theory to justify the superiority of whites.

Wells's transformation of London makes extensive use of glass, no doubt in reaction against Victorian brick. The Soviet writer Yevgeny Zamyatin makes this same material central to his OneState city in *We* (published in translation in 1924), set in the

26th century. However, here glass has a different, more ideological function than simply to allow more light to enter. Jeremy Bentham's 1785 plan for a model prison called a Panopticon (literally, 'all-seeing') was designed to maximize the ease with which the authorities could monitor the inmates visually. Observation confers control equally in Zamyatin's regime, where the citizens have become numbers within a state run on the lines of mathematics and ideal efficiency. Where Ford is the tutelary industrial 'god' presiding over *Brave New World*, Frederick Winslow Taylor, the American pioneer of scientific management, is the theorist celebrated throughout *We*. Within the mathematical symbolism of the novel, unity is an ideal of state coherence, hence the public importance of the event which begins the narrative, namely the completion of the spaceship INTEGRAL by the narrator D-503. All characters are identified through numbers, consistently so since their sole importance lies in their relation to the whole. Dissidence is represented through the splintering of the narrator's self-image, his dis-integration, a process which can only be reversed through the quasi-therapeutic process of an operation on his Centre of Fantasy, a process resembling a lobotomy.

Wells's most elaborate utopian study, *The Shape of Things to Come* (1933), presents its narrative as an edited record originally written by Dr Philip Raven. In it, he traces the development through the 20th century of social upheavals culminating in another world war, the collapse of European nationalism and emergence of the World State, the rapid development of means of communication, and the improvement of humanity's physical wellbeing. Along the way, Wells includes jibes against earlier utopians. Roosevelt II publishes a study called *Looking Forward* and Aldous Huxley is noted as 'one of the most brilliant of reactionary writers'. Once again, Wells is using a linear evolutionary model, but there is a striking mismatch between this development and the increasing number of gaps in Raven's manuscript. Book 4 ('The Modern State Militant') should form an upbeat account of the culmination of this evolution but is only an 'untidy mass of notes', as if Wells was beginning to have doubts about the continuity of his own narrative.

State control in *Brave New World* and other works

The 1930s saw the publication of a series of dystopias where the working of states was imagined which exploited the demand for orthodoxy to erase individuality. James O'Neill's grim *Land Under England* (1935) combines hollow Earth fantasy (surreal flora and fauna) with a dystopian parable on the 'mass-hysteria of the race' as the narrator calls it. Descending through a trapdoor in Hadrian's Wall, he finds himself in eerily silent underworld whose inhabitants communicate telepathically. He fears that he too will be 'absorbed', that is, assimilated into a collective mentality where his identity will be totally lost. The dark underground setting gives an appropriately nightmarish dimension to his experiences of the 'monstrous machine' of this state, a displaced simplified model of the totalitarian regimes of that decade.

O'Neill's portrayal of the group mentality was pursued in the direction of gender by Katharine Burdekin's *Swastika Night* (1937), which describes a Holy German Empire in its 7th century. She shrewdly demonstrates the collocation of mysticism and paganism which ritualizes a total suppression of women to the status of birth machines. State iconography plays its part in supporting this ideology which, as so often in these dystopias, suppresses history. One of the most powerful moments in the novel comes when a character gazes in astonishment at a photograph of Hitler, not only totally different from the blonde Aryan stereotype, but even talking to a girl! Hitler has become assimilated into an explicitly racist state.

Aldous Huxley's *Brave New World* (1932) was partly triggered by revulsion from Wells's utopias, especially *Men Like Gods* (1923), and partly by then current speculations on biological engineering. Following his visit to the USA in 1926, Huxley became convinced that the future of the USA was the future of the world, and in a sense his 1932 novel offers a vision of global Americanization starting with the London skyscraper on the opening page. The society of the novel is based on the application of streamlined mass-production methods which became known as Fordism, where quantity and efficiency of output were paramount, to the birth process, far less fantastic now in the light of cloning technology. By designating the human 'products' Alphas, Betas, and so on, Huxley evokes a society in which destiny is biologically determined and where society's standardization is reflected in their uniform dress and idiom. Strictly speaking, it is inconsistent for Huxley to retain names since they would be an anachronistic trace of individuality, but in fact he uses them to suggest the set of concerns converging in that society, from behaviourism to Marxism and industrialism. *Brave New World* works as a satirical dystopia by sexual inversion, where monogamy is reprehensible, and also by describing two worlds – the rationalized World State and the 'primitive' world of the Reservation – geometrically separated from each other, and then showing the leakage between these two realms through misfits from each side. Huxley describes a politically indifferent world where the population accepts its endless leisure through consumption of the drug soma, an ironic reformulation of Marx's proposition that religion is the 'opiate of the people'. Now the opiate has become the religion of the people.

By 1958, Huxley had become a permanent resident in the USA and chose to frame his survey of American culture published in that year as a return to his famous dystopia. *Brave New World Revisited* paints a sombre picture of the ways in which the imagined forms of 1932 were being realized in the 1950s. Huxley perceived a massive centralization of power which was threatening individual liberty. 'Modern technology has led to the concentration of economic and political power', he warned; and his book was designed to alert the public to the workings of these 'vast impersonal forces'. The culmination of these tendencies would come, he insists, in the following century, the era of World Controllers and the ultimate realization of *Brave New World.*

Without him realizing it, Huxley's 1958 volume gave a summary of some of the main dystopian features of post-war American science fiction. The dangers of overpopulation are addressed in Harry Harrison's *Make Room! Make Room!* (1966) which describes the New York of 1999 as crowded and subject to constant food shortages. What Huxley calls 'political merchandizing' had become the subject of Frederic Pohl and Cyril M. Kornbluth's 1953 novel *The Space Merchants*, depicting a future when big business has usurped the function of government and outer space has become commodified as potentially residential. Behind the façade of glossy advertising, the novel depicts the suppression of political dissent and the use of peon labour to produce synthetic foodstuffs. The workings of an industrial giant (modelled on General Motors) is central to Kurt Vonnegut's first novel *Player Piano* (1952), which shows how the ethos of the company functions as verbal extension of its production line. Vonnegut, who has acknowledged his debt to Huxley, describes a displacement of human activity by mechanisms (hence the title) but also a 'mechanization' of the characters, as they demonstrate social orthodoxy by parroting routine slogans to each other.

In *Brave New World Revisited,* Huxley expresses his deepest anxieties about public receptivity towards processes which were operating beneath the surface of society. His discussion of brainwashing, which would be later picked up by writers such as William Burroughs, Anthony Burgess, and Marge Piercy, focused on the worst example of a general problem: the proliferation of techniques of manipulation. In 1932, the media were shown to be a means of extended distraction, and it was this aspect which Ray Bradbury developed in *Fahrenheit 451* (1951), yet another dystopia of the period which owes a debt to *Brave New World.* In the latter, Huxley punctuates his text with literary allusions to remind the reader of the cultural past that has been lost. Since in Bradbury's dystopia books have become forbidden, there is a constant meta-reference throughout the novel to its status as a fictional text, but instead of reminding us of its fictiveness, these references situate the reader in a relation of disobedience towards the regime. It is a novel about a world where novels are banned, and this paradox invites complicity with the protagonist Montag even before his dissatisfaction comes to the surface. Through a series of identifications (book-bird-person), Bradbury identifies the fate of books with that of society as a whole. Extrapolating this single issue, he demonstrates how the suppression of books constitutes a suppression of dialogue and the replacement of social interaction with the media 'togetherness' of television soap operas. In Truffaut's film adaptation, the television programme which Montag's wife watches religiously is presented as a multiply framed electronic space which she is invited to enter. In the novel, however, consumerism impels her to create a fantasy of enclosure by four-wall TV screens similar in effect to contemporary 360-degree film showings. In the last section of the novel, Montag's flight from suburbia and the bombed city, he enters a symbolic domain inhabited by the 'book people', who learn entire volumes, thereby literalizing the metaphor of the book as person.

Nineteen Eighty-Four and its legacy

The adjective 'Orwellian' has become a standard descriptor of totalitarian regimes which are characterized by rigid systems of enforcing state authority. In *Fahrenheit 451*, Montag combines the role of fireman – that is, janitor, since burning the books is 'cleaning up' – and policeman. The latter role with its black uniforms was emphasized in Truffault's film to trigger echoes of Nazism, although Bradbury wanted the book-burners to retain a composite, catch-all identity. Enforcement takes place against a background of comparative prosperity, whereas George Orwell's *Nineteen Eighty-Four* (1949) evokes the austerity of immediate post-war Britain under a brutal regime which combines echoes of the Nazis (Hate Week) and of Stalin's Russia in the state intelligence apparatus and the endless doctoring of official 'history'. Winston Smith, like Montag, is an operative within the state mechanism granted rare opportunities to see at first hand the destruction of factual evidence. Bradbury describes the television

12. Still from Michael Anderson's *1984* (1956)

as entertainment; Orwell concentrates on its use for control, since hidden cameras are everywhere, even in the countryside. He evokes a society whose members spy and report on each other, but even more disturbingly never know when they are being watched by Big Brother, the extrapolated image of this state surveillance.

Even in his diary, Smith records his own fate. The novel grimly confirms this inevitability when an electronic voice in the hide-away announces that they are under arrest. O'Brien announces to a horrified Smith that the elite of the party consist of the self-perpetuating 'priests of power', because they control the means of shaping thought and perception. Correcting Smith's attitude is an irresistible process without even the aim of converting him into a model citizen. At the end of the novel, we are told that he loves Big Brother, an ironic conclusion in itself, but one rendered all the bleaker by the suggestion from precedents that Smith will shortly disappear, and disappearance implies execution.

An extended tribute to Orwell was paid in Anthony Burgess's own dystopian novel *1985* (1976), which is introduced through a series of reflections on dystopias; it is interesting to see how Burgess situates himself in relation to the tradition. He discusses Orwell's debt to Zamyatin and his rejection of *Brave New World*, keeping the fate of freedom at the centre of the discussion. Gradually, Burgess's hostility towards behaviourism takes centre stage, towards the Soviet state's support of Pavlov, and towards the later writings of B. F. Skinner, whose treatment of human subjects is attacked in *A Clockwork Orange*. What Burgess could not have known at that time was that Skinner was a participant in MK-ULTRA, the covert CIA programme of mind control. On the other hand, he certainly did know Skinner's own utopian novel, *Walden Two* (1948), which explored techniques of behaviour modification.

A Clockwork Orange (1962) reflected public anxieties over juvenile delinquency and also incorporated into its narrative the then secret experiments which were being conducted into conditioning. The extraordinary language which Burgess used in the novel combined Russian (it is called 'Nadsat', i.e. 'teenage'), Americanisms, and Cockney slang. For this, Burgess, who had some connections with the intelligence community, received assistance from an ex-CIA officer with an Eastern European specialism. The novel is narrated by Alex, a streetwise gang leader, and falls into three phases: Alex's recreational violence leading up to his arrest; his imprisonment and rehabilitation therapy; and his return into society. To Burgess's annoyance, his American publisher initially dropped the final chapter, leaving Alex in limbo without a future. The use of Alex's voice for narration immediately situates us within the mentality of a subgroup with a casual attitude towards violence, sexual and otherwise. Hence the novel, and even more Kubrick's 1971 film adaptation, have been criticized for beautifying the actions of Alex's gang, but the novel's claim to be a dystopia actually lies in the description of Alex's treatment by aversion

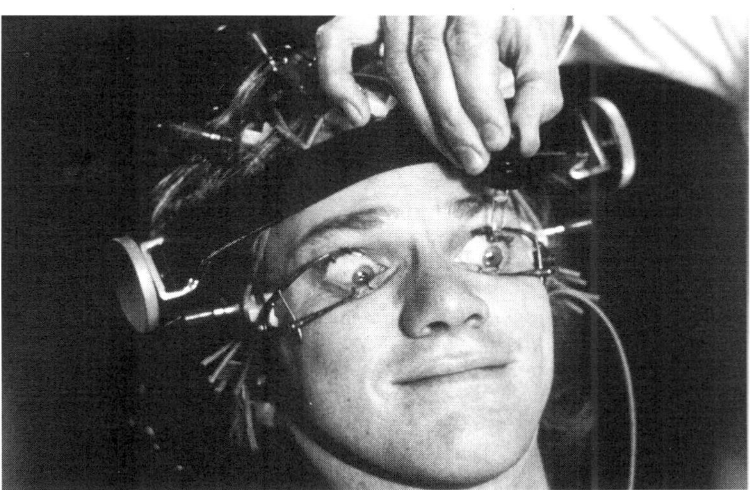

13. Still from Stanley Kubrick's *A Clockwork Orange* (1971)

therapy, a negative conditioning to link violence with nausea in his mind. This process, the substance of Book Two, is carried out through film viewings conducted while Alex's eyes are held open by an ophthalmic frame, one of the best-known images from the film.

Burgess consistently attacked B. F. Skinner, the leading proponent of behaviourism at the time, because he thought that treatments such as that endured by Alex removed the subject's volition. *A Clockwork Orange* could thus be read as an attack on official behaviour modification similar to Marge Piercy's *Woman on the Edge of Time* (1976), in which the protagonist is subjected to electro-convulsive therapy, or Thomas M. Disch's *Camp Concentration* (1982), in which the narrator unwittingly acts as a guinea-pig in a covert government experimental facility. All three novels are narrated by the subjects of these experiments, the status of whose subjectivity is left problematic by the very nature of their treatments.

The constructed worlds of Philip K. Dick

In contrast with utopias, which sometimes narrate their own construction, in other words their hopeful intentions, dystopias tend to be presented as already in place, and the narration usually follows that of a deconstruction of the existing regime through the actions of a protagonist who is a misfit, somehow skewed, like Montag, in his relation to the operative status quo. Philip K. Dick made this relation central to his fiction, in which he is constantly asking the question 'what is real?' This was partly a metaphysical issue for him, but also a problem of how to negotiate the projected realities of his time, since, as he himself explained:

> today we live in a society in which spurious realities are manufactured by the media, by governments, by corporations, by religious groups, political groups – and the electronic hardware exists by which to deliver these pseudoworlds right into the heads of the reader, the viewer, the listener.

Typically, Dick's protagonists exist embedded in complex and malign organizations, whose workings can scarcely be glimpsed, never mind understood. The recurring impulse in his works remains this drive to understand, despite the mystifications of the prevailing regimes.

Time Out of Joint (1959) remains one of Dick's most powerful explorations of institutionalized deception, in its description of the experiences of Ragle Gumm in a small American town of the period. Discrepancies in Gumm's reality mount, most dramatically with the disintegration of a soft-drink dispenser before his eyes. As he discovers more and more signs that he seems to be at the centre of a massive conspiracy, Gumm finds himself caught between a terrifying present and a bogus past, rival images of America closely connected with the fears of nuclear war prevalent at the time of writing. Gumm is the typical Dick protagonist in gradually discovering his entrapment by larger forces. Indeed, Dick's fiction grimly accumulates situations in which the protagonists find it impossible to verify their own identity. *The Penultimate Truth* (1964) depicts life in underground complexes where the inhabitants depend totally on the media for their information on the outside world. The 1966 story 'We Can Remember It for You Wholesale' (adapted into the 1990 film *Total Recall*) shows commercial and political systems of memory implant. Reality in Dick's fiction is always elsewhere, beyond the reach of his protagonists, and his darkest novels strategically confuse the reader so that we closely identify with these characters' paranoia. The most extreme treatment of this theme comes in *Lies, Inc.* (1966/1984) in which the protagonist fears that he is receiving subliminal messages from a giant computer corporation; and in *VALIS* (1981), Dick's last completed work, in which characters speculate on the nature of Earth as revealed through an extraterrestrial intelligence system.

Feminist utopias

Women writers have participated in the writing of utopian fiction from the very beginning. Margaret Cavendish's *The Burning World* (1666) is one of the earliest descriptions of a separate world, approached via the North Pole, where scientific enquiry is compared to the practices of contemporary England. Thanks to historical research by feminist scholars, which produced the Charlotte Perkins Gilman revival of the 1970s and the rediscovery of writers like Katharine Burdekin, we now have a much clearer sense of the contribution by women writers to the utopian and other traditions within science fiction.

Mary Griffith's *Three Hundred Years Hence* (1836) is the first American utopian novel to be written by a woman. It describes the experiences of a male time-traveller who falls asleep to awake in a future where railways have proliferated, transport has been revolutionized by self-propelled vehicles, and where the sexes have achieved equality. Whereas these utopias regularly examine the relation between the sexes, Mary E. Bradley Lane's *Mizora: A Prophecy* (1881) is unusual in describing a utopian world where men have disappeared completely. The novel is narrated by Vera, a Russian princess shipwrecked in the Arctic, who descends through a polar opening into a subterranean world. There, she discovers a society of women who have removed social conflict and produced a 'land of brain workers', where the physical body as well as the body politic have become subjected to rational scientific management. At the same time, God has become identified with the matrix of Nature, and when Vera gazes in awe at the panorama of Mizora without limits, the landscape embodies the women's confidence in their society. It is a world where commerce has become centralized and separated from profit, where electricity is widely used, and where science has become applied to every aspect of life. But it is a white world, a society of white buildings and white blonde women produced through the application of eugenics.

Charlotte Perkins Gilman's *Herland* (1915) gains much of its initial force from undermining the male pattern of lost-world narratives. Her use of four male protagonists suggests right from the start her avoidance of reductive stereotypes. Terry represents the crass adventurer, but Van the narrator is a much more judicious assessor of their experiences. Gilman humorously describes the disempowerment of the four travellers, who are treated kindly enough, but as babies. Though she does not avoid exposition completely, the novel dramatizes the exposure of gender prejudice through small details of style and dress, through what would be called in the 1960s the 'politics of behaviour'. In fact, by her questioning of presumptions of gender, Gilman shows a gradual estrangement of the narrator from his own masculinity and implies that gender is performative, more a matter of social conditioning than physiology, a position later theorized by Judith Butler.

During the 1970s, on the back of the civil rights movement of the previous decade, a renewed concern with gender showed itself in American science fiction, which in turn showed itself in the production of feminist utopian novels and also in the identification of a tradition of earlier fiction stretching back into the 19th century. Pamela Sargent's *Women of Wonder* anthologies restored attention to lost works like Francis Stevens's *The Heads of Cerberus* (1919), in which three characters are transported by means of a grey dust to the 'uncanny romance land' of a future Philadelphia. At the same time, a number of writers were directing polemic against the sexism of traditional SF writers like Heinlein, and of American society in general. One of the most complex figures in this area has been Alice B. Sheldon, the former CIA intelligence analyst, who published fiction under two pseudonyms, male (James Tiptree, Jr) and female (Raccoona Sheldon). In her story 'The Girl Who Was Plugged In', the female narrator challenges her male readership ('zombie', 'dad') to hear how she is offered a different physical persona by being connected electronically to a synthetic, nubile 'elf', an ironic parable about the male-centred social prescription of female beauty.

Joanna Russ has been one of the most trenchant critics in this field as well as one of the most innovative. In 1972, she declared that American literature 'is not about women. It is not about men and women equally. It is by and about men.' And in 1983 she published an ironic guide book entitled *How to Suppress Women's Writing*. Partly, Russ was clearing a space for her own fiction in these statements, but she was also challenging unconscious habits of taste and preference, challenging her readers to re-examine the depiction of women and outsiders in science fiction. She helped consolidate a view that women had been continuously suppressed in earlier science fiction. This position has become more difficult to maintain, as more and more earlier works of SF by women are rediscovered, and it has been criticized for historical distortion.

Russ's 1975 novel *The Female Man* contains four protagonists, all linked to the author by their initials: Joanna, living in present-day America, who feels that she has to masquerade as a 'female man' to negotiate through society; Janet Evason, from the utopian planet Whileaway, where men are extinct; Jeannine, a New York librarian living through an extended Depression; and Jael, an ethnologist assassin living in a world of overt war between the sexes, named after a biblical character who kills a Canaanite general. As happens in *Herland*, the four protagonists prevent any single female stereotype from emerging and embody different roles which interact within the novel: the social observer, the freed woman, the historian, and the militant. The novel constantly mixes its modes, jumping from interview transcript to first-person narration, as well as from protagonist to protagonist. Part Two opens with the question 'Who am I?', and the whole novel operates in the interrogative mode. It is sometimes unclear which 'I' is speaking, but that is strategic on Russ's part, since she constantly invites the reader to compare and contrast different episodes. At the conclusion, Russ revives the tradition of the 'envoy' to send her novel out into the society she is hoping to change.

The new feminist utopias tended to evoke female communities in which the birth process is managed by the women themselves, as in Suzy McKee Charnas's *Motherlines* (1978); or they presented conflict situations between the sexes, as in Sheri S. Tepper's *The Gate to Women's Country* (1989), in which a male warrior culture is contrasted with a separate women's world elsewhere.

A novel that sets up an extended dialogue between utopia and its opposite is Ursula Le Guin's *The Dispossessed* (1974), which opens with a Janus-image, the wall. The novel contains many allusions to the world politics of the time, when the Berlin Wall embodied the opposition between East and West, but Le Guin draws a further contrast between the material wealth and social conservatism of the planet Urras and the physical bleakness of the anarchistic utopian planet of Anarres. The novel was originally subtitled *An Ambiguous Utopia*, and Le Guin evokes this double perspective by alternating chapters located in each world. We are thus compelled by the very act of reading to cross and re-cross the 'wall' between the two. Shevek, the idealistic Anarresti protagonist, is skilfully used to encourage this constant comparing, especially when he visits Urras, since his outsider's perspective highlights the consumerism of this planet. He is also used more subtly to expose the covert ideological maintenance of orthodoxy in Anarres when his scientific research falls foul of the power structure which the planet's anarchistic claims deny even exists. The main city here is described as a model of utility, with its rectangular grid where nothing is hidden (supposedly), while on Urras Old Town is decaying and evocative of the similar district in *Nineteen Eighty-Four*, but still offers a kind of freedom. In an important essay, 'American SF and the Other' (1975), Le Guin has attacked the social conservatism of science fiction which 'has assumed a permanent hierarchy of superiors and inferiors, with rich, ambitious, aggressive males at the top, then a great gap, and then at the bottom the poor, the uneducated, the faceless masses, and all the women'. Russ would agree. She questions this division by bringing her extraterrestrial to New York, Le Guin by inducing a cultural relativism of perspective.

Where Le Guin shows utopia to be an ultimate goal unreached in her novel, *The Handmaid's Tale* (1985) describes a fundamentalist theocracy achieved. Margaret Atwood combines biblical allusion (her world is named Gilead), echoes of *Nineteen Eighty-Four*, and references to the evangelical Protestantism practised by part of the American Right to evoke another world where women have become reduced to physical facilities to serve the Guardians, the ruling male elite of this far from Platonic utopia. Atwood extrapolates familiar elements of 20th-century society to build up a misogynistic dictatorship, elements like the use of patronymics. The narrator is named Offred (i.e. Of-Fred) to suggest that she doesn't belong to herself. As a 'handmaid' – the term combines servitude with sexual exploitation – she has to service a Guardian regularly, which she manages by dissociating her mind completely from her lower body. Atwood suggests throughout the novel that Offred is someone else's, contained by a whole series of official interiors, a predicament which Offred endures by clinging on to increasingly tenuous memories of how things were 'before'. Unlike Orwell's protagonist, she possesses the narrative voice and therefore a symbolic self-empowerment within limits, since she can determine the shape her story will take. This perception offsets the bleakness of Atwood's vision of manipulation at all levels from brainwashing to sexual control, a theme developed further as bioengineering in her 2003 sequel *Oryx and Crake*.

Ecotopias and the *Mars* trilogy

In 1975, the novel was published which popularized and probably coined the term 'ecotopia', that is, an ecological utopia. Ernest Callenbach's *Ecotopia* is constructed as a series of reports by a journalist (William Weston) on a utopian enclave centring on San Francisco which has achieved independence for the USA. Weston records the transformation of living style which has been achieved through a return to some bucolic values and through a selective use of technology. Dress is simpler, pedestrians have a new priority in the city, and ritual war games are performed regularly to drain off aggression. As Callenbach admitted in retrospect, racial integration has not been achieved, however, and African Americans live on in separate areas known as Soul City. Nevertheless, his novel reflected a new environmental awareness which began to inform science fiction. Paul Theroux's 1986 novel *O-Zone* describes a future America where a huge part of the Midwest has been put in quarantine because of its pollution by toxic waste. Octavia Butler's *Parable* novels were fed by a concern over the inadequacy of food resources which brought about a collapse of civic society in California. *Parable of the Sower* (1993) describes the flight of a young African American woman north to found a community based on her religion of Earthseed, a kind of ecological vitalism. *Parable of the Talents* (1998) continues the narrative, but into a takeover of the community by religious fundamentalists.

The possibilities for action by the protagonists in the novels above remains limited by resistance from hostile groups or official inertia, but the main ecological utopia of the 1990s was Kim Stanley Robinson's *Mars* trilogy. This epic series combines utopia with the colonization of space, but Robinson has stressed that he did not want to present Mars as a refuge, more as a scientific and social laboratory. The volumes trace out a sequence of discovery and exploration starting in 2026 (*Red Mars*, 1992), terraforming the planet to make it habitable (*Green Mars*, 1993), and the extension of settlement and beginnings of fauna (*Blue Mars*, 1993). Mars itself is the true protagonist in this trilogy, with its own pre-human time of geological formation. Once the travellers from Earth arrive, utopia enters the narrative as a purpose and process. The first research station on the planet initially functions as a utopian site just as the novel creates sites for debate, but utopia also features as a holistic way of viewing the environment promoted by the American physicist Saxifrage Russell, one of the main commentators in the novel. Robinson has stated that he wanted to move away from the older conception of utopias as separated places to a notion of them as a 'road of history', and throughout the novels he never lets the reader forget the trilogy's historical context.

How Mars has been imagined over the years is evoked through numerous allusions to Edgar Rice Burroughs, Arthur C. Clarke, and Alexander Bogdanov's *Red Star* (1908), an early socialist utopia set on Mars. Similarly, Robinson reminds us constantly of the economic cost of the expedition, supported by transnational corporations, and the persistence from Earth of ideological differences, which lead to a revolution at the end of the first volume. The many references to earlier SF writers in the trilogy in effect narrate the evolution of Robinson's own texts out of what could be called the 'Mars idea', and so the novels narrate two processes in tandem: the coming into being of a habitable Martian landscape and the formation of the novels themselves out of a matrix of utopian speculation. The subject of Mars continues to attract SF treatment because the wealth of information sent back from the landers still tantalizes writers with the possibility of life on that planet.

One last term should be noted here, one coined in the 1960s by Michel Foucault. The 'heterotopia' was used by him to contrast with the 'no-space' of utopias, in other words as an in-between, hybrid space which has an ambiguous status, possessing material actuality but also bringing complexity to location. This concept is particularly useful for applying to modern depictions of the city, as in Samuel Delany's *Dhalgren* (1975), where locales refuse to cohere, or in China Mieville's *The City and the City* (2009), where the reader moves between disparate spheres, sometimes distinct, sometimes overlapping.

Chapter 5
Fictions of time

More than any other literary mode, science fiction is closely associated with the future, in other words with time under its different aspects. It is above all a literature of change, and change by definition implies that the present is perceived in relation to perceptions of the past and expectations of the future which shape that present. Although speculations about the future had entered SF earlier through works like Samuel Madden's *Memoirs of the Twentieth Century* (1733) and Louis-Sebastien Mercier's *The Year 2440* (1771), a crucial catalyst to rethinking time was the formation of evolutionary theory in the mid-19th century by Charles Darwin and others. *The Origin of Species* (1859) and geological studies opened up the scale of time so that human history became merely a brief episode. On the other hand, Darwin's grand evolutionary narrative lent itself to contemporary race theory; the subtitle of *The Origin* was *The Preservation of Favoured Races in the Struggle for Life*. And its conclusion seemed to contain a message of hope: 'as natural selection works solely by and for the good of each being, all corporeal and mental endowments will tend to progress towards perfection'. Whether perfection is the goal or not, the very title of Edward Bulwer-Lytton's 1871 novel *The Coming Race* suggests that when the protagonist falls down a shaft to a subterranean world, he is encountering his own imminent future. Similarly, George Tomkyns Chesney's *The Battle of Dorking* (also 1871) had ushered in a new genre of future wars narratives in which territorial insecurities were given expression. Mark Twain's 1889 novel *A Connecticut Yankee in King Arthur's Court* could also be considered a story of time travel where a 19th-century Yankee, Hank Morgan, is knocked out and awakens in a medieval world. The time-travel strategy is used by Twain to set up a relentless satire of the whole Arthurian ethos, which is presented as pointlessly self-mystifying. Morgan here personifies a literal-minded practical intelligence which gradually demolishes the myths and ritualism of this other world.

In a 1902 lecture called 'The Discovery of the Future', H. G. Wells paid tribute to Darwin's study, explaining how it questioned the notion of a finite beginning and also questioned the finality of humanity. Accordingly, he concluded, 'we are at the beginning of the greatest change that humanity has ever undergone'. The optimism of this statement does not come out in Wells's 1895 novel *The Time Machine*, which is one of the formative narratives of time travel. In earlier fiction (and in later narratives, since the convention does not die out), the time traveller moves between periods by sinking into an unnatural sleep. Wells's novel marks an important departure from this practice in describing the transition as a mode of travel, and to do this he has to evoke time as space. Indeed, time is routinely evoked through spatial metaphors, and so time travel is simply making concrete tropes embedded in the language. The title of Wells's first attempt at time travel, 'The Chronic Argonauts' (1888), clarifies this strategy by suggesting that time can be traversed like a voyage, and *The Time Machine* depicts not only a vehicle but also describes the journey itself in terms anticipating those of an accelerated film, as happens in William Hope Hodgson's *The House on the Borderland* (1908). Wells saw himself as a secular prophet, educating his readership on the evolving tendencies within his culture, and the first section of his novel resembles a scientific lesson culminating in a demonstration. However, far from confirming any optimism about human evolution, the traveller's experiences disillusion him with progress when he encounters a world divided between the aristocratic and frail Eloi and the animal-like Morlocks who live underground. When he escapes from the latter and moves further forward in time, the experience is even bleaker. He finds himself on a beach, a threshold image, as if evolutionary beginnings and the imminent heat-death of the universe were converging in deepening darkness.

Wells's notion of a machine for travelling through time resurfaced in 1963 with the BBC television series *Doctor Who*, which used a (now extinct) blue police telephone box named the Tardis. Otherwise, time-travel narratives have tended to avoid physical devices. Jack Finney's *Time and Again* (1970) and its sequel *From Time to Time* (1995) describe how a secret government agency uses hypnotic techniques to regress characters back to earlier periods in New York history, the same process also being used in Richard Matheson's *Bid Time Return* (1975).

As time was opened up for multiple perspectives, the past as well as the future offered subjects for science fiction. This process was the central subject of Murray Leinster's 1934 novella *Sidewise in Time*, which presents an 'upheaval' in space–time. Strange discrepancies start appearing in the reality of a small American town, where Roman centurions are seen and at another point a sudden growth of primeval vegetation. The story is mainly focalized through James Minott, a maths instructor, who explains to his puzzled students that there are multiple futures and multiple pasts, linked by 'hyperspace', one of the earliest occurrences of this term in fiction. However, although Leinster attempts to juxtapose different period images, because the narrative is sequential, he can show only bizarre transitions. And because the 'time-faults' are presented through an analogy with earthquakes, his characters are helpless witnesses to a process which gradually stops of its own accord.

As a result of the post-Darwinian concept of time, a number of novels were published which present histories of the future. Olaf Stapledon combined within his *Last and First Men* (1930) Martian invasion and the exploration of the planets, but within a chronicle narrative stretching over a vast span of time. His narrator purports to be speaking to the reader from the far future and presenting the 'great theme of mind' which includes the serial evolution of different forms of humanity within a grand narrative designed to show how brief an individual life is and yet how large human potential might be. *Star Maker* (1937), published against the background of imminent war, builds on the subject of the earlier novel to describe the narrator's search for forms of intelligent life in the cosmos. The plot consists of a series of voyages through space without any technological underpinning, where flight is the physical counterpart of the outward reach of the narrator's mind.

On his journeys, he encounters different forms of life and different political organizations, which partly anticipate the themes of Isaac Asimov's *Foundation Trilogy* (later expanded to seven volumes) of the 1950s. This series was influenced in design by Gibbon's *Decline and Fall of the Roman Empire* and Arnold J. Toynbee's *A Study of History*. Set in a future where inter-planetary travel has become routine, the narratives are framed by entries from the *Encyclopedia Galactica*, a work of synthesis which exemplifies the working of 'psychohistory', devised by the founding sage Hari Seldon and defined as 'that branch of mathematics which deals with the reactions of human conglomerates to fixed social and economic stimuli'. In other words, it promises a large-scale system of predicting mass behaviour, not to be confused with the other 'psychohistory' which was also coined in the 1950s to describe the impact of striking individuals on history. Asimov's novels explore such issues as the relation of power centres to the periphery or of scientific advisers to political rulers, but only in the mass. Although he includes a character called the Mule who plays an important role in the break-up of the Galactic Empire, Asimov has no way of theorizing his role. The future histories of both Stapledon and Asimov had a strong influence on subsequent writers.

Prehistoric fiction

Once time was imagined as an expanse for exploration, the direction this could take was forwards or backwards. Narratives describing prehistoric beings have become known as 'prehistoric fiction', a phrase coined in the 1860s in France where this genre originated. Élie Berthet's three-part novel *The Pre-Historic World* (1876, translation 1879), for instance, opens with a description of Stone Age Paris, or rather the site of its future construction. The landscape contains no sign of human activity or construction, and thereby indicates some of the generic characteristics which came into operation. Because these novels describe a pre-literate world, we are unavoidably conscious on every page that the narratives are speculative constructs. Also they tend to be type-stories, showing general practices like species hierarchy or food-gathering. Prehistoric fiction offered a forum for discussing or giving physical form to evolutionary theory practised by a range of writers including Andrew Lang, Rudyard Kipling, and of course H. G. Wells ('A Story of the Stone Age', 1897). Lost-world narratives overlap into this genre since they regularly present accounts of exploration and discovery as journeys into earlier time. The guiding assumption behind Conan Doyle's *The Lost World* or the stories of Robert W. Chambers is that the primeval is physically accessible in the present, as if evolution were made up of a set of strands, each with its own pace.

One of the most famous early practitioners of prehistoric fiction was Jack London, whose *Before Adam* (1907) takes care to address the reader's scepticism from the very beginning. London's excursions into science fiction here and in *The Star Rover* (1914) are motivated by his impatience with mental limits. In the latter, his protagonist can travel at will into earlier periods. In *Before Adam*, the narrator describes himself as a dreamer who has the capacity to actualize any information he reads, rather similar to the opening of Michael Bishop's *No Enemy But Time* (1982), where the slide projections shown by the narrator's father act as a springboard for him to project himself back into an ancient African landscape. In *Before Adam*, this faculty is described as a 'race memory' which enables him to travel back to primeval time in order to experience the lives of his racial parents. His mother is 'like a large orangutan', his father 'half man, and half ape'. The novel thus explores a fantasy of heredity.

The sometimes awkward combination of contemporary narration with ancient subject is avoided by London in making his narrator a dreamer who takes the reader with him on his excursions, appropriately so since London wants to stress the continuity between the ancient past and the present. This awkwardness is also impressively avoided in William Golding's *The Inheritors* (1955), which skilfully constructs modes of utterance and perception closely geared to the capabilities of his Neanderthal subjects, who supply the perspectives for the early sections of the novel. Since 1980, one of the main practitioners of prehistoric fiction has been Jean M. Auel, whose series *Earth's Children* is set in prehistoric Europe. Stephen Baxter's 2002 novel *Evolution* sums up this Darwinian tradition with a sequence of narratives running from primates up to the present, each one adjusted to the perceptions presumed in each phase of development.

Future wars

Thanks to the pioneering research of I. F. Clarke, we now know what a large number of future wars narratives were produced especially in the period from 1871 up to the First World War, that is, during the heyday of empire. Although instances do occur earlier, the future wars subgenre dates from Chesney's *The Battle of Dorking*, which was published in the immediate aftermath of the Franco-Prussian War. This description of a German invasion of the British Home Counties was read in many countries, and it set a pattern for the works that followed in describing events happening in the imminent future when rapid changes in the political map of the world, mass communications, and military technology combined in narratives operating as national warnings about the need for preparedness. Future wars narratives connect closely with the practice of war gaming, which was introduced by the Prussians in the 1820s and which has since become institutionalized through computer simulations, sometimes so realistic that they become difficult to distinguish from reality. This difficulty, and the fear that the military might lose control of their own computer system, form the central subjects of the 1983 film *WarGames*.

Many future wars narratives from the turn of the 19th century are now forgotten, but in their time they dramatized the hopes and fears of empire. For instance, Louis Tracey's *An American Emperor* (1897) describes how a rich and enterprising American manoeuvres into the position of Emperor of France. More fantastically, Gustavus W. Pope's *Journey to Mars* (1894) recounts the voyage of American astronauts to the Red Planet, where they find a sophisticated race with advanced technology. They prove to be so friendly that the flagship of the Martian navy flies the stars and stripes in the visitors' honour!

The identity of the invader shifts from period to period. In Cleveland Moffett's *The Conquest of America* (1916), the Germans mount an invasion of the USA, whereas Frank R. Stockton's *The Great War Syndicate* (1889) shows war breaking out between the USA and Britain. These differences suggest the volatility of imperial politics around the turn of the century, but certain themes recur. American technical know-how and inventiveness is usually pitted against the more conservative military organizations of the European powers; and ultimate victory frequently goes to the 'Anglo-Saxons', that is, to an alliance between Britain and the USA. The racism implicit in many of these narratives became more overt in those dealing with the so-called Yellow Danger, which served as the title of M. P. Shiel's 1898 novel about a fiendish Chinese plan to take over the world. This they do by playing off the European powers against each other and, once they are weakened by war, the

Chinese launch an invasion of Europe. As they rampage through France, we are told that 'the bony visage of the yellow man, in moments of unbridled lust and mad excitement, is a brutal spectacle'. Defeat of the West is only staved off by spreading plague through the Chinese forces which wipes out millions, but which restores the ethnic status quo. Shiel's spectacle is no more lurid than the prediction of G. G. Rupert, an Oklahoma minister, in his *The Yellow Peril or, The Orient vs. the Occident* (1911) of a coming grand battle between armies of East and West when West will win, confirming biblical prophecies.

These future wars novels give us the relevant context for the most famous single invasion novel – H. G. Wells's *The War of the Worlds* (1898), which turns two images against the complacency of the period. In the opening lines of the novel, we are told that human specimens on Earth have been under observation from Mars as if they are of a lesser species. And secondly, when the Martians invade, their landing is directed against *the* imperial city – London. As a number of commentators have pointed out, Wells explicitly reverses the pattern of empire and reminds the reader to consider the fate of the Tasmanians – virtually extinct by the 1870s – as something that could happen to the British. The Martians are depicted as a double image, the one mechanical, the other biological. They prove to be indestructible by the main force of empire, the British navy, because they are easily mobile on land or sea and because they possess a deadly new weapon, their heat-ray. The original illustrations to Wells's novel repeatedly show skewed scenes, tilted at an angle as if to suggest the collective loss of balance in England.

Within their metal containers, the Martians resemble octopuses with large heads and atrophied limbs, which was the way Wells thought humanity would evolve. In that sense, *The War of the Worlds* shows humanity attacked by its own future. In George Pal's 1953 film adaptation, set mainly in California, the American army detonates an atomic bomb, which proves to be useless as defence against the Martians, and we shall see how the future wars

14. Original illustration to H. G. Wells's *The War of the Worlds* (1898)

subgenre was revived during the Cold War in descriptions of nuclear conflict.

Post-nuclear futures

Although H. G. Wells yet again played a formative role in describing the first atomic war in literature, the subject developed an obvious urgency during the Cold War and was treated in a whole range of novels from the 1950s to the 1980s. In Wells's *The World Set Free* (1914, US title *The Last War*), the very title hints that radium is associated with utopian hope, the hope specifically of humanity moving into a post-national phase when warfare has become a thing of the past. Ironically, the novel was published in the very year that the First World War broke out. The 1945 bombings of Hiroshima and Nagasaki suddenly transformed Wells's scenario into an imminent reality, symbolized in the Doomsday Clock set at minutes to midnight which has appeared since 1947 on the cover of every issue of the *Bulletin of the Atomic Scientists*. Suddenly, time took on a precious value as many novelists counted down their future holocaust minute by minute. As ballistic missiles replaced jet bombers, warning time reduced dramatically, so that Janet and Chris Morris's 1984 novel *The 40-Minute War* (triggered, unusually, by Islamic Jihadists) packs its main action into a time-span covering less than an hour. In some utopian novels, such as Suzy McKee Charnas's *Walk to the End of the World* (1974), nuclear war exists in the back-story as a convenience to explain the dissolution of conventional society.

In the vast majority of nuclear war novels, the antagonist is the Soviet Union and the war is described in reactive terms from the perspective of Americans on the ground, where survival of the nation as well as individuals becomes the paramount problem. Indeed, in a number of novels, like Cyril M. Kornbluth's *Not This August* (1955, UK title *Christmas Eve*) or Oliver Lange's *Vandenberg* (1971), the USA is described under Soviet occupation. Philip Wylie's *Tomorrow!* (1954) unusually describes the actual bombing of two Mid-Western cities, whose inhabitants have been debating the value of civil defence measures. Wylie uses shock tactics in his graphic images of casualties – a baby cut open by flying glass, a man walking on his shin bones after his feet have been sheared off – to try to startle his readers into an awareness of the need for defensive measures, although by 1963, when his second nuclear war novel (*Triumph*) was published, his confidence in civil defence seems to have collapsed. In this novel, there is no relief from a totally destructive holocaust.

Also from the early phase of nuclear fears, Judith Merril's *The Shadow on the Hearth* (1950) shows the dynamic efforts of a New York housewife to cope with a nuclear strike through appropriate practical measures. The nuclear war novel which has stayed consistently in print since its first publication is Pat Frank's *Alas, Babylon* (1959), whose action belongs within a similar self-help tradition to that of Merril. Here, nuclear war is viewed from the distant perspective of a small town in central Florida, and the action concerns attempts to maintain civic order in spite of the rise in looting and other crimes. Frank's sanitized version of nuclear attack contains many weaknesses which become more and more evident as the novel reaches its conclusion, in particular the dependence of any town for its foodstuffs, medicine, and power supply on urban centres which have been destroyed. The novel thus staves off an inevitable collapse which will happen beyond the final page.

Frank's quasi-realist method resembles the understated narrative of Nevil Shute's *On the Beach* (1957), which together with its 1959 film adaptation became the most controversial account in that period of nuclear war. Shute had originally planned a story of survival, but as he learned more about the movement of fallout, he changed the plot and produced an account in which no-one survived. The novel describes the remorseless drift of fallout into the southern hemisphere following World War III, in particular its arrival in Australia. The action divides between the Melbourne area, where characters struggle to accept their fate, ultimately taking suicide pills; and the voyage of a nuclear submarine to the USA and other areas to look for survivors. To Shute's surprise, the novel became a bestseller. Stanley Kramer's adaptation broke with the emerging pattern in the 1950s of showing nuclear danger sensationally through the monstrous. *The Beast from 20,000 Fathoms* (1953) depicts a creature thawed out from the Arctic ice

15. Still from Gordon Douglas's *Them!* (1954)

by a nuclear blast, while *Them!* (1954) shows ants hugely magnified by the radiation from a nearby test site.

In contrast, Kramer simply shows the gradual cessation of ordinary daily activity by his characters and studiously avoided any sign of hope that might soften the film's impact. Because this ran directly counter to the Eisenhower government's civil defence policy, the film was attacked for its defeatism. Despite the questionable nature of its scientific premises, the film remains one of the most thoughtful and austere treatments of the nuclear aftermath.

Nuclear war fiction has had to deal with a recurring problem of expression: how to describe the indescribable. Very few novels depict an actual nuclear strike. The norm has tended to be descriptions of its after-effects, some time in the distant future. All writers agree that such a war would create a massive rupture in society; some depict the result as a reversion to a pre-industrial, ruined world. In Aldous Huxley's *Ape and Essence* (1948), Kim Stanley Robinson's *The Wild Shore* (1984), and similar works, characters scavenge for valuable traces of the world that has been destroyed. In other narratives, like Alfred Coppel's *Dark December* (1960) or Whitley Strieber and James Kunetka's *Warday* (1984), the latter presented as journalistic reportage, the landscape itself has become shattered, divided into polluted and habitable segments, which need to be rediscovered by the protagonists. The general emphasis for self-evident reasons in this fiction on survival has been powerfully contrasted in James Morrow's *This Is the Way the World Ends* (1985), in which the protagonist is tried by those killed in a nuclear war for signing away their fates to the 'MAD Hatter', an absurdist conflation of Lewis Carroll's character and the strategic principle of Mutual Assured Destruction. Morrow planned this work as an anticipatory tribute to the victims of war.

Two acknowledged classics of nuclear war fiction deserve special mention. Walter M. Miller, Jr's *A Canticle for Leibowitz* (1959) uses a tripartite structure to present nuclear war as the culmination of a Western obsession with rational scientific enquiry. The novel displaces the history of the Judaeo-Christian tradition on to the American landscape and re-runs history up the 1950s. This entire sequence takes place after an earlier nuclear war – the Flame Deluge – which has obliterated literacy and produced countless deformed humans. Miller recapitulates the cultural history of the West, the (re)discovery of print, the resurgence of science, and the formation of the modern nation state. The culmination of the novel comes with the ultimate repetition, that of nuclear war which breaks out afresh between the superpowers. Miller depicts Western history as a scripted cycle which is doomed to repetition. Russell Hoban also uses his text as a palimpsest in *Riddley Walker* (1980), a post-nuclear Canterbury tale, where the eponymous narrator circles his way round to Canterbury instead of taking a linear route. Hoban evokes a neo-Iron Age culture where Riddley enacts his name, confronting riddles as he walks around the landscape. His language, that of the text itself, is a kind of mutated English containing double meanings like the conflation of the Adam story with the splitting of the atom in the following passage:

> Eusa wuz angre he wuz in rayj & he kep pulin on the Littl Man the Addoms owt strecht arms. The Little Man the Addom he begun tu cum a part he cryd [. . .] Owt uv they 2 peaces uv the Littl Shynin Man the Addom thayr cum shyningnes in wayvs in spredin circels.

The punning here presents the opening of the atom as an act of physical violence whose consequences radiate outwards in a ripple effect reminiscent of bird's-eye diagrams of blast radii.

Alternate histories

If the timescale of science fiction can extend backwards as well as forwards, it is no surprise that a genre should have started emerging at the end of the 19th century when writers speculated on alternative courses known history might have taken. An early collection of alternate histories was J. C. Squire's *If It Had Happened Otherwise* (1931), in which writers like Hilaire Belloc and G. K. Chesterton speculate about key events having different outcomes and consequences. The genre came into its own after the

Second World War, and that war, together with the persistence of the Byzantine or Roman empires and the American Civil War, have persisted as the most frequent subjects of this fiction. All these narratives exploit a point of divergence, a fork in the path of history which goes in a different direction; and this point usually occurs during a war or a finite event like a battle or the birth of an heir; in other words, at points when the alternate modelling of a narrative need not be too complex.

The purpose of alternate histories is frequently to open up speculations about the contemporary world, since they perform a retrospective time loop gradually converging on the reader's present. Eugene Byrne and Kim Robinson examine the demonizing of the political Left in their story collection *Back in the USSA* (1997), which shows the consequences of a Communist revolution in America. Philip Roth's *The Plot against America* (2004) has Lindbergh usurp Roosevelt for the US presidency to show the prevalence of anti-Semitism in that country. And Harry Turtledove (frequently described as the 'master of alternate history') and Bryce Zabel question the post-assassination idealization of Kennedy in their online novel called *Winter of Our Discontent* begun in 2007, which shows the president surviving the attempt on his life and subsequently undergoing a trial for corruption.

Two American novels remain acknowledged classics of alternate history. Ward Moore's *Bring the Jubilee* (1953) describes a USA as it might have developed after a Southern victory in the Civil War. The new present is one of economic depression, continuing racism despite the abolition of slavery, and a very limited development of technology. The narrator, Hodge, disorients the reader from the first page by declaring that he is writing his story in 1877 despite the presence of later events. The narrative works on one level as an unusual form of *Bildungsroman*, describing Hodge's experiences in the book trade and his career as an historian. The central subject is thus history itself and Hodge's desire to construct the 'whole picture', but Moore presents such a disorderly society as to preclude rational description and includes allusions to so many historical writers (Brooks Adams, Randolph Bourne, etc.) that the reader's expectations of a single historical narrative are increasingly thrown into doubt. Hodge joins a group including a scientist who has devised a time-travel machine, and Hodge is given the ultimate historian's dream of revisiting the past to verify his knowledge. In the Battle of Gettysburg, however, Hodge inadvertently causes the death of a Confederate officer, thereby altering the course of the battle and of history itself, and is unable to return to his present. The effect is a narrative counterpart of a scientific experiment where the observer interferes with the data, negating the results.

Influenced by *Bring the Jubilee*, Philip K. Dick's *The Man in the High Castle* (1962) describes the USA divided between the victorious Axis powers. The novel explores the ways in which American history has become commodified through mass-produced 'souvenirs', and complicates its account with a 'counter-factual' narrative, *The Grasshopper Lies Heavy*, which combines fact (the Axis powers lose the war) with fiction (there was no Pearl Harbor). Through this novel-within-a-novel, Dick completely destabilizes our sense of historical fact and suggests a re-run of European history in that the Nazis plan to manufacture an incident in the Rocky Mountains to justify them invading the Western states and seizing control from the Japanese. Both Moore's and Dick's novels gain much of their force from their sceptical attention to history as a narrative construct.

An off-shoot of alternate histories developed in the 1980s became known as 'steampunk', to describe its projection of a cyberpunk ethos back in time to the Victorian period. William Gibson and Bruce Sterling's *The Difference Engine* (1990), for example, describes the impact of Charles Babbage's early computer on society. Their point of divergence is this actual invention and the resultant changes in information technology in a novel which includes pastiche descriptions of 19th-century England and historical figures jostling fictional characters. In a more light-hearted vein, Paul Di Filippo confronts Victorian solemnity in his *Steampunk Trilogy* (1995), which sees Queen Victoria replaced by a clone with an aggressive sexual appetite and Emily Dickinson and Walt Whitman not only meet but throw decorum (and their clothes) to the winds in passionate sexual encounters.

Disasters

Disaster, apocalypse, and the end of the world have been staple themes in science fiction, all with their roots in antiquity. Similarly, the end of the race was well established by the 19th century as a literary subject, most famously in Jean-Baptiste Cousin de Grainville's *Le Dernier Homme* (*The Last Man*, 1805) and Mary Shelley's *The Last Man* (1826); in the latter, a plague is the agency of extinction. Even works like these, however, balance their speculation of endings with simultaneous hints that life will somehow go on. Endings are never final. Amid the welter of holocausts, nuclear and otherwise, which were published after 1945, there is usually an indication of a surviving remnant or a decisive re-assertion of normal order once the disaster has passed.

Two opposing views of disaster scenarios have been expressed by Susan Sontag and J. G. Ballard. For Sontag, surveying SF films from 1950 to 1965, disasters tended to be presented in predictable patterns and were powerful but inadequate images of current anxieties. Ballard, in contrast, has declared that the catastrophe story 'represents a constructive and positive act by the imagination, [. . .] an attempt to confront the terrifying void of a patently meaningless universe by challenging it at its own game'.

Disasters can be triggered ecologically or by an external force like a planetary collision, but in neither case can the human victims do much to protect themselves from these chance dangers.

In M. P. Shiel's *The Purple Cloud* (1901), an explorer returns from the Arctic to find all human life wiped out by a poisonous cloud. One of the grim appeals of disaster fiction is the spectacle of cities emptied of their normal life, and indeed one of the most vivid scenes in this novel shows the narrator wading through hundreds of corpses at the entrance to Paddington Station in London. The action really consists of an extended tour around the world where his initial impression of widespread death is confirmed again and again. The only event to offset his solitude is his discovery in Istanbul of a girl who somehow has managed to survive, and in this way Shiel can hint at a new beginning with this latter-day Adam and Eve.

Ward Moore's *Greener than You Think* (1947) ingeniously transforms grass into a threat through its sheer size and proliferation. A form of devil grass spreads gradually over the USA from Los Angeles and then outwards into the rest of the world. Moore concludes his novel with brief diary entries suggesting a countdown to an imminent end-point when the grass will have smothered everything. In contrast, George R. Stewarts's *Earth Abides* (1949) describes the consequences of a sudden pandemic which sweeps round the world. The ecologist narrator Isherwood, or Ish (echoing Ishi, the sole survivor of the Yahi tribe), journeys east from California to New York recording the gradual breakdown of civilization, but then the second half of the novel concerns the formation of a community of survivors. Although disasters are always described as actual events, their origin or meaning can be directly political. Charles Eric Maine's *The Tide Went Out* (1958), for example, traces the efforts of a journalist to uncover the shocking truth that nuclear tests have damaged the Earth's axis so badly that the world's temperature is rising rapidly. In John Christopher's *The World in Winter* (1962), however, a natural decline in solar radiation is ushering in a new Ice Age, which has the ironic effect of reversing the dependency of colonies on their colonial rulers.

The other main source of disaster is of a comet approaching Earth from outer space. One early example can be found in the French astronomer Camille Flammarion's *Omega: The Last Days of the World* (1894). The novel opens with a brief lesson in astronomy to set up its subject of inter-planetary collision, confirms the threat from a new comet with a warning message from Martian astronomers, and then evokes the spectacle of a dying Earth: 'the entire horizon was now illuminated by a ring of bluish flames surrounding the earth like the flames of a funeral pile'. In fact, disaster strikes, but this is not the end of the story. Flammarion expands his perspective to a transcendental point from which he can survey the whole of history and arrive at a moral that time has no beginning or end. Later versions of this subject stress survival. Edwin Balmer and Philip Wylie's *When Worlds Collide* (1933) offsets disaster with a spaceship (a latter-day ark) which transports a saving remnant to a hospitable planet, and in Larry Niven and Jerry Pournelle's 1977 novel *Lucifer's Hammer*, the approach of a comet brings widespread destruction to the USA, leaving survival finally problematic.

In *Lucifer's Hammer*, the action takes place mostly in Los Angeles, which must be the most frequently destroyed city in literary history. At different times, it has been H-bombed, burnt to the ground, flooded, subjected to electronic melt-down, or has simply slid into the ocean after a massive earthquake. It is no coincidence that these fates should happen to the movie capital of the USA, since disaster films have remained popular since their real emergence in the 1970s. *Earthquake* (1974) continued the local use of Los Angeles as the site of disaster. *Deep Impact* and *Armageddon* (both 1998) adapt the paradigm of the comet from outer space, both leading up to last-minute reprieves for the Earth. Inevitably, disaster films try to out-do each other in spectacular images of destruction, always showing the ultimate triumph of technology in saving a city or the world.

Although they appear to describe catastrophes, Ballard's first novels were designed as a trilogy revolving around time. *The Drowned World* (1962) describes the transformation of the London area after solar radiation melts the polar ice caps in the year 2145. In effect, tropical flora and fauna are bizarrely superimposed on London, which has not disappeared, only been submerged. The protagonist Kerans exists in a fluid present where his few memories of the old world are receding. The second volume of the trilogy, *The Burning World* (1964) / *The Drought* (1965), describes a desiccated landscape of the future, where sand is Ballard's central image with all its traditional associations with time. The concluding volume, *The Crystal World* (1966), uses crystallization to give surreal transformations of the present. Once again, Nature is usurped and the organic structures of the Cameroon jungle are given a brittle, jewel-like texture. Strictly speaking, this trilogy consists of post-disaster narratives presenting surreal versions of our known world. Ballard has many times acknowledged his debt to the Surrealists, particularly to their games with substance whereby solid objects melt and flow.

In Ballard's early fiction, the different dimensions to time, as duration, history, and so on, shift constantly, just as science fiction in general has repeatedly presented time as a spatial expanse which can be explored backwards into the past, into the future, or laterally into alternate histories. Many science fiction writers would agree with Samuel Delany's denial that they are dealing with the future, but that history in this fiction is actually giving 'distortions of the present'. In fact, time is a much more complex factor in SF and in our general culture. The Dutch writer Fred Polak's monumental study *The Image of the Future* (translation 1961) argues that the weakening of utopian hopes and eschatological faith has locked the modern age into an extended present, but the sheer vitality of the fiction discussed in this chapter suggests that the time-consciousness of SF continues to be a dynamic field of speculation.

Chapter 6
The field of science fiction

In this final chapter, I shall not be offering a definition of science fiction, but will be arguing that its repeated attempts to redefine or redescribe itself are integral to SF as it progressively tries to situate itself in the literary market place. In the introductory address to his 1894 novel *Journey to Mars*, Gustavus W. Pope addresses the problem of how to classify his narrative and attributes this difficulty to the rapid change of his age. One potential label for his novel could be 'scientific romance', a phrase which had earlier been used to describe Jules Verne's novels, but Pope notes that this had been attacked for the impracticability of subjects concerning inter-planetary travel, which to their critics were on the same level as the magical or mythic. Although Pope rejected this charge out of hand, it is a sign of science fiction taking on an identity of its own that he should introduce his first novel with a discussion of nomenclature. 'Romance' in 19th-century critical vocabulary was a catch-all term signifying a non-realist narrative. We thus have a tension in 'scientific romance' between the empirical and the extraordinary. In his 1933 preface to a collection of his science fiction, Wells returns to this question by drawing a firm contrast between his own works and those of Verne. The latter's extended detail has nothing to do with what Wells describes as his own 'fantasies', in which a single innovation is embedded in the 'commonplace world' for its consequences to be pursued. Wells's championing of the phrase 'scientific romances' is achieved by an extensive account of his own compositional practice, which he presents – again anticipating later discussion of SF – as aiming to set up new perspectives on human experience.

Media and intertexts

The urge to impose a single classification on SF ignores the generic hybridity of many novels: incorporation of the Gothic in *The Island of Dr Moreau*, of Shakespeare's *The Tempest* in *Forbidden Planet*, and so on. The rise of film coincides with the emergence of science fiction. The relation between SF fiction and film has included an ongoing fascination with spectacle and extraordinary special effects like those pioneered in Georges Melies's *A Trip to the Moon* (1902) and *The Impossible Voyage* (1904). H. G. Wells's own 'film story' *Things to Come* (1935) is one of the first screenplays published in book form and direct evidence of his participation in making a 'spectacular film' from one of his own works. In the period following the 1970s, Hollywood strengthened its dominance of SF cinema through its use of increasingly sophisticated special effects.

All texts are intertexts in that they generate their meaning with reference to other texts, but the intertextual dimension to SF is particularly strong, as a literary mode often finding expression in different media, especially the cinema. SF works are often not single but situated within a series. Take the following string of works from Wells's *The War of the Worlds* (1898). Within months of its appearance, a pirated version called 'Fighters from Mars: The War of the Worlds in and near Boston' had appeared in the *Boston Evening Post* (1898), transposing the setting and thereby facilitating subsequent adaptations. Also within the same year, Garrett P. Serviss redressed the Earth's defeat with his riposte *Edison's Invasion of Mars*. Here, the nations of the world under the leadership of the USA take the battle back to Mars and defeat the Martians (described as huge humanoids) at source. As the title suggests, Serviss's novel was a celebration of American military know-how, whereas the famous 1938 radio broadcast by Orson Welles and the Mercury Theatre represented an experiment in documentary techniques of reportage so convincing that the broadcast was widely taken as factual. In the post-war period, further variations on the story were woven by George Pal's 1953 movie, which yet again shifted the location to California and which showed the Martians to possess flying machines impervious even to atomic bombs. George H. Smith's *The Second War of the Worlds* (1976) addressed a similar threat, presenting a re-run of the action on a parallel Earth after the Martians have inoculated themselves against the viruses of the Earth. Despite this, they are still destroyed as they are trying to construct an atomic bomb. Finally, Stephen Spielberg's 2005 film takes the action back to the eastern seaboard of the USA, deploys more spectacular special effects, opens with the Martians already embedded in the ground, but re-cycles Wells's original ending of the Martians succumbing to infection. All of these works build significant variations on Wells's ground-text, adjusting it to different national urgencies or the possibilities of different media.

In the period since the 1970s, blockbuster films have produced different, more commercially motivated groupings of works. To take another famous example, the title of Ridley Scott's *Blade Runner* (1982) was taken from a William Burroughs screenplay-novel, which in turn had borrowed from Alan E. Nourse's *The Bladerunner* (1974), about smuggling illicit medical supplies. The action was adapted from Philip K. Dick's *Do Androids Dream of Electric Sheep?* (1968), which was then re-titled as a movie tie-in. The imagery of the film drew on *Metropolis* and film noir. The resulting film existed in different versions, notably international and US cuts. After the film's release, a number of film documentaries and book studies were published about the making of the film, which then found its expression in video games and continuations in three sequel novels by J. W. Jeter. By this point, it should be obvious that the main film represents an intersection point for multiple works before and after its release so diverse that the notion of a single, discrete work becomes an anachronism, replaced by a franchise or flexible commercial property.

Magazines and the science fiction community

The science fiction magazine has played a unique role in the development of this fiction, functioning partly as a medium for publication and partly as a forum for ongoing debate about the nature of this fiction. SF pieces were being published in a range of popular magazines by the 1890s, but the first SF-dedicated periodical was *Amazing Stories*, founded in 1926 by Hugo Gernsback. The opening issue identified a tradition by publishing tales by Poe, Verne, and Wells, who Gernsback situated within what he was now calling 'scientifiction', tales in which 'a charming romance intermingled with scientific fact and prophetic vision'. Gernsback saw himself as an educator, promoting science through this magazine as well as his other publications which included *Modern Electrics*. Accordingly, in this same editorial he insisted that the tales 'are always instructive'. Gernsback set the keynote for subsequent SF magazines by stressing the novelty of the fiction he was promoting and also by opening his pages to a running debate over the relation between science and adventure or literary interest in that fiction. During the 1930s and 1940s, the number of such magazines increased in the USA and Britain, and Gernsback's mantle as a shaper of science fiction passed on most famously to John W. Campbell, Jr.

Campbell took over the editorship of *Astounding Science Fiction* (later called *Analog Science Fiction and Fact*) in 1937 and rapidly transformed the journal into a medium for publishing rising young stars like Isaac Asimov and Robert Heinlein. Campbell's background was in technology, and in a 1946 editorial he declared that 'Science Fiction is written by technically minded people, about technically minded people, for the satisfaction of technically minded people', which sounds as if he shared Gernsback's preference for subjects. In reality, Campbell was far more varied and flexible about the fiction he accepted, and according to his authors his policy was far more important for its insistence on careful plotting, coherence of expression, and many other points which suggest that he was trying to inject a new professionalism into the writing of science fiction which was to pay off over the subsequent decades.

The magazines mentioned so far are American, but in the 1960s the situation changed with the appearance of a new publication. In 1964, Michael Moorcock took over the British journal *New Worlds* and transformed it into an important medium for experimentation in science fiction. In his first issue, he promised 'a new literature for the space age' and called for a revolution against the rather bland conventions of the 1950s. His policy involved cross-media attention, where graphics assumed a new importance, and his general assault on what he saw as a 'conspiracy of self-deceit' led him to champion controversial figures like William Burroughs and to participate in a broader series of challenges during the 1960s to taboos on expression and subject. Under Moorcock, *New Worlds* not only published a new generation of rising British writers like Brian Aldiss and J. G. Ballard, but also offset the American hegemony of SF magazines by attracting contributions from Thomas M. Disch, Thomas Pynchon, and others.

Apart from recognizing the role of science fiction magazines in the development of SF, we should also note the different ways in which the science fiction community consolidates its activities. In addition to literary magazines, fanzines (i.e. fan magazines, later known as 'zines') have played their part as amateur newsletters since the 1930s, often circulating news within a local SF society. In 1934, Gernsback founded the Science Fiction League, whose activities were taken over by the Los Angeles Science Fantasy Society in 1940. This was one of the earliest SF societies and numbered among its first members Ray Bradbury. A number of annual awards are presented by different SF associations, notably the Hugo (started 1955 and named after Gernsback), Nebula (since 1965 from the Science Fiction and Fantasy Writers of America), and the Arthur C. Clarke awards (since 1987 given mainly by the British Science Fiction Association and the Science Fiction Foundation).

Genre fluidity and generic reinvention

Science fiction is repeatedly linked with two proximate modes – the Gothic and fantasy. In his history of SF, Brian Aldiss takes *Frankenstein* as an ur-text, from which the two modes evolved in tandem. Fantasy, on the other hand, has been sharply distinguished from SF by some Marxist critics for consisting of narratives outside history, although critical writing on fantasy has often documented cases where SF shades into fantasy and vice versa within the same text. The British writer China Mieville has questioned this separation of modes within his own fiction and in his criticism, especially the notion that fantasy is anti-rational and dealing in impossibilities. He has argued that much so-called science in SF is 'point-and-wave' in that it presents only a semblance of scientific explanation, while fantasy can be responsive to analysis, declaring that 'the construction of a paranoid, impossible totality is at least potentially a subversive, radical act, in that it celebrates the most unique and human aspect of our consciousness'.

The promotion of SF at the expense of fantasy reflects a secularist ideology which has by no means been consistently central to science fiction. Turn-of-the-century narratives about Mars, for instance, repeatedly linked that planet with spiritualism. In 1903, the American naturalist Louis Pope Gratacap published *The Certainty of a Future Life in Mars*, which articulated a belief in a 'stream of transference', whereby life moves from one plane (and planet) to another. Here, Mars becomes a kind of utopian stopping-off point for the souls of the departed. More famously, C. S. Lewis's *Space Trilogy* appears to have shifted its emphasis towards Christian mythology during composition. The first volume, *Out of the Silent Planet* (1938), describes itself as a 'space-and-time story' explicitly acknowledging its debt to Wells; whereas the third volume, *That Hideous Strength* (1945), announces itself to the reader as a 'fairy-tale' inspired by Olaf Stapledon. Lewis is clearly not using this label in any negative sense, although the whole subject of religion in science fiction has tended to be neglected by critics at the expense of more materialist themes.

Nevertheless, religion has remained an important focus throughout the development of science fiction. Walter M. Miller, Jr's *A Canticle for Leibowitz* (1960) uses Christianity to mount an attack on the whole Western tradition of scientific reason which culminates in the production of nuclear weapons. And throughout his career Philip K. Dick describes attempts by his protagonists to transcend the material limitations of their situations and to find an ultimate truth. Frank Herbert's *Dune* (1965) is built around a symbolic linkage between the desert and Middle Eastern mysticism, though he makes little attempt to incorporate into its narrative the set of spiritual beliefs from which its appropriated Arabic terms spring. The astronomer Carl Sagan explored the difficulties of proving the existence of the deity in his 1985 novel *Contact*, and more recently Mary Doria Russell addressed the religious dimension to another alien encounter in *The Sparrow* (1996) and its sequel *Children of God* (1998). The presence of religion in science fiction is hardly surprising given its tendency to question limits and boundaries, and what could be more challenging than the limitation of mortality itself?

Apart from a recurring tension between spiritual and material themes, science fiction has become an increasingly hybrid entity. The 1960s saw the beginning of experimentation by science fiction authors with non-genre materials. The application by John Brunner of Dos Passos, by Thomas M. Disch of Dostoevsky and Mann, and later by John Sladek of 18th-century picaresque are only a few indicators of a general opening out of science fiction beyond its traditional generic boundaries.

Similarly, an important sign of the shift in the status of science fiction has been the increasing willingness of so-called mainstream authors to adopt its themes and practices. Billy Pilgrim, the protagonist of Kurt Vonnegut's *Slaughterhouse-Five* (1969), has come 'unstuck in time' as well as place, one sign of which is his transportation to the planet of Tralfamadore. Vonnegut draws on the SF tradition of extraterrestrials to suggest a mode of perception whereby everything exists simultaneously located on another planet because it cannot be found on Earth. By so doing, Vonnegut deprives any single narrative mode of an intrinsic authority, thereby anticipating Margaret Atwood's *The Blind Assassin* (2000), whose title actually identifies an SF story embedded within other realist narratives. Thomas Pynchon's *Against the Day* (2006) similarly contains a hollow Earth narrative of the kind popular at the turn of the century. What is happening here is more than a gesture to SF within individual works or an isolated excursion into SF such as John Updike's post-nuclear novel *Toward the End of Time* (1997), but a realignment of novelistic genres so that it is no longer assumed that science fiction is marginal. Doris Lessing made this point explicit in her preface to *Shikasta*, the first novel in her *Canopus in Argos* series (1979–83), when she declared that science fiction 'makes up the most original branch of literature now'. This process of mutual influence can be seen as a feedback loop between SF and non-genre fiction within a broader postmodern climate of breaking boundaries and protocols of expression. Pynchon's *Gravity's Rainbow* had a clear impact on cyberpunk writers; Kathy Acker then appropriated passages from *Neuromancer* for her own *Empire of the Senseless* (1988).

This cycle of borrowing suggests a constant willingness on SF writers' part to refresh their writings from diverse sources. Even L. Ron Hubbard, founder of Scientology and not a writer remembered for his experimentation, declared in his 1980 preface to *Battlefield Earth* that 'this is an age of mixed genres'. One sign of this desire for revision and refreshment can be found in the manifestos and packaging of recent science fiction. In 1983, the American mathematician and novelist Rudy Rucker published his 'Transrealist Manifesto' which made a plea for SF and fantasy reinvigorating realism. True to the political tradition of manifestos, it called for a revolution in representation which would break down consensus reality. Later in the same decade, when putting together *Semiotext(e) SF* (1989), Rucker and the other editors drew on the 'zines' then becoming popular in order to assemble instances of how the decorum of contemporary SF was being attacked or disrupted. The anthology includes graphics as well as poetry, diary narratives, a facetious style guide, a ribald version of *Frankenstein*, and many other pieces which demonstrate a collective wish to stand outside the mainstream of commercial science fiction. The editors present their contents as a harbinger of 'chaos SF', which is post-political and anarchistic.

Bruce Sterling's 1986 cyberpunk anthology *Mirrorshades* constituted a triumph of self-branding through a label which neatly combined information technology with popular culture and an anti-establishment dissidence. Even after the writers in that grouping had moved on, cyberpunk remained an important reference point for subsequent genres. Lawrence Person's 'Postcyberpunk Manifesto' of 1999 identified a shift, probably reflecting the age of the arbiters concerned, whereby protagonists were no longer solitary outsiders and where the societies described were no longer dystopias. A whole series of subgenres went spinning off from cyberpunk, including biopunk, consisting of narratives describing the totalitarian workings of business combines and engaging with the theme of genetic alteration not enhancement; splatterpunk, a 1980s coinage for a combination of graphic horror and cyberpunk; and steampunk, deliberately anachronistic projections of cyberpunk back into the previous century. The creation of these subgenres is a healthy sign of the collective self-examination and self-revision of SF by its practitioners. In 2002, Geoff Ryman published his 'Mundane Manifesto' which made out a case for moving away from space themes and the inherited improbabilities of inter-planetary travel in favour of a form of SF embedded in the subjects of Earth; in other words, a new form of social science fiction, which emerged originally in the 1950s.

Amid all this debate over the nature of science fiction, the African American voice has only become known collectively in recent years, despite the prominence in SF of figures such as Octavia Butler and Samuel Delany. In 1998, the Samuel Brandon Society was formed, named after a fictitious black fan writer, in order to promote ethnic science fiction. One of its founders was the Caribbean-born novelist Nalo Hopkinson, who has experimented with writing in Creole and incorporating Afro-Caribbean folkways into SF. Also in the 1990s, a looser movement came to be known as Afrofuturism, drawing some inspiration from cyberpunk SF. Despite its name, the polemicists of Afrofuturism deny that it is concerned with the future, but rather with reconciling black identities and the current technology of cyberspace. Because social estrangement is central to African American writing, and because those narratives tend to articulate a utopian desire for freedom, it is scarcely an exaggeration to argue that all African American writing is science fiction. A major promotional move has been made by Sheree R. Thomas's *Dark Matter* anthologies (2000 and 2004), which redress the perceived absence of African American writers from science fiction by collecting works stretching back to the 19th century and in the process demonstrating the actual existence of a neglected tradition. In his essay 'Black to the Future', collected in the first volume, Walter Mosley returns to a much-cited strength of science fiction as a 'literary genre made to rail against the status quo'. In making this claim, he is in effect joining the long line of SF writers who see that fiction as a unique medium of social analysis and challenge. These anthologies are performing a function in the USA similar to the broader purpose of Nalo Hopkinson and Uppinder Mehan's 2004 collection *So Long Been*

Dreaming, in which writers from former colonies confront their cultural inheritance through their attempts in science fiction to 'subvert received language and plots', as Mehan puts it in her afterword.

Science fiction criticism

We have seen how science fiction criticism originated within the mode itself because authors constantly debated the nature of their own fiction, and indeed SF writers have remained among the best critics in the field because every aspect is contested. Although there are isolated earlier instances, it was the 1950s that saw the emergence in the USA of science fiction criticism directed at a wider public readership. Contributing to a 1957 symposium on the social scope of science fiction, Cyril Kornbluth, a member of the left-wing Futurians group based in New York, attacked SF for failing to live up to its potential for 'effective' social criticism, arguing that it was compromised by Freudian symbolism. For him, 'effective' appears to mean directly altering social behaviour – a fantasy of literature's impact with a vengeance! But what is striking in his criticism is his assumption that science fiction should perform the function of social criticism. In fact, Kornbluth was being too harsh on the science fiction of the 1950s, which managed to escape the oppression of McCarthyism by presenting a mask of fantasy to the authorities. James Blish's satire on the period in *They Shall Have Stars* (1956), first in the *Cities in Flight* sequence, presents the USA as virtually a dictatorship. Publishing any novel in the 1950s which contained satirical portraits of J. Edgar Hoover as well as McCarthy was courageous, and Blish went on to publish important criticism under the name William Atheling, Jr.

The 1970s saw the emergence of academic science fiction criticism and increasing attacks on the parochialism of SF by writers like Stanisław Lem and Thomas M. Disch. Darko Suvin, co-founder of the journal *Science Fiction Studies*, presented the ground-breaking argument in 1979 that science fiction was the 'literature of cognitive estrangement'. His was a pioneering attempt to identify the distinctive practices of SF. The concept of estrangement is widely applied in literary criticism, but Suvin gives it a particular inflexion by insisting that science fiction texts are dominated by what he calls a 'novum' (a potentially awkward noun in implying reification or hypostatization of a concept), a term that can include a range of innovations from an invention to setting or a relation unfamiliar to the reader's worldview. Apart from his general insistence on the need for rigorous critical thinking about science fiction, Suvin's argument stressed the importance of perspective and the interplay between the reader's sense of the world and the different realities presented in SF works.

One last point should be noted about Suvin's critical writings. Without blurring the two areas together, he argues that science fiction and utopias are closely interrelated throughout their development and that the latter vary according to the historical urgencies of their periods. A similar linkage occurs in the writings of Fredric Jameson, another Marxist critic who has consistently linked science fiction to the larger socioeconomic processes at work. Jameson explains the contemporary age of postmodernism as one characterized by an aesthetic of depthlessness and of surface images or simulacra. His perception of the immersive nature of culture means that the critical reader has to become an 'archaeologist' in digging behind narratives to find further embedded narratives, hence the title of his major work on science fiction, *Archaeologies of the Future* (2005). Jameson constantly reminds us that expectations form part of every historical moment, and science fiction has a special role in articulating these hopes and fears, for instance in extrapolating a single perceived tendency into a dystopian future. China Mieville has drawn on the Marxist tradition of Suvin and others to re-socialize the concept of SF with its own protocols of expression and reception, and Carl Freedman has extended Suvin's analysis with his 'cognition effect'. If SF and fantasy are both attempting persuasion of the reader, the modes for him cannot be separated from each other or from history.

The Marxist line of SF criticism and its adaptations has proved to be the most productive, especially in its applications of the notion of estrangement. Feminist, poststructuralist, and queer criticism of science fiction has collectively unpicked the ways in which gender, identity, and sexuality have been expressed in ways which imply that certain structures are 'natural', especially in SF written prior to the 1960s. In that respect, the new modes of criticism are enacting the legacy of the surge of utopian, feminist, and anti-authoritarian movements of that decade. One of the most articulate critics of representing sexuality in SF is the African American novelist Samuel Delany, who approaches science fiction through its codes or cues to the reader. His own emphasis on the semiotics of SF texts represents a form of reader-response criticism closely tied to the details of verbal expression. Delany has described his continuing fascination with jewels as analogous to critical reading, in that they are beautiful objects but also a means of refracting light. Just as the jewels break up the spectrum, so Delany attempts in his critical writings to deconstruct SF prose.

It has been emphasized throughout this *Introduction* how close SF cinema is to SF fiction, although it has been argued that the former is essentially a post-Hiroshima phenomenon. Here again, applied Marxism has proved useful in articulating the nature of science fiction film representation: its privileging of image over dialogue, its anti-Faustian tendency, its shifting presentation of the alien, and its linkage between deep space and wonderment, among other themes explored by Vivian Sobchack, the leading theorist in this area. Since the 1970s, SF cinema has re-articulated our immersion in a depthless electronic culture. Since alienation is increasingly taken to be a condition of being, the very notion of the alien almost attenuates out of existence; our bodies and consciousness itself become technologized; and our sense of history becomes weakened. The result for film and fiction, it has been argued, is a tendency to pastiche (like the composite image of the Martians as robot-crabs in *War of the Worlds 2*, (2008)) and a more emotive exploitation of bigger and better special effects. Debate still continues on the question whether the collapse of generic boundaries in contemporary SF implies the collapse of textual meaning as tropes lose their traditional significance. However experimental an individual work might be, it will generate meaning partly through its interacting with the accretional 'mega-text' built up by science fiction over the decades.

Further reading

Introduction

John Clute and Peter Nicholls's *New Encyclopedia of Science Fiction* (London: Orbit, 1993) and John Clute's *Science Fiction: The Illustrated Encyclopedia* (London: Near Fine, 1995) are essential reference works. Three valuable histories of science fiction are Brian W. Aldiss and David Wingrove's *Trillion Year Spree* (Kelly Brook: House of Stratus, 2001); Edward James's *Science Fiction in the Twentieth Century* (Oxford: Oxford University Press, 1994); and Brian Stableford's *The Sociology of Science Fiction* (San Bernardino: Borgo Press, 2007). Among numerous other useful reference works are M. Keith Booker and Anne-Marie Thomas (eds.), *The Science Fiction Handbook* (Malden, MA, and Oxford: Wiley-Blackwell, 2009); Mark Bould et al. (eds.), *The Routledge Companion to Science Fiction* (London and New York: Routledge, 2009); Edward James and Farah Mendelson (eds.), *The Cambridge Companion to Science Fiction* (Cambridge: Cambridge University Press, 2003); and David Seed (ed.), *A Companion to Science Fiction* (Oxford: Blackwell, 2005). Joanna Russ's comments on science fiction can be found in *The Country You Have Never Seen* (Liverpool: Liverpool University Press, 2007). Istvan Csicsery-Ronay, *The Seven Beauties of Science Fiction* (Middletown, CT: Wesleyan University Press, 2008) presents a series of far-reaching essays on SF. Phil Hardy's *Overlook Film Encyclopedia* (New York: Overlook Press, 1995) is a valuable reference work.

Chapter 1

John Rieder, *Colonialism and the Emergence of Science Fiction* (Middletown, CT: Wesleyan University Press, 2009) explores the relation between science fiction and empire. Arthur C. Clarke's essays and reviews on science fiction are collected in *Greetings, Carbon-Based Bipeds!* (London: Voyager, 1999). A valuable source on *2001* is James Agel's *The Making of Kubrick's 2001* (New York: New American Library, 1970). J. G. Ballard's comments on inner space are collected in his *A User's Guide to the Millennium* (London: Flamingo, 1997).

Chapter 2

Useful commentary on the SF films of the 1950s can be found in Peter Biskind, *Seeing Is Believing: How Hollywood Taught Us to Stop Worrying and Love the Fifties* (New York: Henry Holt, 1983). Jenny Wolmark, *Aliens and Others* (Hemel Hempstead: Harvester Wheatsheaf, 1993) explores the relation of the alien to gender, as does Patricia Meltzer, *Alien Constructions* (Austin, TX: University of Texas Press, 2006). Gwyneth Jones's explanation of her Aleutians can be found in her *Deconstructing the Starships* (Liverpool: Liverpool University Press, 1999). Walter E. Meyer, *Aliens and Linguistics* (Athens, GA: University of Georgia Press, 1980) discusses the languages of different aliens in SF.

Chapter 3

Lewis Mumford's *Technics and Civilization* (1934) has been reprinted by Chicago University Press (2010). Graeme Gilloch, *Myth and Metropolis* (London: Polity Press, 1997) gives valuable commentary on Walter Benjamin and the city. Roger Luckhurst, *Science Fiction* (Cambridge: Polity Press, 2005) focuses its history on technology. Gary Westfahl, *The Mechanics of Wonder* (Liverpool: Liverpool University Press, 1998) discusses in detail Hugo Gernsback's role in the evolution of SF. Marc Angenot's introduction to the semiotics of SF can be found in his essay 'The Absent Paradigm', *Science Fiction Studies*, 6(1) (March 1979), pp. 9–19. Isaac Asimov, *Asimov on Science Fiction* (New York: Doubleday, 1981) collects essays on technology in SF and related topics. David Hartwell and Kathryn

Cramer (eds.), *The Ascent of Wonder* (London: Orbit, 1994) collects examples of hard science fiction, as does their subsequent volume, *The Hard SF Renaissance* (Pleasantville, NY: Dragon Press, 2002). Vivian Sobchack, *Screening Space*, 2nd edn. (New Brunswick: Rutgers University Press, 2001) gives essential commentary on relevant science fiction films. Chris Hables Gray (ed.), *The Cyborg Handbook* (New York and London: Routledge, 1995) contains many important pieces on this subject. Donna Haraway's famous 'A Cyborg Manifesto: Science, Technology, and Socialist-Feminism in the Late Twentieth Century' originally appeared in *Simians, Cyborgs and Women: The Reinvention of Nature* (London and New York: Routledge, 1991), pp. 149–81; it has subsequently appeared in numerous collections. Scott Bukatman, *Terminal Identity* (Durham, NC: Duke University Press, 1993) explores the emergence of the virtual subject in postmodernism. J. P. Telotte, *Replications* (Urbana, IL: University of Illinois Press, 1995) surveys robotics in the SF cinema, and David Porush, *The Soft Machine* (New York and London: Methuen, 1985) discusses a range of texts dealing with cybernetics. Mark Dery, *Escape Velocity* (London: Hodder and Stoughton, 1996) discusses the cyberculture of the late 20th century.

Chapter 4

Darko Suvin, *Positions and Presuppositions in Science Fiction* (London: Macmillan, 1988) contains his definition of utopias. His approach is followed in Tom Moylan, *Scraps of the Untainted Sky* (Boulder, CO: Westview Press, 2000). Krishan Kumar, *Utopia and Anti-Utopia in Modern Times* (Oxford: Blackwell, 1987) relates key modern utopias and dystopias to their political context. Philip E. Wegner, *Imaginary Communities* (Berkeley, CA: University of California Press, 2002) covers a much broader time span and also relates utopian writings to history. John Carey (ed.), *The Faber Book of Utopias* (London: Faber, 2000) gathers some classic examples of the genre. Pamela Sargent (ed.), *Women of Wonder: Science Fiction Stories by Women about Women* (New York: Random House, 1975), and *More Women of Wonder: Science Fiction Novelettes by Women about Women* (New York: Vintage, 1976) were pioneering anthologies in their field. Joanna Russ discusses the predicament of the female SF writer in *To Write Like a Woman*

(Bloomington, IN: Indiana University Press, 1995), and Ursula Le Guin's main comments on science fiction are collected in *The Language of the Night* (New York: Putnam, 1979). Eric Leif Davin, *Partners in Wonder* (Lanham, MD: Rowman and Littlefield, 2006) questions the received image of women's presence in science fiction 1926–65, arguing that it was far more extensive than widely supposed. Michel Foucault's 1967 paper 'Of Other Spaces' is available at <http://foucault.info/documents/heteroTopia/foucault.heteroTopia.en.html> (accessed 10 January 2011).

Chapter 5

H. G. Wells, *The Discovery of the Future* (London: Polytechnic of North London Press, 1989) reprints his famous essay. John Gosling, *Waging 'The War of the Worlds'* (Jefferson, NC: McFarland, 2009) discusses the radio adaptation of Wells's famous novel. Nicholas Ruddick, *The Fire in the Stone* (Middletown, CT: Wesleyan University Press, 2009) surveys the mainly Darwinian tradition of prehistoric fiction. I. F. Clarke, *Voices Prophesying War*, 2nd edn. (Oxford: Oxford University Press, 1992) gives an historical survey of future wars from 1763 to 3749. Related in subject, H. Bruce Franklin, *War Stars* (New York: Oxford University Press, 1988) examines the history of the super-weapon in American fiction. Paul Brians, *Nuclear Holocausts* (Kent, OH: Kent State University Press, 1987), with its 2008 edition at http://www.wsu.edu/~brians/nuclear/, are essential guides to fiction from 1895 onwards that deals with atomic war. Susan Sontag's essay 'The Imagination of Disaster' first appeared in *Against Interpretation* (New York: Farrar, Straus and Giroux, 1966) and has since been published in numerous collections. Samuel Delany, *Silent Interviews* and *The Jewel-Hinged Jaw*, revised edn. (Middletown, CT: Wesleyan University Press, 1994 and 2009) collect most of Delany's writings on SF. George E. Slusser and Colin Greenland (eds.), *Storm Warnings* (Carbondale, IL: Southern Illinois University Press, 1987) assembles essays on how SF confronts the future; and Fredric Jameson, *Archaeologies of the Future* (London and New York: Verso, 2005) presents a sophisticated Marxist interpretation of utopian and other SF. W. Warren Wagar, *Terminal Visions* (Bloomington, IN: Indiana University Press, 1982) is an important study of apocalyptic fiction.

Chapter 6

Mike Ashley, *The Time Machines*, *Transformations*, and *Gateways to Forever* (Liverpool: Liverpool University Press, 2000, 2005, and 2007) together make up the standard history of science fiction magazines. Michael Moorcock (ed.), *New Worlds: An Anthology* (London: Flamingo, 1983) gathers a cross-section of representative pieces from his journal. Mark Bould and China Mieville (eds.), *Red Planets* (London: Pluto Press, 2009) contains some of Mieville's statements on SF. Nalo Hopkinson and Uppinder Mehan (eds.), *So Long Been Dreaming* (Vancouver: Arsenal Pulp Press, 2004) is an important collection of postcolonial science fiction. Sheree R. Thomas and Martin Simmons's *Dark Matter* (New York: Time Warner, 2000) and Sheree R. Thomas's *Dark Matter: Reading the Bones* (New York: Time Warner, 2005) together constitute ground-breaking collections of African American science fiction. Studies of religion in SF include Frederick A. Kreuziger, *The Religion of Science Fiction* (Bowling Green, OH: Popular Press, 1982) and on its relation to philosophy, see Stephen R. L. Clark, *How To Live Forever* (London and New York: Routledge, 1995) and Susan Schneider (ed.), *Science Fiction and Philosophy* (Malden, MA, and Oxford: Wiley-Blackwell, 2009). Bruce Sterling (ed.), *Mirrorshades* (Westminster, MD: Arbor House, 1986) is the formative cyberpunk anthology. Darko Suvin, *Metamorphoses of Science Fiction* (New Haven, CT: Yale University Press, 1979) contains Suvin's classic formulations on this body of fiction. Patrick Parrinder (ed.), *Learning from Other Worlds* (Liverpool: Liverpool University Press, 2000) is a collection of critical essays on Suvin's writings. Carl Freedman, *Critical Theory and Science Fiction* (Middletown, CT: Wesleyan University Press, 2000) contains his discussion of the 'cognition effect'. The main critical journals on science fiction are *Science Fiction Studies* and *Extrapolation* in the USA, *Foundation: The International Review of Science Fiction* in Britain.

“牛津通识读本”已出书目

古典哲学的趣味
人生的意义
文学理论入门
大众经济学
历史之源
设计，无处不在
生活中的心理学
政治的历史与边界
哲学的思与惑
资本主义
美国总统制
海德格尔
我们时代的伦理学
卡夫卡是谁
考古学的过去与未来
天文学简史
社会学的意识
康德
尼采
亚里士多德的世界
西方艺术新论
全球化面面观
简明逻辑学
法哲学：价值与事实
政治哲学与幸福根基
选择理论
后殖民主义与世界格局

福柯
缤纷的语言学
达达和超现实主义
佛学概论
维特根斯坦与哲学
科学哲学
印度哲学祛魅
克尔凯郭尔
科学革命
广告
数学
叔本华
笛卡尔
基督教神学
犹太人与犹太教
现代日本
罗兰·巴特
马基雅维里
全球经济史
进化
性存在
量子理论
牛顿新传
国际移民
哈贝马斯
医学伦理
黑格尔

地球
记忆
法律
中国文学
托克维尔
休谟
分子
法国大革命
民族主义
科幻作品
罗素
美国政党与选举
美国最高法院
纪录片
大萧条与罗斯福新政
领导力
无神论
罗马共和国
美国国会
民主
英格兰文学
现代主义
网络
自闭症
德里达
浪漫主义
批判理论

德国文学	儿童心理学	电影
戏剧	时装	俄罗斯文学
腐败	现代拉丁美洲文学	古典文学
医事法	卢梭	大数据
癌症	隐私	洛克
植物	电影音乐	幸福
法语文学	抑郁症	免疫系统
微观经济学	传染病	银行学
湖泊	希腊化时代	景观设计学